講談社文庫

新装版
播磨灘物語㈠

司馬遼太郎

講談社

目次

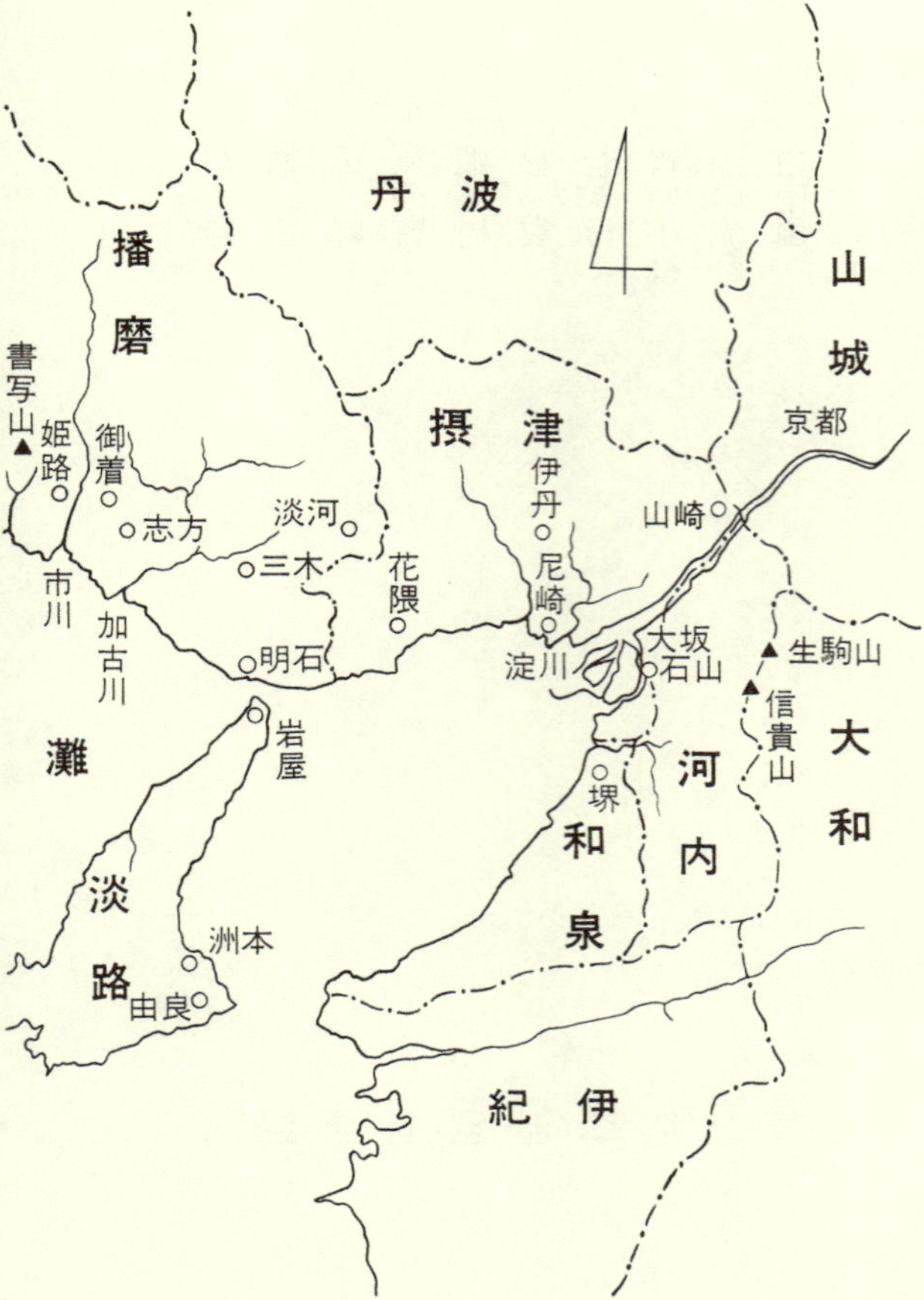
丹波
播磨
摂津
山城
京都
書写山
姫路
御着
志方
淡河
三木
花隈
伊丹
尼崎
山崎
市川
加古川
明石
淀川
大坂
石山
生駒山
信貴山
灘
岩屋
淡路
洲本
由良
堺
和泉
河内
大和
紀伊

津山
美作
佐用
三日月
白旗
上月
揖保川
備中
松山
冠山
備前
赤穂
金谷
三石
吉井川
高松
岡山
日差山
福岡
小豆島
播磨
屋島
塩飽島
丸亀
讃岐
十河
鳴門
吉野川
阿波

播磨灘物語

㈠

流離

通称は、官兵衛。

Quanfioyeと、戦国末期に日本にきたカトリックの宣教師の書簡には表音されている。当時の発音ではくゎんひょうえ、と正確に発音されていたのであろう。

かれの呼称はいろいろあった。名前が孝高《よしたか》で、洗礼名はシメオンである。入道してからは如水《じょすい》といった。水の如し。かれはこの名前を好んだために、後世も、黒田如水というほうが通りがよくなった。

黒田官兵衛のことを書こうとおもっているうちに、官兵衛以前に黒田家がほそぼそとすごしてきた戦国の歳月のほうに魅《ひ》かれてしまった。

官兵衛は、しばらく出ない。

ところで、かれの祖父や曾祖父のことといっても、遺されたわずかな文献や現地で想像できるだけで、よくはわからない。随想風に書いてみるのが、無難かとおもわれる。

官兵衛の黒田家は、江戸期に、筑前福岡で五十二万石という大大名になった。江戸初期に、幕府は諸大名に家系を提出させた。それを官立の編纂《へんさん》機関で編纂させたのが、『寛永諸家系図伝』である。ほとんどが、創作で、うそといっていい。

——私の家の系図を作ってもらいたい。

と、編纂官の林羅山（道春）にたのむ大名もあったらしい。あるいは、林羅山が、その子の鵞峰や門人の堀杏庵などを動員してほとんどの大名の家系を創作したともいわれている。黒田家の家譜も、そのひとつだったかどうか。

右の『寛永諸家系図伝』をさらに整備補充した『寛政重修諸家譜』によると、黒田氏は近江源氏（佐々木氏）のわかれということになっている。

「元来が近江の出だから、そういうようにしたのだ」

と、当時の担当者にいわせればそんなふうにいうであろう。

黒田家は、諸国を転々としている。しかしもともとは近江の北の黒田村から出てきたことはたしかだから、鎌倉から室町にかけて近江に勢力を張っていた守護大名佐々木氏の支流だということにすれば、無難だったにちがいない。

右の黒田家の系図では、遠祖は宗満ということになっている。宗満は佐々木氏の一派の京極佐渡守の次男という名誉の筋目で、近江伊香《いかご》郡黒田村をもらってここに住み、室町幕府の初期の正平十二年に死んだ。そういうことになっている。

系図では、そのあと二代はぶじである。三代目で落魄《らくはく》し、この近江黒田村を逃げ出さざるをえない事情ができた。一家は流浪し、やがて備前国福岡村に住みついたというが、流浪と移住は事実であるにせよ、黒田村当時のきらびやかな家系はあやしい。もっとも家系のあやしさは槍一筋《やりひとすじ》でのしあがった戦国大名にとってむしろ名誉であり、風雲期にいかに屈強の者――官兵衛のことだが――が出たかという証拠なのである。

この稿を書くについて、近江のそのあたりに出かけてみた。

伊香郡黒田村というのは琵琶湖の北東にあたり、いまは木之本町にふくまれているらしい。

木之本はむかしから北国街道の古い宿駅として知られたところで、いまはさほどの発展もせず、小さな商店街がある程度である。北陸線「木ノ本」の駅を降りると、冬は日本海型の気象がここまで影響するせいか、降りつもる雪の似合いそうなほどに古寂びた町である。

「黒田まで頼みたいのですが」

と、駅前のタクシーにいうと、先方のいうのに、黒田といってもわりあい広い、黒田のどの字《あざ》か、ということだった。しかし黒田官兵衛の先祖が出た字がどこであるのか、官兵衛自身でさえ知っていたかどうか。ともかく黒田の字をいくつか歩いてみたい、というと、近郷の余呉《よご》うまれの初老の運転手が出てきて、走りだしてくれた。

黒田村は、田園の中にある。どの字も背にひくい山を背負い、南がひらけているという上代的な村落配置をとっていた。田の面《も》には水が灌《そそ》がれ、どの田も一枚ずつ空を映し、いかにも初夏を待ちかねているという感じだった。

黒田村の中心的な字へゆくと、正覚寺という浄土宗の寺がある。寺は、余呉湖からひいてきた溝川《みぞかわ》をめぐらし、石垣をつみあげ、建物も品がいい。この寺のそばに小さな児童公園があり、子供があまり遊ばないのか、一面によもぎなどがはえている。村の伝承では、この公園がむかしの黒田の屋形あとだという。

公園の奥に、

「黒田氏旧縁之地」

と彫られた灰色の自然石があり、その碑銘の横に、正二位勲一等侯爵黒田長成、と小さく彫られている。黒田家では発祥の場所はこの児童公園にちがいないときめた時期があるのであろう。

その碑をながめていると、そばで孫を遊ばせていた六十前後の村人が、

「碑の裏に小さな墓石があります」

と、ひくい声で教えてくれた。

裏へまわると、高さ四十センチほどの小さな墓石らしいものが置かれていた。風化がひどく碑銘がすぐには判読できなかったが、やがて、

「源《みなもとの》 宗清《むねきよ》」

という文字が読めた。

この名前は、土地の伝説に遺っていて『輿地誌略《よちしりやく》』にも書かれている。鎌倉の北条氏の没落のときに佐々木氏の一族黒田判官という者がこの地にのがれてきて、黒田村の穂先谷《ほさきだに》に住んだという。その後、正規の地頭になったわけではなく、富をなして穂先ノ長者とよばれるようになった。それが、黒田官兵衛の祖であるという。しかし、実否のほどはわからない。

この「源宗清」の墓石は他の所にあったのだが、私が来た月の前の月の十一日に、いまの黒田家のひとがここへやってきて、この碑の裏に移したのだという。

わからないといえば、湖北のこのあたりはよほど古くからひらけた田園らしいが、

そのくせ上代の歴史もよくわからないのである。

　このあたりを歩くと、字《あざ》ごとに森があり、森ごとに古社が鎮まっているといってもいいほどに、古い神社が多い。その神社はたいていが村で管理しているらしく、神職もいないのだが、そのくせ、ほとんどが式内社《しきない》という重い社格なのである。

　式内社とは延喜式でさだめられた社格で、社格の古さからみて、こういう神社を鎮守としてもっている字はよほど古くからひらかれた集落といっていい。

　黒田村にはいくつも式内社があるが、そのうち黒田神社というのが、さきに触れた碑のある字のそばにある。

　森の中にある。

　その中に入ってふたたび鳥居のあたりに出てくると、山仕事の服装をした四十前後の村びととゆきあった。

「あの川は何という川ですか」

　と、私は、鳥居の前を、ちょうど結界のようにして流れている川を指さした。

「余呉川や。あれはな、余呉湖から流れてきよる」

　魚はいますか、ときくと、自分の子供のころはな、ウグイが手づかみで獲れたがな、いまは余呉湖の落ち魚しかおらん、とのことだった。

いまひとつ、物をたずねた。この村は黒田如水（官兵衛）の先祖がいた村だといいますが、村ではどうなっていますか、と問うと、

「そうなっとんねや」

という、味のある返答だった。かれも児童公園のところに屋敷があった、といった。屋敷のことを、

「カマエ」

といった。古語である。

そのあと、黒田村の字のひとつで、大沢という所へ行ってみた。ここも森の中に式内社が鎮まり、その森を背にして村がある。

村の中に無位の古寺があって、観音の本尊があるために観音寺と村ではよんでいる。その廃寺の小さな境内に、山を背にして、二基の墓があった。風化していて何者の墓ともわからないが、

「黒田如水の墓」

と、ごく最近にたてたらしい白いペンキ塗りの杭《くい》が立っている。如水の墓というよりも、伝説でいう彼の先祖の墓かもしれない。墓石の様式も如水の時代よりずっと古く、あるいは「黒田の穂先谷ノ長者」という人物の墓かもしれない。

畑で芋の苗を植えている老夫婦にきくと、

「如水ですやろな。わしらの子供のころからずっとそういわれてきましたさかいな」

ということで、口ぶりに、伝承の重味を感じさせた。如水としては、その遠い郷里の村びとからいまなお大切にされていることで、もって瞑《めい》すべきかもしれない。

要するに黒田官兵衛の先祖はこの湖北の村で何をしていた家だったかは別として、戦国の初頭に村を出て流離したことはたしかである。


しつこすぎるかもしれないが、黒田氏の近江における時代を、まだ考えている。

「益軒全集」

というのがあって、貝原益軒（一六三〇―一七一四）の著作や編纂《へんさん》した文章がほぼ網羅《もうら》されており、明治四十四年に刊行された。

益軒は江戸初期に黒田家（筑前福岡藩）の祐筆《ゆうひつ》の子に生まれ、はじめ医術を学び、のち儒者になった人である。この益軒が主家から家譜の編纂をたのまれ、かれの精神がもっとも充実していた四十二歳から五十八歳の十六年間をこの仕事のためについやした。『黒田家譜』として今ものこっているそのぼう大な家史は、この大儒の労作として決してわるくない。

しかし益軒が家臣の立場で主家の歴史を編むということについては、おのずから編纂の方針は限定される。

益軒は黒田家の公称どおり黒田氏の祖を近江源氏の系図の定型である宇多天皇に置き、佐々木源氏（近江）におよび、やがて「宗清」という黒田村在住の人物におよぶ。

「宗清始《はじめ》て江州《がうしう》伊香郡《かごほり》黒田の里に住し、黒田氏を称す」

とある宗清とは、いま黒田村の児童公園のすみに置かれている小さな墓石（源宗清と刻まれている）のぬしであろうか。

その宗清より六代の孫が黒田高政という人物だという。官兵衛の曾祖父である。この高政が永正八年（一五一一）に京都の舟岡山合戦に従軍し、軍命にそむいて先駆《さきが》けの功名をたてようとしたためにときの将軍の足利義稙《あしかがよしたね》の機嫌をそこない、近江黒田村を出てゆかざるをえなくなったという。

このあたりはどうもあやしい。地頭ほどの身分でもない者が、将軍から叱られ、在所から出てゆかなければならぬものだろうか。

ついでながら後年、官兵衛が羽柴秀吉にみとめられてはじめて一万石の領地をもらったとき、軍陣に旗をたてることをゆるされた。旗印《はたじるし》をきめなければならないが、黒

田氏には家に伝わっている旗印がなかった。父にそれをきくと、
「昔はあったのだ。黒田の家はむかし近江においては旗頭《はたがしら》だった。そのころはあった。しかしその旗がどんな旗であったかは、よくわからない」
といったというから、途中微禄《びろく》したとはいえ、黒田家には家系伝説として昔は近江源氏の支流だったという伝えがあり、徳川期になって創作したのでもなさそうである。

先祖のせんさくなど、意味の薄いことだが、黒田氏の場合は、多少こだわりたい。黒田氏は、近江を出て流浪した家である。

そのくせ、官兵衛をふくめてその父、その祖父の行蔵《こうぞう》から同時代の成りあがり大名にはまれといっていいほどの気品や教養のようなものがにおっており、ただの土民ではなさそうなのである。そういう気品や教養もしくは室町作法を心得た行儀のよさが、流寓《りゅうぐう》の境涯から身をおこすときに、他人の信用を得たということが大きい。多少ともその家系にこだわったのはそのためである。

官兵衛の曾祖父《そうそふ》高政が、都合あって近江黒田村を出たのは、家譜によると永正年間である。

曾孫の官兵衛がうまれるよりせいぜい四十年ばかり前である。この時代は十代で子を持つことが多いために、一代ずつの間隔がつまっているのであろう。

高政が故郷を出たころは室町末期の救いのない乱世であった。そのあとにいわゆる戦国期がくる。戦国期では群雄の地方割拠による内政の充実とか、統一への気分のきざしによる一種の明るさがあったが、この腐った水が漂蕩《ひょうとう》しているような乱世にあっては、なにを頼ってよいかわからない。

何せうぞ
　くすんで
一期《いちご》は夢よ
ただ狂へ

と、ちょうど永正年間に編まれた『閑吟集《かんぎんしゅう》』に出ているような今様《いまよう》（流行歌）がうたわれ、また風流と称し、ひとびとが奇装をこらし、傾《かぶ》いた風体《ふうてい》で群をなして踊りまわるようなことがはやった。ひとびとは衣装に贅《ぜい》をこらした。小袖《こそで》などの流行現象も活発におこり、そういう遊びの庶民文化が、諸国の戦乱とはうらはらな関係で興ってきた。

これを型どおり、世紀末的な頽廃《たいはい》といえるかどうか。

中央や地方で、権力のたがゆるみ、民衆が一種自信をもち、放埒《ほうらつ》の気分が華やいだかたちでおこったとみられなくもない。庶民が足軽という形で軍事力をもった応仁ノ乱から四十年ばかり経《た》ち、公家《くげ》は没落し、大名や小名も、下の者に権力をとられて、中世の階級意識が大きく崩れつつあった。

乱世のわりには、農業生産もあがっており、開拓などもすすんで、北陸などでは新興地主が、古い武家階級をおびやかしている。さらには中国の揚子江以南の諸港との私貿易がさかんで、それによって海外のあたらしい文物も入り、それらきらびやかな感覚のものを、新興の商人などが自分の生活文化にとり入れつつあった。

都市や農村の富裕な庶民たちは、むしろ自衛のために宗教組織に入った。北陸でさかんになった一向宗《いっこうしゅう》（本願寺）はすでに自衛組織になり、また京都の町衆のあいだでは法華《ほっけ》を信ずる組織が、つよい団結力をもっていた。

「法華にでも入ろうか」

と、流浪している官兵衛の曾祖父高政が、あるいはそう思ったかもしれないふしがある。法華に入れば法華の組織で商売ができるかもしれず、また信徒間の紹介によって旅をしても宿にこまらないという便利さもある。

いずれにせよ、室町末期の乱世の中を、家族連れで流浪してゆくなどというのは、流浪そのものが大事業であり、容易ならぬことであった。

黒田氏というのはこの高政といい、その子やその孫といい、よく似た色合いをもっている。色合いのひとつは野稼《のかせ》ぎや押し込みといったような手荒なことのできる人体《にんてい》ではないということであった。

どちらかといえば寺侍のようにふるまいがしなやかで、物の本を読み、作法がゆきとどき、他人の中に立ちまじってもたえずそつなく失敗《しくじり》のないよう目をくばっている。高政などはそういう感じである。こういう感じの人間に荒くれた生き方ができるはずがない。

むろん門地や身分でめしが食えるわけはない。とびきりの身分、たとえば公卿などともなれば、かれらは所領を諸国の守護大名やそれ以下の武士どもに押領《おうりょう》されて暮らしが立たなくなったものの、公卿好きの大名を頼って流れてゆけばその保護をうけることはできる。

黒田程度の家の者が、近江における小さな門地や家柄などを誇れば物笑いになるような時代で、いわば土民とさほどに変らない。というより、行儀作法を心得た土民というようなものであろう。

しかし、かといって、近江の地縁がまるきり役に立たぬわけでもない。

京には、近江源氏の二大門地である六角氏と京極氏の京都屋敷が、荒れはてたとはいえ残ってはいる。その屋敷番をしている近江侍たちのあいだには、当然高政の顔見知りの者がいたにちがいない。

「しばらくこの御館《おやかた》のひとすみに住まわせてはもらえまいか」

と、高政は頼み、そのようにして雨露をしのいだにちがいない。こういう武家の名流の館に居れば京や諸国の事情もわかる上に、今後頼るべき人とのつながりもできるものなのである。

京は、賑《にぎ》わっている。

かつて応仁ノ乱で都がことごとく灰になったとはいえ、それは一時のことで、天下の市《いち》としての繁昌《はんじょう》は依然つづいている。

なるほど、天子、公家《くげ》、門跡《もんぜき》といった中世の主役たちの衰微はひどく、室町将軍家も例外ではない。将軍の権威が墜《お》ちたために諸国の守護大名が京にのぼってきて金を落とすということもなくなり、諸大名の館《やかた》々《やかた》も荒れている。

しかし、下積みの階級がなりあがっている。有徳人《うとくじん》とよばれる富商が、非公認ながらも京のあたらしいぬしであるともいえる。農村の生産力があがったために、瓜《うり》などの畑物が多くつくられ、それらが京に運ばれる。ほかに、鋳物《いもの》、鍛冶《かじ》、織物などの生産物が市にならび、また唐物《とうぶつ》などのめずらしい物を売る店もある。京はこの時期、町衆《まちしゅう》の都市であったといっていい。

黒田高政のような、力も金もない在郷の室町的教養人がこの乱世の京で生きてゆくには、たとえば連歌《れんが》の点者《てんじゃ》（審判者）のしごともある。

物持ちの僧や、有徳人、それに在郷の成りあがりの武家権勢家などを旦那衆にもてば、この一見閑人《かんじん》のようなしごともわりあい収入がある。

連歌は数人または十数人がサロンを組んでおこなわれる。和歌の上《かみ》の句か、下《しも》の句でもって相手に詠みかけると、詠みかけが上の句ならば下の句で応《こた》え、下の句なら上の句でこたえる。つぎつぎと連鎖し、各人のイメージが綾《あや》をなして入りまじり、あたかも言葉が音楽をかなでるような美しさをときに生ずる。

連歌のたのしみは、人が一つサロンに集まるという楽しみでもある。公家や武家貴族たちが物好きの僧をもまじえ、山科《やましな》の毘沙門堂《びしゃもんどう》や清水寺《きよみずでら》などに夜をこめて籠り、何日もこもってみなで百韻の連歌などを完成する。その間《かん》のサロンの楽しみというのは、連歌が流行する以前の人が想像することのできなかったほどのものであった。

この乱世に、連歌がはやっている。

連歌の世界も下剋上《げこくじょう》になり、そのあたりの小百姓や職人、ときには野盗のたぐいまでがそれぞれサロンを組んで連歌を興行するのである。

「地下連歌《じげれんが》」

といった。この地下の連中の連歌ともなれば、公家や大名のそれとはちがい、金や物を賭けて勝負をあらそうのである。そういう連歌のグループがほうぼうにできていた。自然、点者は手が足りぬほどにいそがしい。

「点者にならぬ人ぞなき」

という落書が二条河原に出たのは建武二年のころというから、高政のころよりよほど以前だが、流行は乱世になるにつれて盛んになるといった観があり、農村や都市の商人に経済の余裕ができるとともに、連歌の嗜好者《しこうしゃ》の層が地下《じげ》へひろがった。高政は、ひょっとするとこの地下連歌のひとびとの点者になったかもしれない。

この想像は、かならずしも見当はずれではないであろう。高政がどう食ってゆくかということについて、京で商人をしたという形跡もない。のちに備前（岡山県）へ流れてゆくのだが、流れるについて、京の商品を持って行ったかと筆者は考えたが、しかしどうも備前でも商人になった形跡がないのである。この時代、商品経済が勃興《ぼっこう》しつつあり、商人になることもたしかに面白味はあったが、しかしいったん商人になれば武家に戻りにくいという通念があった。

黒田氏は、高政だけでなくその子もその孫も、いつかは家運を興そうと考えてきた家であり、いずれは領地持ちの武家になりたいと思う一念があって、商人にはならなかったのであろう。とすれば、当時の流行現象からみて、連歌の点者になるのがてっとり早い。点者になれば人と触れあうために諸国の状勢もわかり、頼み甲斐《がい》ある思わぬ人に手蔓《てづる》ができる機会も多いのである。

しかし高政が連歌の点者をしていたとしても、京では点者の名流が多く、さほどの者にはなれそうにない。

「どこか、田舎で豊かな町はないか」

と、当然おもったであろう。そういう町があれば京からくだってきた、という触れこみだけで珍重されるにちがいない。もともと連歌の点者で名を成そうとは思わず、妻子が食え、さらには手蔓でもあっていま一度武家として世に出る機会のありげな土地でさえあればよいのである。

この時代、地方には町はすくない。

たとえばまだ城下町というものが形成されていないのである。城下町は最初にたれが形成したのかは微妙だが、織田信長が尾張清洲《おわりきよす》時代か、美濃岐阜《みのぎふ》時代にそれをやったとみるのが、妥当かもしれない。

それ以前、もしくは織田信長と同時代でも、ふつう大名の居城のまわりにわずかしか侍屋敷や商家はない。大名の家臣はそれぞれ領地や知行地《ちぎょうち》の村の館に住み、陣触れがあるとお城をめざして駈けてゆくべきものであった。信長は意図的に、その家来を城下にあつめて住まわせたのである。さらには信長は中世的な「座」の商業的特権をうちこわし、商業の自由を保証しただけでなく、その城下にたれでもきて市《いち》をたてることができるようにしたため、城下は商業の中心として繁栄した。

しかし黒田高政のころには、そういう城下町はない。町といえば主として海上の交易をする港町か、有名な寺のまわりにある門前町ぐらいのものであった。

ただ、諸国にはまれに、「千軒」という大集落がある。町といっていい。何々千軒といわれ、千軒も戸数がないにせよ、何かの理由でにぎわっている大集落である。

「備前の福岡千軒にゆかれてはどうか」

と、黒田高政に親切にも言ってくれた人物がいたにちがいない。

福岡とは山陽道の沿道にあたり、この時代、中国筋における第一等の都会であったであろう。村のそばに吉井川が流れて水運がいいだけでなく、まわりに美田がひろがり、気候は温暖で物成りがよく、餓えということを知らぬ土地だという。福岡が天下に名があるのは、なによりもここに多数の刀鍛冶《かたなかじ》が住んでいることであった。しかも源平時代以来、名工が多く出、「福岡一文字」の通称によってこの土地の鍛冶のきたえの佳さは、倭寇《わこう》貿易などを通じて遠く中国にまできこえている。福岡のとなり村が長船《おさふね》で、福岡・長船というのは、いわば一つの土地であった。

黒田高政がこの地へ流れて行った理由については、後世、黒田家の儒者貝原益軒が、その編著『黒田家譜』で、

「備前には、黒田の一族、加地《かぢ》、飽浦《あくら》などといふ士《さむらひあり》有し故、其好《そのよしみ》に随《したがひ》て、ここに来れり」

とあるが、加地、飽浦が、黒田氏とともに佐々木源氏を称しているものの、一族とまではいえそうにない。佐々木源氏などは当時の武士階級の三割までがそうではないかと思われるほどにありふれた氏族呼称なのである。

この時代、未知の土地に流寓するというのは、よほど慎重に、才覚も働かせ、手蔓も一筋だけでなく幾筋もたのむというほどに、大事をとらねばならない。

黒田氏の歴世の性格に共通したものは、中世的な武家の性格よりも、西欧の近代的な市民的性格を思わせるものがあるということである。人に仕えるよりも自立しようという気構えがつよく、暮らしの面でもとびきり気のきく家政婦のような才覚があり、また江戸期の町人のような用心ぶかさがある。さらには、中世末期の堺の商人のような冒険性に富むという共通性があった。

「いったい、黒田氏の先祖は、その『家譜』に書かれているような室町武家の名門だろうか」

という疑問は、筆者が近江伊香郡黒田村を歩いているときに絶えず脳裏を占め、いまも消えない。門閥のみがいのちの室町武家には黒田氏の歴世のようなこまごまとした才覚働きが普通見られず、そのために戦国に入ると津々浦々でほろんでゆくのである。

そのことは、措《お》く。

黒田氏が流浪しての初代である高政がやった冒険というのは、なんの縁もない備前国の福岡村に流れて行ったということである。

流れるについての手当を、高政はこまごまと支度したであろう。

「備前の豪族の加地・飽浦を頼って行った」

という『家譜』の記述は、ひょっとすると、多少根拠があるかもしれない。

高政は、加地・飽浦の両氏にいろいろつながりをつけておき、

「同族（佐々木源氏）のよしみを頂きとうございます。備前に下向《げこう》しましたせつは、よろしくおねがいいたします」

と、たのんだかもしれない。それほどの用心というのを、高政は流寓という小さな、しかし高政にとっては大きい冒険をするにあたってやったであろう。

もっとも、加地・飽浦といっても、大して勢力のある家ではない。

備前の児島半島に根を張っていた地方勢力だが、『太平記』の時代に活躍するのが最後で、そのあと、他の室町武家と同様、土地々々に勃興してきている新興勢力に押されてしまっている。

備前福岡へは、播州路を通ってゆく。

途中、泊まりを重ねてゆくについては、よほど懇意な屋敷か寺を頼まねばならない。

そう考えてみると、高政がもし連歌の点者であったなら、便利である。旦那の館に泊まり、連歌の会を催し、またつぎの土地へゆく。それら土着の旦那衆のおかげで、行路も安全だったであろう。

備前福岡という、この中国筋きっての都会だった村については、鎌倉幕府の末期に描かれた『一遍聖絵《いっぺんひじりえ》』に「福岡市《ふくおかのいち》」としてそのにぎわいが出ている。

この絵は黒田高政の流寓よりずっと以前に成立したのだが、室町の初期に、今川了俊がここを通過し、

「家ども軒をならべて、民のかまどにぎはひつつ、まことに名にしおひたり」

と、その『道ゆきぶり』に書いているから、都市としての活況は相当なものであったのであろう。

よほどの豪商もいたらしい。

戦国の典型的な成りあがり大名のひとりである宇喜多直家は、はじめ、その父親の興家《おきいえ》とともに、この福岡の豪商の家に居候していたということを考えても、この町の実力の一側面を想像することができる。

余談になるが、宇喜多氏もこの時代、小規模な（黒田氏にくらべて）流浪をしたという点ではやや似ている。直家という、のちに煮ても焼いても食えないような野望家の父興家は、とびきり人がよかった。というより『常山紀談』が伝えているところでは、薄ぼんやりした魯鈍《ろどん》であったらしい。

「宇喜多のような備前の名族の子が流浪しているとは、気の毒なことだ」
といってくれた備前福岡の豪商とは、阿部定禅《じょうぜん》（善）という人物である。興家をひきとったが、役にも立たないので、牛飼いにしておいた。この時代は室町武家の地方名流といえども運がわるければ流浪する時代であり、能がなければ牛飼いにならざるをえない。貴賤《きせん》の階級がくずれ、社会がはげしく対流をおこしている時代である。黒田氏も、その時代にいた。

備前福岡は、こんにちではもはや小さな村落にすぎない。ただ、村に入ると、道路が碁盤《ごばん》の目のように条里《じょうり》になっており、同時代の京、奈良、堺のように整然と区劃《くかく》された町であったことを偲《しの》ばせる。

この土地は、水がよかったらしい。付近の吉井川が、川上の中国山脈の土砂を運んできてときどき氾濫《はんらん》するため、土地をすこし掘ると、きれいな砂の層がある。地下水はそれにこされて湧《わ》き出てくる。

「福岡の七つ井戸」
という名泉があった。福岡の刀鍛冶たちは、その井戸から湧く水で刀を打ったらしい。

その井戸はいまこの集落の中に二つ残っている。一つはいまも使われているが、一つは使われていない。

「先年、猫が落ちて死んだものですから」

というのが、使われていないほうの井戸の所有者の話だった。

村中を縦横に通っている道路がひろい。

「むかしながらの道路で、こんなに広い道路はめずらしいそうですね」

と、寺を訪ねると、寺の奥さんがいった。かつて福岡が盛大だったころ、商家や刀鍛冶が、荷の出し入れをするのに、道路の広さを必要としたからに相違ない。

備前福岡の村のなかに、こんにちともなればこの村の規模とは分不相応なほどの山門を持った寺がある。

教意山・妙興寺という。

戦国のころには、寺域が二町余もあり、なかに十の坊と一つの院があって、よほど豪壮なものであったらしい。いまはそれほどの規模をもっていないのは江戸時代に焼けたとき縮小してしまったのだという。

この寺の墓地に、官兵衛の曾祖父高政の墓も、祖父重隆の墓もある。

墓碑は粗末な石柱型で、五輪塔ではない。福岡にいたころは、五輪塔をつくるほどの身分ではなかったのだろう。

この寺は、日蓮宗である。中世末期の一時期、この宗旨が爆発的な勢いで商人層の帰依《きえ》をうけたことをおもうと、当時の商業都市であった備前福岡にこれだけ大きい日蓮宗の寺があってもふしぎではない。

風化した高政の墓石を見ているうちに、

（高政は、法華《ほっけ》の筋をたよってこの福岡へきたのではないか）

と、おもったりした。

当時、京都の富商の多くが法華（日蓮の教徒）になってしまっている。

この宗旨は、法華経を護持していれば現世の望みはなんでもかなうと信ぜられたもので、商人という、生活そのものが現世利益《げんぜりやく》の思想を基礎に立っているひとびとには打ってつけのものであった。さらには南無妙法蓮華経の題目を連呼すると南無阿弥陀仏の念仏における内向的な気分にくらべ、気分がひどく外向的になり、困難にむかって勇往邁進《ゆうおうまいしん》したくなるという心理的なものもあって、室町末期の商業時代のにない手たちにふさわしい宗旨だったといえる。

黒田高政が京都において法華の信者になったとすれば、この福岡における流寓《りゅうぐう》も、すこしは条件がよくなるのである。

かれは、その骨をこの寺に埋めているように、福岡にやってきてすぐこの寺の住職を訪ね、この里に住むための知恵をさずけてもらったり、便宜をはからってもらったりしたかもしれない。

この寺は、室町期に、播州（兵庫県）からこのあたりまで勢力をもっていた赤松氏が建てたものである。初代は播磨の国主赤松則興の子で、日伝上人という人物である。応永十年（一四〇三）の開基という。その後、代々、この備前や隣国の播磨の武家の名流の子が住持になった。

そういうわけもあって、この寺の住持と親しくなれば、この国や近隣一帯の大名・小名の状態などをくわしく知ることができたにちがいない。

しかしながら、高政は仕官もせず牢人《ろうにん》のまま、なにをすることもなくこの流寓の地で生涯を終えた。家族を養うことに精いっぱいの生涯ではなかったかと思える。

この備前福岡には、小さな城がある。

城は、ちっぽけな丘の上にあり、福岡の村里からわずかに離れている。さほどの要害とはおもえないが、城の丘のまわりに吉井川がめぐっていることで、攻めにくかったかもしれない。

「福岡の城は、吉井川で保《も》っている」

といわれた。

吉井川は、偉大であるといっていい。備前平野の一半をうるおして古代から農業を発達させてきただけでなく、上流で砂鉄がとれるため、この沿岸に上代から鍛冶が住み、その鍛冶村も、時代がさがるにつれてしだいに下流へくだってくる。下流に長船・福岡という鍛冶の大集落ができるのは、その最終的な発展といっていい。

城もまた川城といってよく、川を要害として利用することによって成立している。もっとも、最後には川に復讐《ふくしゅう》される。天正十九年（一五九一）という豊臣時代に未《み》曾《ぞ》有《う》の大氾濫《だいはんらん》があり、一夜にして川の流れが変わり、こんにちの状態になった。この氾濫のとき、城の丘は大氾濫に巻きこまれ、丘の大部分が崩れ、やがて水があたらしい川筋に流れたとき、川の中に入ってしまった。

いま、その城址《じょうし》の丘は河原にわずかに痕跡《こんせき》として隆起し、河原そのものがゴルフ場になっているため、要するにゴルフ場の芝の上にある。

黒田氏が福岡村に流寓していたころは、高政もその子の重隆も、しばしばこの城に登ったであろう。『家譜』には、牢人ながらも、城の衆とぬかりなく懇意になっていたにちがいないからである。

「福岡の城に住す」

とあるが、ちょっとホラが過ぎる。黒田氏が、福岡城主のたれに仕えたということもないからである。

福岡の城というのはつねにどこかの支城で、城代のようなものが守っているという程度のものであった。黒田氏が仕えてもかまわないとはいえ、城代はそれほどの大物でもなかった。

おそらく黒田氏は牢人身分のままで城の主《おも》だつ衆と懇意になり、

「拙者も牢人の境涯ながら、合戦のときには、ぜひお役に立ちたいものです」

という程度の関係があったのであろう。合戦のときに牢人が味方してくるのを陣借りという。陣屋を借りて働き、もし功名をたてれば取りたててもらえるという可能性もあった。

黒田氏が、福岡の城代や、この備前あたりのたれかに仕えるということをしなかったのは、状態としてできなかったからである。

「召しかかえる」

などということは織田氏などの新興大名が勃興してからの斬新《ざんしん》な習慣で、それまでの室町のふるい武家体制にあっては、村落々々の小領主が土地の守護大名の被官《ひかん》になっており、それだけで充足している社会である。牢人が横から出てきて召しかかえられようにも、当ておこなわれる領地がないのである。せいぜい足軽として傭《やと》われることがある程度だが、黒田氏は足軽などになりたくなかったのであろう。

そのためもあって、正体不明の牢人生活を何代もつづけてゆくのである。


備前福岡村に流寓した初代高政が死んだのは大永三年（一五二三）である。

大永三年ごろの世の中は、まだ戦国という地方統一の機運が十分に熟しておらず、室町期の慢性的な乱世が漂《ただよ》うがごとくつづいている。斎藤道三《どうさん》が美濃に入ってほどもないころであり、近江ではやがては新興の統一勢力になってゆく浅井氏が、旧勢力京極氏への反逆の芽をわずかに見せる程度である。

高政が死んだのは官兵衛がうまれるより二十三年前だから、官兵衛にとってこの曾祖父は伝説上のひとで、

「近江黒田から流れて来られた」

という言い伝えをきいているにすぎない。

高政の子の重隆が、官兵衛との関係が濃厚である。

重隆は、よほど教養があったらしい。在郷の武家や商家や妙興寺などに出入りして

なんとなく食えていたのは、おそらくこの教養のおかげであったろうか。

『江源武鑑』という資料性のあいまいな本によると、室町将軍義輝の歌の会に、重隆は意外にも出ているというのである。

将軍義輝は、流浪のひとであった。

天文十八年（一五四九）に三好長慶《ちょうけい》が京に攻めのぼってきたとき、義輝は難をさけて近江坂本にのがれた。

『江源武鑑』によると、義輝は天文二十年に近江観音寺城にまねかれ、十数日逗留《とうりゅう》したという。

観音寺城は古くから近江源氏の根拠地で、通称六角どのとよばれている。

足利義輝に供奉《ぐぶ》していた側近のひとりに、若かったころの細川幽斎（藤孝）がいる。

この城内で歌の会が催された。歌は「武備百首」といわれる形式のもので、歌に兵書の用語を盛りこまねばならない。

百首だから、百人が参加する。百人が一首ずつ詠むのである。

むろん流浪の将軍の側近が、百人もいるわけはない。亭主の「六角どの」とよばれる義賢《よしかた》や、義賢の一族も参加しているのである。いずれにせよ、いかに流浪の将軍とはいえ、将軍の前に出て歌を詠む侍どもというのは、いずれも室町筋目《すじめ》のたかだかとした門地の者たちであったであろう。

「黒田重隆も其座《そのざ》に列《つらな》り」

と『江源武鑑』はいう。重隆は牢人の境涯ながら備前福岡からわざわざ出てきたということになるが、旅費などはどう工面したのであろうか。

この記述が真実とすれば、重隆は落ちぶれたりといえども近江源氏の門葉《もんよう》のはしくれとしてこういうきらびやかな座につらなる資格をもっていたことになる。

あるいはつてを求めてむりやりにもつらなりたいという、門地についての気位の高さ、門地をむかしにもどしたいという想いの強い人物だったともいえるようである。

「備前は、いやな所だ」

と、流れ者の高政は言い暮らして世を終えたにちがいない。

子の重隆も、備前で成人したものの、幼児の記憶にある北近江が懐しく、それに加えて、高政が美化していた北近江の山河なり人情なりが心の底で好ましい風景を形づくっていた。このため重隆も生涯備前になじめなかった。

備前の商人や農民はいいのだが、この国の武家というのは片時も油断がならず、いつ毒を食《くら》わせられるかわからない、というのである。

室町末期の乱世というのは要するに下剋上の時代だが、近江にもその傾向はある。北近江の京極氏も南近江の佐々木氏も内実は白蟻《しろあり》が食ったように空洞《うろ》になっていて、そのうろに、新興の権勢家という思いもよらぬ狸《たぬき》が棲《す》んでいたりするが、かといって人を謀殺したりすることはすくない。

備前ではそれが日常茶飯《にちじょうさはん》のことで、権力の争奪に男らしく大合戦をやるというより、相手をわなにかけ、酒宴などに誘《おび》き出し、巧みに殺す。ときに誰が殺したかわからないように始末するというようなことが多いのである。

「よほど、むずかしい土地だ」

と、重隆はよく言い、むしろそういう世界に入ることを怖れるかのように、備前における武家の盛衰をながめている。

かつては、備前は赤松氏の領国だったが、いまその家臣だった浦上氏が守護大名になっている。

浦上氏は、播磨と備前の国境の三石《みついし》に城をきずいて、そこを根拠地としていた。

黒田氏の高政が備前に流れてきてほどもない大永元年、浦上村宗は旧主赤松義村を播州室《むろ》ノ津《つ》で殺し、それ以後、浦上は備前のほかに主家の旧領の美作《みまさか》と播州をあわせる大勢力になった。

その村宗のあと、浦上氏も兄弟で分裂した。弟の宗景が備前天神山に居をかまえ、備前の東半分と美作を領して、兄の政宗をしのぐほどの勢威をふるった。

といって、べつに宗景に器量があるわけでないから、家政はつねにおさまらない。やがて重臣の宇喜多直家が頭をもちあげて宗景を殺し、その領土を奪ってしまうのだが、これはすこし後の話になる。

「人をわなにかけて殺す者はかならず似たような目にあう」

ということを重隆はしきりに言い、人を憎むより人に憐《あわれ》みをかけるほうがよほど身の安全になる、ということも、絶えずいっていた。その重隆の性格や家訓が、その後の黒田氏に重要な影響をあたえることになる。

やがて浦上氏の兵が福岡村付近にも出没して村々を掠奪《りゃくだつ》したりした。戦国も諸国の統一期に入れば士卒の村落に対する乱暴というのもまれになるのだが、この時代がもっとも始末にわるかった。

「民の怨《うら》みのまとになるような大名は、長くつづかない」

と重隆がいっているうちに、重隆のような牢人暮らしの男にまで浦上氏の暴圧が及んできて、身の危険を感ずるようになった。

播州

重隆が備前福岡を立ちのこうとしたときは三十代の半ばという壮齢で、すでに子の兵庫助《ひょうごのすけ》（職隆《もとたか》・官兵衛の父）も元服を終えている。

「どこへ立ちのこう」

と、重隆はゆきさきに悩んだにちがいない。黒田氏の出自《しゅつじ》である近江へ帰ろうということをまったく考えなかったのは、近江の事情も年ごとに変化しているし、それに頼るべき知る辺《べ》などはなかったからであろう。

この時代、西にも東にも頼るべきあてがないという境涯ほど空《そら》おそろしいものはない。重隆とその家族は乞食《こじき》をしていずれ山野に餓死するしかなかった。

それにしても人が暮らしを立てるということは、よほどむずかしいものだ。重隆は親の代からこの備前福岡の商都に住み、商《あきな》い銭のこぼれるのを拾うようにして生きてきたが、田畑を買えるほどの力はなかったとみえる。流浪しての初代である高政も、二代目のこの重隆も田畑がほしかったであろう。農民になることだが、牢人が農民になることはむしろ身分上昇であり、江戸時代ほどに、固定した階級観念はない。

強盗になることはできる。

この時代の備前あたりの武家の様子は『陰徳太平記』にも出ている。のちに歴《れっき》とした武家になる男などが、若いころ、仲間と組んで他領へゆき、富裕な農家を襲って米や物を掠《かす》めとったという話が多い。むろん、命をおとすことも多い。

農村とはいえ武具を貯えている。ときには一ヵ村の外側に濠《ほり》をめぐらし、強盗が襲撃してくると半鐘《はんしょう》を鳴らして他村の人数までよびあつめ、強盗どもを包囲し、ときには一人のこらず討ちとってしまうということもある。

黒田重隆がそれをしなかったのは、むしろ奇妙なほどである。田もなく、さらには頼《よ》る辺もない身ながらも、よほど名と身を大切にする考え方の男だったにちがいない。

妙興寺にも相談したであろう。

「さあ、それは」

と、妙興寺の上人も首をひねったに相違ない。

妙興寺もこのころになると寺領を各地の武家に押領され、わずかにこの備前福岡の商家の大旦那たちの寄進で寺門の経営を保つという体《てい》だったにちがいない。その備前福岡の賑いも、この時代、衰えはじめていたであろう。

商都は、海港を必要とする時代になっていた。堺の勃興などによって大商人の一部は堺へ移転してしまっていたりしたのではないか。

「播州へゆかれてはどうか」

と、あるいは妙興寺はいったかもしれない。妙興寺の開山は播州の守護大名赤松氏の子であった。赤松氏の子孫はこの当時は微禄してしまっているとはいえ、妙興寺はなにかと播州に人の縁があったかと思える。

他にあてどもないため、重隆は東にむかい播州をめざすことにした。

『人国記《じんこくき》』という書物がある。

諸国の人情をのべたもので、江戸初期に発見され、元禄ごろに出版された。筆者はわからないが、江戸末期の国学者で精密な研究法をもって知られる伴信友《ばんのぶとも》が校訂《こうてい》したところ、かれは、

「筆者はいささか儒学の素養があり、その文詞の体《てい》をみると室町末期に書かれたものらしい。筆者は諸国を歩き、人情を見たしかめ、さらには同好の士と語らいあわせたりして、これを書いたものであろう」

と、考証している。一説では武田信玄がこれを書かせ、この書物をつねに座右《ざゆう》に置いて、天下の情勢を見る上での参考にしたという。伴信友は、それも本当らしい、と考証している。

この『人国記』では奥羽をのぞく五十余国のことが書かれているが、採点がきびしく、たいていの国は「風俗不律義《ふりちぎ》」（紀伊）「邪智《じゃち》の人、百人に半分」（讃岐）「質実多き国風なれども気自然と狭くして、我は人の言葉を待ち、人は我を先にせん事を常の風儀とす」（安芸）「風俗一円実《じつ》を失ひ、欲心深し」（伊賀）といったぐあいで、ほめている国というのはすくない。

播磨の風俗も、そしられている。直訳すると、

「播磨の風俗というのはたしかに智恵はある。しかし義理を知らない。親は子を騙《たばか》り、子は親を出しぬき、人の主人は被官《ひかん》（家来）にできるだけすくなく領地をあたえようとする。そのくせ人材を掘り出そうという気分がつよい。被官は被官で、主人に奉公するのは第二で、自分の利益ばかりを考えている。要するにみな盗賊のふるまいなのである。ひとえにこの国は上古よりこのようで、すこしも善に定まるところがない」

と、相当手ひどい。

播州者がこれを見れば腹が立つだろうが、どうせ隣国からみた評判などで書いたのであろう。たとえば隣国の備前あたりからみれば、播州の評判はこういうぐあいであったにちがいない。

「播州は上下とも、盗賊のふるまいの国だ」

と、備前福岡あたりではいっていたにちがいなく、重隆もそう聴いていたであろう。

もっとも播州というのは、実際には人の気骨を育てる土地でもある。黒田重隆や『人国記』より後年のことになるが、日本史における奇骨のもちぬしや、さわやかな人物の多くがここから出た。その典型を後藤又兵衛や、江戸期の赤穂浪士たちにもとめることもできるのである。

ただ、重隆が流れてゆくころは、時勢の風でたしかに上下とも盗賊の風である。室町期の正規の守護職の赤松氏は衰弱し、その支族や旧臣の力ある者が頭をもたげ、一国の各地に割拠し、そのうち一郡以上をもつ者は東播州の別所氏か西播州の小寺《こでら》氏ぐらいのもので、他は一郷一村にしがみついている。

重隆にあてはない。

妻子をつれて備前福岡を出るときは寂しかったであろう。後年、官兵衛の子の長政が筑前（福岡県）に封《ほう》ぜられてここに城を築いたとき、城下の名を福岡とした。この家系の者がいかに備前福岡を懐しんでいたかということのあらわれといえるかもしれない。

『黒田家旧記』によると、官兵衛の祖父重隆が播州へやってきたときは、
「一僕の体《てい》」
であったという。

下郎のような姿だったというのである。衣服などはぼろの布子《ぬのこ》をまとい、髪もわらでつかね、大刀だけはかろうじて帯びていたにちがいない。

重隆とともに歩いている妻子なども、旅塵《りょじん》にまみれて乞食のような体《てい》だったであろう。しかし言葉づかいだけは互いに筋目ただしい室町武家の言葉をつかっていたにちがいない。

「いかに微禄しても、一つぐらいは旧身分のころの習慣、道徳を保って失わずにいればなんとかなるものだ」

という処世訓がこの当時にあった。この「一僕の体」になりはてた黒田氏にとっては、言葉づかいほど大切なものはなかったであろう。

この当時、室町幕府の殿中で使われていたような言葉は、実力でのしあがった出来《でき》星《ぼし》大名や新興豪族がとても使えるようなものではない。流浪の黒田氏の家族がそれを使っていたればこそ、重隆はこの播州のなじみの薄い土地で、ひとびとから奇妙な信用のされかたをするのである。

かれは、姫路とよばれているあたりに住みついた。

そのころの姫路は、一望、草遠い野面《のづら》のなかの小さな村にすぎない。村のなかに、丘がある。土地のひとは、

「姫山」

とよんでいた。姫路山とよぶ人もある。そこにちょっとした寺院程度の小城が構えられているが、城主は不在である。城主はこの姫路から五キロばかり東の御着《ごちゃく》という土地にいる小寺氏で、小寺氏にとっては姫路城は捨て城のようなものである。城番がいる程度で、御着城の支城といえばいえるが、しかし支城というほどの軍事的価値はいまのところない。

重隆の黒田氏は、その子の代になって姫路城の城主になるのだが、流れてきた当座はこの姫路のようないわば小さな村に長く居るつもりはなかったであろう。商いの繁昌する町へゆかねば、暮らしは立てられない。

かれは堺へでもゆこうかというつもりもあったにちがいない。

姫路で泊まった宿は、竹森という家である。

竹森家はこのあたりきっての大百姓で、野盗よけのために屋敷のまわりに溝をめぐらし、門の扉《とびら》を厚くし、蔵には雑兵《ぞうひょう》の腹巻《はらまき》を何領も用意し、二十人ぶんほどの弓矢、長柄《ながえ》といった武具ももっている。

屋敷のむかいに、幾棟《いくむね》かの小屋を持っている。そこに名子《なご》（小作人）を住まわせ、耕作や雑用の仕事をさせている。

その小屋の一軒が空いていた。こういう場合、どの百姓屋敷でも頼まれれば旅人をそこに泊めてやる。当時伏屋《ふせや》という粗末な宿もあったが、まだ旅籠《はたご》が発達してないころだから、旅人はこういう所に泊めてもらうのである。むろん、食事は自炊であった。

重隆は、この名子小屋に泊まった。しかし、家族に病人が出たりして、長逗留《ながとうりゅう》になってしまった。

重隆らの暮らしは、どうにもならなくなってきた。

そういう様子を、家主である竹森新右衛門は、丹念な観察眼でもって見ている。

（よほど困っているらしい）

ということは、使用人の報せでよくわかっている。わずかな米を薄がゆにして食い、副食物なども、野の草を摘《つ》んで食っているらしい。

そのくせ、朝はかならず漢籍を読む声がきこえてくる。重隆がその子の兵庫助《ひょうごのすけ》に教えているのである。

竹森新右衛門は、この旅人が窮迫しているのを知って、

——よければ私の家で仕事をしなさい。

と言ってあげようと思っていた。名子小屋に泊まっているのを幸い、と言っては何だが、そのまま居つかせ、名子にしてあげようかと思ったのである。ところが、子供に漢籍を教えているような人間を名子にするわけにはいかないと思いなおした。

それに、黒田重隆自身が、

——草刈りなと、させてくださらぬか。

とでも言ってきてもよかりそうなものなのに、それを言わず、つまり働くこともせず、ただ毅然《きぜん》として餓えを待っている様子なのである。

「えらいものだ」

と、竹森新右衛門はおもわざるをえない。重隆のそういう態度がなぜ偉いのかは新

右衛門自身にもよくわからない。しかし普通の人体《にんてい》、心映えとちがっているというあたり、ひどく清げに思われてならない。

重隆は道で新右衛門とゆき遭ってもじつに鄭重《ていちょう》で、路傍にすこし身を移し、京の筋目の武家のようなあいさつをする。新右衛門は恐縮しきってしまい、そのたびに逆《あ》上《が》ってろくにあいさつもできない。あとでひたすらに感心するのである。

「よほど、高貴な人だったにちがいない」

と、家の者にも言い、あのひとに対しゆめ無礼があってはならぬ、と言いふくめてもいた。

この様子は、多少滑稽な感じがしないでもない。

重隆はちょうど、都大路で大身の幕臣が、他の同格の幕臣に出遭ったようなあいさつをするために、新右衛門自身も、自分が百姓であることをわすれ、わるい気持がしないのである。

新右衛門は援助したくなった。

しかし、ただ援助するといっても相手が受けつけないと思い、重隆に入門を願い出た。

「なにをお教えするのです」

と、重隆が温容をもって問いかえすと、新右衛門はこまってしまった。

「学文《がくもん》を教えていただきとうございます」

「手前は、学文の師匠ではござらねば」

と重隆がことわると、やや軽忽者《けいこつもの》の新右衛門はひざをあわただしく進め、

「若さまが」

と、重隆の子のことをそう言った。乞食同様の旅の牢人の子が若さまであろうはずがないのだが、重隆にはそういわせてしまうふんいきがあった。

「若さまが、御本をおよみなさるときに、手前もおそばに居たいのでございます」

重隆は、それを許した。新右衛門は、束脩《そくしゅう》として米を一俵もちこんだ。そういう親切をしたくてたまらない気分に、新右衛門はなっている。

広　峰

「広峰山《ひろみねさん》に登ってみよう」

と、黒田重隆がおもい立ったのは、この百姓屋敷の名子小屋に住んでいたことの縁による。広峰山というのは、神社である。

姫路の北方に山があり、その山上に神社とも寺ともつかぬ形式の建物が堂々たる偉容をもって建っており、播州一円の農民から信仰されていた。

「一度、広峰山にお登りなされ」

と、家主の竹森新右衛門も当然ながらすすめた。

「仏でござるか、神でござるか」

「神でござりまする」

と、新右衛門が答えた。

きくと、大変な神であるらしい。

神社ながらもその神主（別当）は同時に鎌倉以来の武家で、鎌倉の御家人帳にも名をつらねており、室町幕府の御家人でもあった。

室町幕府を興した足利尊氏《あしかがたかうじ》が、宮方（後醍醐天皇派）と戦っていったんは九州に落ち、九州で勢いを盛りかえしてのぼってきたとき、備前福岡に本営を据え、中国筋の武家たちを嘯《うそぶ》き集めて、そのあと兵庫へ迫った。兵庫へは宮方の楠木正成が出陣して尊氏と決戦し、敗れるのだが、このとき尊氏方に属した広峰社の広峰又太郎昌俊という者が楠木方の本営へ斬りこんだ。この又太郎が、

——自分の手柄はこうだから、恩賞を頂きたい。

と申請した「申状《もうしじょう》」によると、楠木弥四郎と大いに駈けあい、打物《うちもの》をもってさんざんに渡りあううち、広峰又太郎は兜《かぶと》の吹返《ふきかえ》しの左右に切りこまれるという苦闘をしたが、ついにこれを討ちとった、とある。

室町期になると、広峰氏は播州の守護大名の赤松氏に属し、赤松氏とのあいだに嫁とりや婿とりなどもあったが、そのうち赤松氏が衰えると、御着の小寺氏とのあいだに姻戚《いんせき》関係をむすんだ。

「いまの御当主には御子がなく、小寺殿のほうからご養子が行っておられます」

と、新右衛門はいう。

（そういう家と懇意になりたいものだ）

重隆が思ったのは、神主でしかも武家でもあるという広峰氏の性格のあいまいさに魅力を覚えたのである。神主という、信徒を相手にする存在でもあるために、新入りの者にも親しんでくれるのではないか。それにこの姫路から御着にかけての領主である小寺氏とも姻戚関係にあるというならば、将来、よきこともあるかもしれない。

「そなたは親しいのか」

ときくと、新右衛門はとんでもない、私などは百姓にすぎず、広峰の別当さまといえば雲の上のお方でござりまする、といった。

「ははあ、雲の上でござるか」

「でもござりませぬ」

と、新右衛門の言い方があいまいなのは、広峰氏には社領というものはあまりなく、信徒によって財政が成立しているということとかかわりがある。自分も肝煎《きもいり》の一人でございますゆえ、行けば粗略になさらぬはずでございます、というのである。


播州平野は、上代、秦氏《はたうじ》といわれる渡来人がひらいた野で、奈良朝以後の日本史の感覚ではえたいの知れぬものが遺っている。

姫路の東方にある石の宝殿《ほうでん》とよばれるものなどもそうであろう。巨大な花崗岩《かこうがん》を造型して箱型にしてある。石そのものが建造物のように大きいが、しかし仕事を途中でやめてしまったらしく、どういうものを造るつもりだったのか、正体がわからない。

広峰宮の祭神も、そうである。

牛頭天王《ごずてんのう》といわれる。

日本の神名では素戔嗚尊《すさのおのみこと》となっているが、要するに韓神《からがみ》であろう。最初にこの野を田園にした秦氏が信仰していたものらしく、広峰山にのぼる途中に、新羅訓《しらくに》神社（いまは白国神社）という古社もある。

伝説では、広峰の牛頭天王が新羅から帰って以来はこの新羅訓社にとどまり、そのあと広峰に移座したといわれているから、両社とも、海外から渡来したひとびとの信仰の対象だったのかもしれない。

広峰社は、都がいまの京都に移って早々、分神されて祇園の八坂神社になった。この韓神は古来、真夏の疫病に験《げん》があるというのが京に移った理由らしいが、中世以後は京の八坂神社のほうがさかえ、江戸期に、両社のあいだにどちらが本《もと》かという本末のあらそいがあったという。

それはともかく、この社の活動はふつうの神社とはちがい、御師《おし》を召しかかえていたことであった。

御師とは、神主ではない。土地では、

「大夫《たゆう》さん」

とよばれている。

神主より身分が卑《ひく》く、家来のようにして神主につかえている一種の布教者で、頼まれれば祈禱《きとう》をもする。山上に武家屋敷ふうの御師屋敷をかまえ、参詣《さんけい》の者に宿泊もさせた。この制度は室町のころに伊勢神宮にもあったし、熊野や立山などにもあったが、要するに神の霊験《あらたかさ》を売りあるくひとびとといっていい。

「広峰三十四坊」

といわれたが、その坊とは御師屋敷のことである。御師が三十四人いたことになる。

その御師には縄張《なわば》りがあった。

御師は従者を二人ばかりつれて神符《おふだ》をくばってあるく。くばって歩くのに、縄張りがあって、因幡国《いなばのくに》（鳥取県）はたれ、備前国はたれということになっているが、なんといっても地元の播州の各郡各郷をくばりあるく御師がもっとも多い。

御師がつれている従者を、手代という。広峰の場合には、手代にも上下があり、神《お》符持《ふだもち》のほうが身分が上で、挟箱《はさみばこ》をもっているのは下である。

そういう御師が、村々を歩いている。

村々では、大百姓の屋敷にとまる。泊る屋敷はきまっていて、姫路あたりではこの竹森新右衛門の屋敷にとまるのである。

新右衛門と重隆とのあいだにそういう話があったあと、御師がとまった。

「世が世ならば、ゆゆしき身分のお方でございます」

と、新右衛門は、重隆のために吹きこんでおいた。

重隆は、その妻子をつれて広峰山にのぼった。

標高はわずか三一一メートルでしかない。しかしその南の山脚を平野にむかっての ばしているために、ひどく高い山のようにおもえる。

谷は片側がつねに陽があたっている。一丁ごとに町石《ちょうせき》がすえられていて、登ってゆく重隆には気のはげみになった。

登るからには、頂上の御師《おし》屋敷でたとえ三日でも参籠《さんろう》しなければならない。その参籠がたのしみで播州だけでなく、但馬《たじま》、因幡《いなば》、備前のあたりから富裕な百姓どもが登ってくるのである。

重隆は、足弱《あしよわ》をつれているために、足がおそい。

「お蔭《かげ》でござりまする。結構なお日和《ひより》でござりまする」

と、重隆の一行を追いぬいてゆく参詣者は、ていねいに会釈《えしゃく》してゆく。

重隆を、小さくとも所領を持った武家だとおもっているのである。

そう思わせるところはあった。

一行が着ているものは布目《ぬのめ》がくたびれているとはいえ、それぞれ筋目ありげな装束《しょうぞく》をしていた。重隆の妻も壺《つぼ》装束だし、その妻が十六のときに生んだ息子が、もう嫁をもっている。そのまだおさなさが残った嫁も、壺装束であった。この一家は乞食のように流浪してきたとはいえ、身分のなにごとかをあらわすこの種の装束ばかりは売らずにやってきたのである。

重隆は、息子の若い嫁をいたわり、何度もやすんだ。彼女のからだには、後年の官兵衛孝高《よしたか》がすでに息づいている。

山頂の牛頭天王の社殿は、神社というよりも寺のようで、堂々たる楼門が、谷風に吹きあげられて建っている。

その楼門へは、いきなり入るわけにはゆかない。楼門よりなかはすでに神域である以上、御師か、御師の手代の案内が必要なのである。

重隆は、楼門を見あげた。

「けっこうな御門だ」

重隆は見あげながらつぶやく。どこか威力がある。

この一行には、二人の家来さえ付いていた。百姓新右衛門の息子と、その名子の若者が荷物をかついで供《とも》をしているのである。

供が二人もついているということで参詣人たちはいよいよ重隆を門地ある武家と思ってしまっているらしい。

重隆が乞食同然の境涯《きょうがい》であることを思えば滑稽であったが、重隆がこう拵《こしら》えたので

はなく、家主の竹森新右衛門が、

「ぜひせがれをお供に」

といって、その息子に金まで持たせてこういう一行をつくりあげたのである。

新右衛門には、なにか、ゆったりとした思惑《おもわく》があるらしい。


乱世は、どの国にもどの郷にも、大小の奇跡を生んでいる。

——そういう奇運に自分もあやかりたい。

ということを、重隆の家主である竹森新右衛門がおもい、名子小屋に住んでいる旅人の重隆とその家族をながめつつ肉の厚い智恵をめぐらしたものである。

(あの方を世に出して、自分や息子たちも世に出てゆくという算段はどうであろう)

と、新右衛門はおもった。

種を割ってしまうようだが、のちのち竹森新右衛門とその息子たちは黒田氏の重臣になり、戦国期を通じて諸戦場で活躍するにいたるのである。

新右衛門はのちに、

「竹森石見《いわみ》」

などと、もっともらしい名を名乗る。

いま重隆の供をしてきたその息子の新次郎はのちに竹森新次郎次貞《つぐさだ》と名乗り、一生のうちで兜首《かぶとくび》を十八もとり、重隆の孫の官兵衛の老臣として、山崎合戦（秀吉と光秀の合戦）では黒田勢の旗奉行をつとめた。

この一族にいい武者が多く出た。

「けなげな松若、矢が立たぬ」

といわれた竹森松若という者はどの戦場にあっても一番を駈けたし、竹森少助という者は朝鮮ノ役《えき》で功をたて、関ケ原でも武功をあらわしている。どの男も単に武者ばたらきがあらあらしいというだけでなく、武略があったというなど、この奇運をひらいた初代の新右衛門に似ている。たとえばこの一族でのち武家をやめて博多で商人になった者もいるが、九州でも有数の豪商になった。なかなかの才覚があったのであろう。

それにしても初代新右衛門も、思いきったことをしたものであった。

かれはそのまま姫路での暮らしをつづけていても、豪農なのである。その現状から抜け出てゆかねばならぬような悪い状態ではなかった。

よほど酔狂なところがある男なのだろう。

（このまま、田畑の多さを誇っていてもつまらぬ）

と、おもったにちがいない。

一旗をあげてみようか、と思ったのである。

姫路から御着《ごちゃく》にかけての領主である小寺《こでら》氏といっても、もともとは赤松の郎党から身をおこした家なのである。

「村上源氏・赤松氏の支流」

などといまになって小寺氏は称しているが、そういう系図のいかがわしさは、地元にうまれた新右衛門は知っている。

姫路から海岸のほうへゆくと、英賀《あが》という在所があり、三木氏の城がある。三木氏といってもかつて伊予のほうから押し込んできた海賊らしいということも、新右衛門は知っていた。

(あの重隆どのの様子をみると、才覚もあり、人柄が清げで、他人にも優しく、いかにも人の長者になりそうなお人である。いっそ、重隆どのを世に出し、それを主《あるじ》に戴いてみようか)

と思い、この重隆の家族の広峰詣《まい》りに、息子を供につけてみたのである。

広峰の山頂は、一万坪ばかりの平坦地になっている。

宮居《みやい》は豪壮な土塀《どべい》によってかこまれており、御師《おし》屋敷はそのそとにある。どの御師屋敷も崖《がけ》に面し、石垣を層々と組みあげて豪儀なものである。広峰の御師は、他の土地の御師とちがい、神主を中心とする武家団という性格もあって、いざとなれば宮居を城にし、三十四の御師屋敷を砦《とりで》にして敵をふせぐという自衛思想もあったから、どの屋敷も武張ってみえる。

その一軒に、黒田重隆とその妻子が泊まった。あるじの大夫どの（御師）は、年に何度か新右衛門の屋敷で泊まる。

重隆とも話したこともあり、新右衛門の吹聴《ふいちょう》もきいていたから、牢人として待遇せず、しかるべき村の領主を遇するように丁重《ていちょう》だった。

その御師が重隆とその家族の様子をみて、いよいよ感心した。とくに重隆のちょっとした話や話ぶりに接して、

（どうも、なみなみならぬ）

と、思わざるをえない。

重隆は無口なほうで、御師が質問すればひとこと答えるだけだが、京の様子に通暁していて、御師が多年疑問におもっていたことが、ひとことで氷解したりする。

たとえば、

「いつ、室町殿（将軍家）が直りますか」

と、きく。室町将軍家が衰微していてあってなきような存在だが、御師の感覚ではそれがいつかむかしの盛大にもどって世が安定するにちがいないということで世の中をとらえていた。室町将軍家の衰微は、諸国においては正規の室町大名である守護職家の衰微でもある。播州では守護職の赤松氏があってなきような存在だが、室町将軍家がふたたび権威をもてば赤松氏も回復し、播州一円はしずかになる、と御師はおもっている。

「そうならねばなりませぬ」

とも、おもっていた。広峰の神主の家は、広峰氏である。広峰氏の武門としての威勢はいまや無いにひとしい。

「思えば無念なことだ。かつては、播州の守護代《しゅごだい》でござった御家でござるのに」

そういう時代もあった。守護代は守護に次ぐ武権で、小守護ともいう。ところが諸国の守護大名が衰微したと同様、どの国の守護代もおとろえた。広峰山の場合は宗教勢力だったからそのかたちでほろびずに残ったが、しかしいまは神符《おふだ》をくばって百姓の機嫌をとっているだけというのは、やはり御師としても口惜しく思われる。これがために、室町殿の復興が関心のまとになるのである。

重隆は、室町殿はほろびるだろうとおもっている。たれかがとってかわると思っているが、そういえば相手は気に入らぬだろうと思い、

「広峰殿は神の御裔《みすえ》。室町殿よりははるかにお古いお家柄でありますのに、室町殿の盛衰など、お気になさらぬほうがよろしゅうござる」

と、言うのである。

御師は重隆によって自分の考えがひっくりかえされはしたが、こういわれてみると、否定されて腹立ちがおこらず、かえってうれしくさせられてしまう。

重隆の評判が、他の御師たちにもつたわった。

この時代、

「よき人」

という存在がどういうものであったかがわからないと、この御師の気持が理解できない。よき人というのは高貴な人、有福な人などという場合にもつかわれるだろうが、べつに、かしこい人や、予言者、叡智《えいち》をもった人という場合にもつかわれる。重隆は後者として、御師たちがささやきあったにちがいない。そういうひとが他家に泊まっていたりすると、近在の者まで押しかけてきて、

「如来の本願というのは本当にあるのでしょうか」

というようなことまで質問するのである。

御師たちは重隆のすずやかな人柄をみて、いよいよこのひとはただものでないと思った。

ただ御師たちが口惜しく思うのは、重隆が貧乏であるということだった。

これだけの人が有徳（金持）にならないというのはおかしい、この人は欲がなさすぎるのではないか、世の事については見識があっても、自分自身がどうするということを考えたことがないのではないか、と御師たちは歯痒《はがゆ》くおもった。

重隆はかならずしも無欲ではないのだが、しかし目先の利を考えるということがまったく無さすぎたために、こんにち貧乏している。そういう人間としての風景が、重隆びいきになった御師たちにとって腹のたつほどにはがゆい。

つい、御師のほうから、智恵を出した。

「私どもは、播州および近隣の国々に神符をくばって歩きます。そのとき薬の一つも添えてくばれば百姓もたすかるのでござるが、黒田どのの御家には家伝の薬はござらぬか」

「薬」

重隆は、話が意外でよくのみこめなかった。

「薬でござるか」

「よく効く薬であれば、いっそうよいのでござるが……」

「……それならば」

目薬がござる、と重隆は思いだした。

黒田氏の本貫《ほんがん》の地である北近江につたわっている薬で、製法はごく簡単である。山に、葉に毛のはえているカエデ科の木がある。北近江では「目薬の木」というのだが、その樹皮をとってきて砕く。それを赤い絹の袋につつんで煎《せん》じ、その袋ごとを目にあてて煎じ汁を滴《したた》らせるのである。

重隆は、少年のころ目が悪かった。母がそれを作って洗眼してくれたがよく効いたような記憶がある。樹皮の煎じ汁が効くのか、それとも赤い色素には殺菌効果があるから、それがために効くのか、よくわからない。

「家伝の目薬がござる」

というと、御師たちはよろこび、ぜひそれを神符と一緒につけてくばりましょう、それがためには御屋形《おやかた》さま（広峰氏）にお目見得できるようわれわれが取りはからいましょう、といった。

広峰の神主は、

「大別当さま」

とよばれたりもする。

その山上における尊ばれ方は、たいそうなものだ。

重隆は、庭にすわらされた。

(ばかなことをしてしまった)

と、後悔がないでもない。

広峰氏は、代々従四位下《じゅしいのげ》を世襲してきている。重隆のような地下人《じげにん》は、同じ高さで同座できないのである。

大別当は、座敷の奥にすわっている。部屋が暗く、庭の太陽の下にいる重隆からは、よく見えないのである。

その大別当から一段さがって、取次として御師《おし》が二人、濡《ぬ》れ縁にすわり、重隆を見おろしている。

(御師めが)

と、重隆は腹が立つより、多少のおかしみがなくもない。御師たちはきのうまで重隆を賓師《ひんし》のように遇しながら、きょうは打ってかわって、縁にすわり、庭の重隆を見おろしているのである。御師は地下人ではないというのか、それとも、謁見《えっけん》の形式として取次が縁上にいるのか。この場合、後者であろう。しかしそれにしても庭にすわらされた重隆はいい気持ではない。

都の天子が、まれに無官の者を謁見するときもこうである。公卿たちが縁にすわり、謁見をうける者は、階《きざはし》の下の白洲《しらす》にすわる。

将軍も、このようにする。

諸国の守護大名も、このようにするのである。広峰氏はかつては播磨の守護代をつとめたというから、こういう形式もやむをえないかもしれない。

しかし、そうでもない。

そのむかし、足利尊氏は兵庫湊川《みなとがわ》において宮方の楠木正成を討ちやぶったとき、広峰氏のそのころの当主は尊氏方に属し、楠木弥四郎なる正成の一族の者と打物《うちもの》とってさんざんに戦いこれを討ちとったころは、広峰氏は武者らしく野《や》のにおいをもっていた。

その後栄え、さらに衰えた。衰えてしまうと、逆に、たとえそらぞらしくあっても、威光を装飾しなければならない。

（実力のない者は、このようなものだ）

と、重隆はおもった。

座敷の奥の暗がりにいるらしい大別当にこのことの罪はない。代々の御師たちが、自然にこのように、京の貴族をまねたような仕掛けにしてきたのであろう。このようにすれば大別当さまの存在がいかにもありがたそうになる。ありがたそうにすれば、御師たちはその威を藉《か》りることができるのである。威を藉りることによって、御師たちの利益も充実する。

このような装置では、大別当と会話をかわすことができない。縁上の御師のうちのひとりが、

「黒田重隆にござりまする」

と、顔を三分《ぶ》、座敷のほうにむけて重隆を紹介しただけで、この謁見はおわった。それっきりである。あとは御師たちがうまくしてくれるのであろう。

「かかる結構な話があろうか」

と、重隆が、目薬の一件をよろこんだについては、かれの暮らしがよほど窮迫していたためでもある。

重隆が、しんからよろこんだわけではなかった。いかに金がもうかるにせよ、目薬屋などをするのは、気味《きみ》のいい話ではない。

中世では、有閑の人を尊ぶ。いそがしがって金儲けをしているのは卑賤《ひせん》の者とされた。

すでに銭の世といわれる歴史時代になっているが、しかし一面、いかに商人が身分としていやしめられたかという側面を知らずに、この室町末期の世相を理解することはできない。もっとも堺の商人で見られるように、商人は商人でみずからを恃《たの》み、公家や武家階級に対して内心傲然《ごうぜん》たる気魄《きはく》をもち、しかも倫理的にも手きびしく自分を律《りっ》して他から嗤《わら》われまいとする気風はできていたが、しかし世間一般では土地所有の農民より一段下に見られていた。さらには、郷村を離れた流れ者のようにも見られていたらしい。

ついでながら、こうもいえる。信長や秀吉という人物が世の支配者になるにおよんで、堺商人を優遇したということである。信長、秀吉は堺商人今井宗久や津田宗及を旗本格とした。今井宗久などには二、三千石の知行をあておこなったが、このことはむしろ信長、秀吉の思いきった政策によるもので、世間の目とは関係がない。たとえば商人の子からひきたてられて大名になった小西行長は、朋輩の加藤清正から、

「薬屋」

とさげすまれていたほどである。さげすむ清正の生い立ちは無名の牢人の遺児で、寡婦《かふ》に育てられたのだが、それでも堺の富商の出である小西行長の出身をそのような目でみていたのである。

重隆にすれば、よほどの貧窮に追いあげられないかぎり、貧に堪《た》えていつかは世に出ようという牢人ぐらしをつづけていたにちがいない。

「黒田家のひとびとは貧乏だが、まるで僧のように毎日本をよんでいる」

という評判のほうが、はるかにきこえのいい時代であった。

要するに重隆は、目薬をつくることになった。

このために、後の世、江戸期に入って、筑前福岡の黒田家の武士たちは、他の九州の諸大名の家臣から、

「たかが目薬屋のあがりではないか」

などと言われるようなことになった。

いまひとつ、ついでながら、黒田家が自家で編纂した家記のたぐいには、この話は省かれている。

江戸期の黒田家の儒者貝原益軒も、主家から命じられた編纂もののなかにこのこと

を入れなかった。恥じていたにちがいない。

しかし、黒田氏がこの播州でひとかどの勢力をきずくにいたるのは、この目薬のおかげなのである。

余談だが、筆者はこの稿をかくについて、西山英雄画伯と広峰山にのぼってみた。山頂に、御師屋敷が残っている。土塀はくずれ、板張りが朽ちているが、どの屋敷の結構にも古格なにおいがのこっていて、見る者に仰ぐような思いをもたせる。むろん、御師というものは、明治後、消滅している。その子孫のひとびとが住んでいるのである。

神社の楼門を入ると、神職が社殿の前でなにか掃除についての手くばりをされていた。

神職は、西脇芳一といわれた。かつての広峰氏の子孫は明治までつづいていたが、いまはそとに出られてしまっている。現神職の西脇芳一は、広峰の御師に西脇という姓があるから、その家系のひとにちがいない。

西脇氏は、御師のことを大夫《たゆう》さんといい、

「明治までは、大夫さん、大夫さんで行きましたよ」

と、いった。どこへ行く、という意味でなく、大夫さんが主軸になって信徒を盛り立てて行ったという意味である。神社の社務については、大夫さんの輪番制になっていて、つねに三人、四人というぐあいにして神事をする。

他は、神社の雑務をしたり、うけもちの国へ神符《おふだ》をくばって歩くのである。くばるのは大夫の手代だけがそれをやることが多かったという。

社殿に入ると、室町中期の建物らしい。塗りに赤い色がつかわれていて京都の祇園の八坂神社を思わせるが、京都の場合は朱うるしでそれだけに華麗だが、この広峰の場合はそういう贅沢《ぜいたく》はできなかったのか、丹塗《にぬ》りである。丹塗りのほうが物寂《ものさ》びているといえるかもしれない。

幔幕《まんまく》などに使われている紋は、京都祇園の八坂神社と同様、木瓜《もっこう》である。この社が京都の八坂神社の親元であるという血縁関係をあらわしている。

ついでながら木瓜とはふつうは野生の灌木《かんぼく》の梅花《ばいか》甘茶《あまちゃ》をいうが、紋章のほうではそうではなく、通説ではキウリのことだとされている。筆者はかつて京の八坂神社で「キウリを輪切りにしたかたちです。昔、キウリは夏の疫病よけになるとされていました。疫病を払う神として信仰された八坂神《やさかがみ》（素戔嗚尊・牛頭天王）の神紋になったのはそういうわけでしょう」という話をきいたことがある。もっとも沼田頼輔博士はその『紋章学』で、そうではなく中国の紋様だ、としている。

このとき西脇氏に、目薬の話をきいてみた。

すると、黒田官兵衛の祖父が当社に参籠したということはきいていますが、目薬のことはきいていません、といった。

しかし神社では、大正のころまで目薬を売っていたらしい。西脇氏の子供のころは昭和初年らしいが、そのころでも、蔵の中に目薬を入れた木箱がびっしりあったという。その目薬の容器は、そのころは小さなビンになっていた。重隆のころの容器は、大きなハマグリの殻《から》である。

商いとして、この目薬があたった。

黒田家では、家じゅうをあげて目薬作りにかかりきりになった。

売ることに苦労のない商いほど、結構なものはない。広峰山の御師たちが、その信徒たちにくばって歩いてくれるのである。黒田家としては、その売り上げの何分かを広峰山にさしあげればよい。

「よく効く」

という評判が立ち、黒田家もいそがしくなった。むろんよく効く、というのは広峰の宮の配り薬がよく効く、ということで黒田氏の名前は出ない。黒田重隆としては、そのほうがよいのである。評判がいいとなれば、いよいよ多忙になった。手狭な名子小屋を工房にしていられず、家主の竹森新右衛門の宏壮な屋敷を借りることになった。

「ぜひ、どうぞ」

と、この件は新右衛門が申し出たのである。のちの話では、

——あなたがこの屋敷にお住みください。私が名子小屋に移ります。

と、新右衛門のほうから申し出るということになっているが、結果としてはそうなった。

経過は、右のようなのである。

繰りかえしていうと、目薬をつくるというのは存外、人手が要るのだ。男手だけでも、常時三十人は働いている。三十人を容れる家屋は新右衛門の屋敷しかなく、新右衛門としてはこの重隆とその家族に自分の一家の運命を賭けた以上、そこまで身を入れざるをえず、身を入れるからには、勢い屋敷ぐらいを提供してしまうことになる。

人手というのは、山から目薬の木の樹皮を剝《は》いでくる者、それを砕く者、薬研《やげん》で研《す》る者、容器の貝殻をあつめにゆく者、その貝殻は、かならず大ハマグリでなければな

らず、できるだけ大きさもそろっていなければならない。また薬を包む紅絹《もみ》の染めもやらねばならず、すべてを自家製でおこなうために人手が多く要るのである。

やがて、重隆は、世を子の兵庫助職隆《ひょうごのすけもとたか》にゆずって、自分は髪を切り、入道になった。宗卜《そうぼく》というのが入道しての名だが、ひとびとは、

「黒田の入道どの」

と、よんだ。単に、入道どの、ともよぶ。この近在では新右衛門の屋敷のことを、

「入道どののお屋敷」

と呼ぶようになった。

重隆は、厚顔な男ではない。新右衛門に対し、そのことを恐縮しきっていたのだが、新右衛門のほうが自分から家来として仕えてしまっているから仕方がない。新右衛門は村の者どもにも、「新右衛門屋敷などとよぶな。黒田入道どのの御屋敷とよべ」と言いわたしてあるのである。

夏の雲

黒田氏は、たちまちいくつかの蔵に金穀《きんこく》を積みあげるほどの身代《しんだい》になった。

それに、竹森新右衛門が自分の財産をつかえ、という。勢力を作るためには人をあつめねばならず、人を集めるためには米や銭が必要なのである。

「米でも銭でも貸そう」

ということを、近在に触れまわらせた。

低利で貸す。

この時代は貸し倒れが多いために利息が大きく、次ぎの収穫期まで五割というのがふつうだった。黒田重隆はそれを二割にした。無利息と同様の安さである。それも担保《しちもの》は不要、というのである。ふつう、田地を担保にして金を貸す。返済できなければその田地をまきあげる。このため、金貸し資本というのはいくらでも身代をふやすのである。が、黒田重隆は、それをしなかった。

「うそだろう」

と、ひとびとは半信半疑だったが、うわさはたちまち近郷にひろまり、連日、人が押しかけてきた。借りたい、という。借り得であった。

ただ条件がある。

担保が要らないかわりに、借りている期間中、この屋敷に仕事に来い。それも月に二日でいい、と重隆はいうのである。

重隆のもくろみでは、そのようにして人数を寄せておく。かれらに対しては、

「被官になれ」

と、いってある。被官とはこの時代によく使われた言葉で、大百姓につかえている小作人もそうよばれ、武家の家来のことも被官という。この場合、黒田氏は牢人ながら武家と称していたから、

「家臣になれ」

という意味であった。

土百姓が、家臣になるのである。家臣になる者には低利で米や銭を貸すというふしぎな装置を重隆は考えたのである。

男の子を持っている者は、とくに優遇した。男の子一人をもっている者には五石貸す、という。二人なら十石である。

重隆は、そういう少年を戦士にすべく養成しようとしていた。

戦国期にはさまざまの者が世に出てきたが、この重隆のようなやり方をした者はない。

数年経つと、被官の人数は二百人になった。一万石足らずの大名の動員能力とみていい。

のちに黒田家の家臣団で、播州以来の譜代の者のなかには、この種の被官のあがりの者が多い。要するに、播州の土民であり、土民であるという点では、重隆に家屋敷と田地を提供して自分は「家老」になった竹森新右衛門も、そうである。

「あるじ様」

として奉《たてまつ》られている重隆も、浮浪のあがりで、筋目ばかりは佐々木源氏の庶流を称しているにすぎない。

「できれば、天下を望もう」

と、重隆は新右衛門にささやいたが、しかし、わずか二百人では、近郷でさえ斬りとれない。

重隆は、この自前で作った数百人の「被官」をひきいて、このあたりの大名の家来になろうと考えた。

「まず、大なるものに拠《よ》らねばならない」

と、思うのである。たかが、播州の小大名《こだいみょう》の家来になるために、営々と自分でつくった勢力を手みやげとして持ちこんでゆくのである。こういう思案も、めずらしいかもしれない。家来である自分を相手に買わせるのである。

重隆がこう決意したのは、天文十二年というから、ポルトガル人が薩摩の南方洋上の種子島に小銃を伝えた年であり、のちに官兵衛が深い関係をもつ秀吉がまだ小童《こわっぱ》のころで、すでに秀吉は浮浪児のごとく諸方を流浪していたのではないか。

重隆は、まだ三十代の後半でしかないが、子の兵庫助が二十をすぎていた。兵庫助は弱年ながら聡明《そうめい》な男で、家主の新右衛門なども、黒田氏に望みを託したのは、重隆もさることながら、この兵庫助の器量をみて、これは尋常な人ではないと思ったからでもある。

兵庫助は、気のやさしい男で、自分の被官どもにつねに声をかけてやり、ひとびとも彼を慕っていた。寡黙《かもく》で、考えぶかいたちだが、この時代のひとらしく果断でもあった。それに心に決すると行動が早く、段取りがいいために動き方に渋滞がない。重隆よりも、将領としてはより大きい器《うつわ》だったかもしれない。

重隆も、そのことはよく見ぬいている。

(自分は、ひっこんだほうがよさそうだ)

と、思うのである。世間の表へはこの兵庫助を出し、黒田兵庫助ということでその人ありと知られてゆけば、黒田氏にとってよりよきことではあるまいか。

「あなたは御着の小寺殿にお仕えした方がよい。わずか二、三百の手勢《てぜい》をひきいていても、盗賊をふせげる程度だ。小寺氏は二、三千以上を動かせる身代だが、できればその家老になって、小寺氏の兵を動かしたほうが、仕事が大きくなる」

といった。

重隆は、自分は隠居ということで、あくまで兵庫助を立てるため、

「御着へゆけ」

と、いった。小寺氏への手くばりは、すでに広峰氏を通じておこなってある。

御着の城主小寺氏の当主は、藤兵衛政職《まさもと》である。凡庸《ぼんよう》な男でないにせよ、播州で傑出した人物ということはできない。広峰氏から内々の話があったとき、

「それは、ねがってもないこと」

と、よろこんだ。小寺氏の家臣には物事を宰領《さいりょう》できる者がおらず、戦場に出て大将から采配《さいはい》をあずかって一軍を指揮できる者もいない。

小寺藤兵衛は、重隆と兵庫助父子がいかにすぐれているかを、広峰氏からきいていた。

「早う、兵庫助とやらの顔をみたい」

といって、この話に乗り気になった。

兵庫助は、美々しく行装《ぎょうそう》をつくって、御着へゆき、藤兵衛に対面した。

小寺氏が拠る御着城のまわりは、ほぼ一面の水田である。

「印南野《いなみの》」

と上古にいわれた平野は、このあたり一帯をさしたのだろうか。

ただ、野のあちこちに多くの丘陵が隆起している。丘陵と丘陵がそれぞれ野を分割するようにして抱きかかえ、その野の一つずつに名称がついていた。三野《みの》などもそうであろう。御国野《みくにの》、深志野《ふかしの》などという野の名称もあって、それらの野の名前が、上代の開墾時代の草遠き風景をほのかに想像させる。奈良朝期におかれた国分寺《こくぶんじ》も、深志野、御国野といった野の一角におかれていた。

黒田兵庫助が御着城へ行ったときは、この国分寺の前を通っている。奈良朝の官寺であった国分寺は官寺としては衰え、その後真言宗になって、寺がかろうじて維持されていた。山門をのぞくと、境内に大きな藤が葉をさかえさせていて、夏の陽があおあおとそこに照っている。

御着城では、小寺藤兵衛政職が待っていた。

藤兵衛は瘦《や》せて色黒く、目がつりあがって、するどい。気概はあるのだが、気概のみがあって、智恵がさほどにある人ではない。

「よう、渡《わた》せられた」

と、藤兵衛は走り出るようにして玄関へ出て、若い兵庫助を迎えた。

そのあと、書院で型どおりの会釈《えしやく》があったのだが、藤兵衛は会釈のおわるのを待ちかねるようにして、場所を変えた。

庭へ出た。

大きな松の木蔭に、むしろが敷かれている。ここならば涼しくもあるし、膝《ひざ》をつきあわしての話もしやすい。

藤兵衛はそこへ酒肴《しゆこう》を運ばせた。大きな椀《わん》の上に、焼魚がのせられている。

「わしが釣った魚だ」

と、藤兵衛がいったのには、兵庫助も内心おどろいた。小寺氏は一郡を領する程度とはいえ、大名である。それが自分で釣りをして客をもてなすというのは、やや軽率《けいそつ》かとも思われる。

一面、播州の武家というものの粗野の気風というもののうかがわれ、好意を持った。

「兵庫助どのは、よい若殿輩《わかとのばら》である。ぜひわしが嫁御前《よめごぜ》を世話したいが、どうであろう」

「すでに嫁は」

持っている、と兵庫助がいうと、藤兵衛は、わかっているのだ、これは話だ、話を聴け、とせきこみ、

「わしが世話をしたい嫁は、わしの養女だ」

と、いった。

おもしろい男だった。兵庫助の現在の嫁を、藤兵衛は養女にするという。いきなり養女では、身分のへだたりがありすぎて、自然でない。

小寺氏の親族に明石氏がある。

明石氏も赤松のわかれと称する家である。播州明石郡の山地の伊谷川という所に小城をきずいていて、当主は明石備前守正風といった。兵庫助の嫁をこの人の養女にし、さらに藤兵衛がそれを貰うという形にして、あらためて兵庫助に娶《めと》せるのである。それによって、黒田氏と播州の名族とのつながりが濃くなり、のちのち動きやすくなる、と藤兵衛は思ってくれたのである。

黒田兵庫助にとって、信じがたいほどの好意を、示されたわけである。

(藤兵衛どのは、軽率なお人だ)

兵庫助は若いながらも、そう思わざるをえない。

ついでながら、

「藤兵衛」

という世襲の通称で、小寺氏は代々通っている。

この時代は、官称の私称濫称《ししょうらんしょう》の時代で、ちょっとした一ヵ村程度の領主でも、相模守《さがみのかみ》とか、筑前守とか、大和守などと、そんな官称を勝手に名乗って、みずからを装飾している。

兵庫助の父の重隆でさえ、流浪の牢人《ろうにん》であるのに、

「黒田下野入道《しもつけにゅうどう》」

などと称することもある。下野入道とは、頭を丸める前に「下野守」だったということをあらわしている。

そんな時代に、播州における一郡の大名である小寺氏の当主が単に「藤兵衛」というのはおかしくみえるが、この小寺氏も代々相模守とか加賀守とかをも称してきた。

しかし、公文書でも、「藤兵衛」とかく。土地の者も、藤兵衛さまという。百姓どもは御着城を、

「藤兵衛さまの御館《おやかた》」

などという。

理由がある。

かつて播州における守護大名として室町幕府のなかでも威をふるっていた赤松氏が、赤松満祐《みつすけ》の代になって六代将軍足利義教《よしのり》を憎むようになり、嘉吉《かきつ》元年（一四四一）に満祐は京都でこの将軍を殺した。このため赤松はいったんは滅亡した。

遺臣たちが赤松氏を再興すべく機会をねらっていたのだが、たまたま室町幕府に抵抗してきた南朝の残存勢力が、南朝系の皇族の一人を擁して自天王《じてんのう》というふしぎな称号をとなえさせ、奥吉野にたてこもっていた。この残存勢力は京都の御所から三種の神器を盗み出して、「神器をもつわがほうこそ正統の天皇である」としていたから、室町幕府としてはよほど頭痛のたねだったらしい。

そこへ、赤松氏の遺臣がしのびこみ、自天王を殺し、神器をうばって京都へもちかえり、幕府へさしだした。幕府は大いによろこび、赤松氏を再興せしめたということがあった。

そのとき遺臣団の指導者が、小寺家の祖の小寺藤兵衛という者なのである。

「藤兵衛ほどにえらい者はおらぬ。赤松家が再興されたのも、藤兵衛のおかげである。赤松家の者が世々藤兵衛の忠を忘れぬために、小寺家は代々藤兵衛を通称にせよ」

と、当時の赤松氏の当主がいった。赤松氏の再興が長禄二年（一四五八）だから、この時期より八十五年ばかり前のことである。

以後、小寺の当主は藤兵衛になる。

この時期の藤兵衛はべつに大志をもっていないが、近隣の諸豪から領地を攻めけずられている現状に、つよい恐怖心をもっている。そのくせ、頼みにするほどの才覚をもつ侍大将（家老）がおらず、戦闘にはつねに負けていた。

藤兵衛は、広峰氏などから姫路村の黒田父子の評判をきいていたから、兵庫助がやってきたことがよほどうれしかったのである。

乱世というのは、治世の数倍のはやさで時間が吹き飛んでゆく。

まだ若い黒田兵庫助における時間もそうであった。

兵庫助が、御着城で小寺藤兵衛にはじめて拝謁してわずか一年後には、小寺氏の一番家老になるのである。

「あの目薬屋が」

と、ひとびともおどろいた。

あわせて、捨て城同然になっていた支城の姫路城をあずかる身にもなる。治世で、ありうることだろうか。

ここで、そのことを考えてみる。

そもそも天文十二年の夏に兵庫助が御着城で小寺藤兵衛に拝謁したときをもって、兵庫助は小寺氏の被官になる。この主従関係は譜代とはいえず、外様《とざま》である。くわしくいえば、小寺氏の系列に属する、という関係であった。

言葉をかえていえば、

「陣触《じんぶ》れに応ずる」

という関係であった。小寺氏が戦《いくさ》をおこすとき、黒田氏は馳《は》せ参じてその陣営で働くという契約のようなものであり、譜代とはちがい、やや他人行儀な関係であった。御着城主小寺藤兵衛にすれば、もっと密着した、濃密な関係を結びたい。譜代衆としてあつかいたかった。

（黒田父子は、頼りになる）

と、藤兵衛が見たのは、かれの眼識といっていい。ともかくも絶えず危険にさらされている小寺氏としては、才覚をもつ家来がほしいのである。

黒田氏のほうも、当然、譜代衆になりたい。しかし藤兵衛の申し出を鄭重《ていちょう》にことわっているのである。あと、二、三年で四十に手がとどく重隆の老熟した智恵によるものであった。智恵の奥行きの深さは、黒田氏の家芸といっていい。

「それでは肩身が狭うございます。その前に手柄をたててからでなければ。——」

と、重隆は若い当主の兵庫助に智恵をさずけ、そういわせてある。実際、そうでなければ、兵庫助は藤兵衛に取り入っての仕官のようで、世間に安く見られる。のちのち小寺氏の勢力圏で活躍する場合、大胆にふるまうことができないのである。

黒田父子は、

——ぜひ、一合戦《ひとかっせん》おこしたい。

と、考えていた。

それも、自発的に敵をさがしてのことである。

この点、黒田父子にはよほどの勇気があったとみてやっていい。

累代《るいだい》の牢人の家で、備前福岡にあっても、あの商工業の町の寄生生活者として、武士なのか、遊芸の家なのか、あまり要領の得ぬ暮らしをつづけてきた。合戦のやり方など、家に伝わった智恵も経験もないのである。

それに、播州ではもっぱら目薬をつくっている。富ができ、若い百姓の二、三百人も被官にすることができたが、しかし根が百姓たちである。合戦に無経験の家が、素人の百姓をひきいて一旗あげようというのは、冷静な目でみれば常軌《じょうき》のことではない。

格好の敵がいる。

「香山《かぐやま》加賀守を討ち取ろうと思う」

と、ある夜、入道頭の重隆は兵庫助をよび、まじめくさった顔でいった光景は、後世の感覚からみれば噴き出したくなるようなおかしみがある。香山加賀守なる人物が、黒田氏に被害をあたえたわけでもなく、第一、たがいに顔も見たことがないのである。その首をあげて、それによって姫路に黒田氏ありと世間に知らしめようということであった。香山はむろん、そんな相談が播州平野の一隅《いちぐう》でなされているということを、つゆほども予測できない。

もっとも、この当時の播州の連中は、

「香山衆はもがり者」

と、ひそかに軽蔑《けいべつ》していた。もがりとはやくざ者をさす古い言葉で、いまでも兵庫県の在所ではつかわれている。

香山衆は地名でもある。

姫路の十数キロ西方に揖保川《いぼがわ》が流れて、播磨灘にそそいでいる。揖保川は北方の宍粟郡《しそうごおり》の山中に水源を発し、長流十五里、途中渓谷に落ちる細流をあつめて南へくだっている。途中、ほとんどが山中だが、山間の小盆地がいくつかある。北からいえば山崎郷、新宮郷、竜野郷などがそうだが、その山崎郷と新宮郷のあいだに、香山《かぐやま》という在所がある。

香山氏はここに山塞《さんさい》のような砦《とりで》をかまえ、揖保川ぞいの各郷を侵略し、にわかに新興の勢いを示してきている勢力である。

もとは、黒田氏と同様、流れ者であった。

「その祖は楠木正儀《まさのり》の遺児」

と称しているが、河内《かわち》の楠木党というのがもともと河内国の土豪で武家の名門ではなかった。応仁ノ乱以後、その子孫と称する者が乱の勢力の一方の総帥《そうすい》である山名氏にひろわれ、仲井姓を称し、この地の領主になってやってきて香山氏を称し、やがて所領を一千貫にまでひろげた。

「ねんぐをわれわれに納めよ」

といって、揖保川の水流を軍船で上下しては沿岸の各郷をおさえてしまい、いまでは小寺氏の領域にまで兵を送っては、

「ねんぐは小寺氏に納めるな。以後、香山どのに納めよ」

と、強奪同然のことをしている。

この香山の被官は、小寺氏だけでなく、広峰宮《ひろみねぐう》の社領もそのようにして押領されてしまっていた。黒田重隆が香山という北方の山間の勢力のことを最初にきいたのは、広峰の御師たちからである。

「香山衆は、もがりでござる」

と、重隆に泣くように訴えた御師もあった。

広峰だけでなく、小寺藤兵衛もこの香山衆には手を焼いており、攻めるとかれらは水流を頼って北へ逃げこみ、山塞にこもってしまうために、どうすることもできない。

「まず、香山加賀守の首をあげて。——」

と、重隆がいった言葉に、そういう背景がある。

攻撃計画は、慎重にやった。

「卑怯なようだが、不意討しかない」

と、重隆は兵庫助にそう言いふくめた。相手は歴《れっき》とした武装勢力であるが、黒田方は素人のあつまりであるにすぎない。多少の卑怯はやむをえない、と重隆はいうのである。

「日どりであるが、あすは正月という、大晦日《おおみそか》の夜に夜討掛《ようちがけ》すればよかろう。相手は油断している」

それが、重隆が示した方針である。

「あとはそこもとの才覚と宰領でやるがよい」

若い兵庫助にまかせた。兵庫助の器量については、重隆は自分以上だとみている。大晦日まで、四ヵ月以上ある。それまでは、小寺氏にも広峰氏にも秘密にすることにした。

この秘密を明かされたのは、家主の竹森新右衛門とその二人の倅《せがれ》だけである。

「うれしいことでござる」

新右衛門は、いい年をして躁《はしゃ》ぐばかりによろこんだ。この男は一介の流浪の黒田父子に運命を賭け、自分の屋敷も田畑も差し上げてしまってその家来になっただけに、この大ばくちに賭けるかれの昂奮《こうふん》は、黒田父子よりもはるかに大きいのが当然である。

まず、武具の支度をした。

槍、刀、足軽の腹巻といったものを、めだたぬように買いそろえねばならない。

実際の指揮にあたる兵庫助は、単身、揖保川《いぼがわ》をさかのぼって、香山庄《かぐやまのしょう》までゆき、つぶさに地理や敵状をさぐった。山が川のそばまで迫り、村は川筋にはりつくようにして家並《やなみ》をならべている。砦は、山頂にあった。しかし香山加賀守の常の居館は山麓《さんろく》の小高い所にあり、わずかな田園を見おろしている。砦のある山へも登り、つぶさに歩いてみた。砦の背面には、杣道《そまみち》のようなほそい道が、二筋あった。

(ここにも抑えが要る)

香山加賀守が裏山伝いに逃げる場合を考えて、抑えの人数を置かねばならない。

攻撃は、幾手《いくて》にもわかれて同時に攻めあげるのだが、主力部隊は、舟によるのがよさそうだった。陸路を多数で行進していると、途中、人に気づかれてしまう。舟ならばいい。それも下流からさかのぼるのが常識だが、それをとらず、上流から一挙にくだってくるほうがよさそうだった。

この四ヵ月の準備期間中、兵庫助は何度も香山庄あたりを歩きまわって、夜間でも行動できるほどに地理感覚を体の中に入れた。

配下の主だった者には、それをさせた。

「意外に、小粒な男でございました」

と、兵庫助は香山加賀守をその山間の路傍で目撃したので、その様子を父の重隆に伝えた。

「猿眼《さるまなこ》で、怒《いか》り肩であったろう」

重隆も、ひそかに偵察に行って、知っていたのである。

いよいよ決行の日がせまってから、兵庫助は御着城へ行って、小寺藤兵衛にうちあけた。

襲撃の夜は、晦日《みそか》だから、月はない。

星はあった。

それも満天の星あかりである。

この、山々のすそを割って流れる川の上流に、川戸という山村がある。兵庫助はそこに十艘《そう》の舟を用意しておいた。

川をくだる部隊は、ぜんぶで百人である。かれらは夕刻から川戸の裏山に伏せていて、夜が更《ふ》けるのを待った。

やがて、定刻とともに岸辺にあつまり、それぞれ無言で定められた舟に乗る。兵庫助は合戦の素人だからすべて自分の頭で方法を練りあげた。それだけでなく、前日に、おなじ想定のもとに兵を川戸の山にあつめ、演習さえした。夜間の集団行動というのは困難で、それほどのことをしておかねば成功しない。

十艘の舟は、川をくだった。この舟の隊は、竹森新右衛門が指揮をした。

兵は、あらかじめ三手にわけてある。黒田兵庫助自身が直接指揮をする一手は、すでに香山館《かぐやまやかた》のそばまで忍び寄り、何刻《なんどき》も息を殺していた。

もう一手は小人数だが、山頂の砦にしのび寄っている。その山頂の一角に枯れ柴《しば》を盛りあげていた。ふもとで火の手があがると、その枯れ柴に火をかけ、盛大な火焰《かえん》をあげ、鬨《とき》の声をあげさせるのである。

ふもとの香山衆は、

――砦を敵にとられた。

と、錯覚するであろう。

兵庫助はその前に、三人の火つけ役に、館のそばの野小屋に火をかけさせることにしていた。この野小屋に火の手があがるのを合図に、全軍がうごくという仕組みにしておいた。

やがて香山庄の河原に、上流からくだってきた舟がついた。

兵庫助は、使番《つかいばん》をひとりつれて、河原に出ていた。枝葉のしげった大きな真竹《まだけ》を立てて、兵庫助が水ぎわで待っていた。舟の指揮者である竹森新右衛門はその真竹をめざして、舟を寄せた。すべて兵庫助の智恵である。こういう智恵というのは、黒田家の血のなかにあるようなぐあいである。

兵たちが、足音をしのばせて上陸した。

「野小屋に火をかけよ」

と、兵庫助は河原から使番を走らせた。使番が岡にむかって走った。

(わしの見込みどおり、しっかりしたお方だ)

と、闇の中で、新右衛門は初陣《ういじん》のこわさをわすれるほどにうれしかった。

川からあがった人数も、香山館に近づき、ひしひしと囲んだ。

兵庫助はそれら全体の動きを闇の中で感じつつ、ときどき歯の根があわなくなった。歯がはげしくふるえるというのは、初陣のせいかもしれないが、ひとつには、兵庫助がうまれつき豪胆な人間でないせいかもしれなかった。かれは、自分に勇気があるとはおもってはおらず、勇気のなさを補うのは着実に事をやる以外にないと思っていた。

やがて野小屋に火の手があがった。

わっと、主力が堀を越え、塀をのりこえた。野小屋の火が、主力の行動のために、かぼそいながらも照明の効果をはたしてくれた。

山頂からも、火の手があがった。

そのころには、主力が香山館の中で狂ったように戦っている。

狂わねば、ひとの屋敷を夜襲するなどということはできない。

兵庫助の人数は、みな腹巻装束《しょうぞく》の上から白い経帷子《きょうかたびら》を羽織っている。敵味方を識別するためだが、同時に、狂うがためでもあった。死人の装束で刃物をふりまわして突っこんでゆくために、ときに精神が混濁して、走りまわっている死人装束の味方をみて、たがいにこの世で荒れくるっているのか、もうあの世へ行ってしまっているのか、よくわからない瞬間もある。

四半刻《しはんどき》ほどして、めざす香山加賀守の首をあげた。

兵庫助は、夜があけてから多忙だった。

「われらは小寺どのの人数である。香山加賀守は多年このあたりを押領し、さらには神罰もおそれずに広峰宮の御厨《みくりや》（神社の領地）まで侵したてまつった。以後、揖保川ぞい一帯は小寺どのの慈悲によってねんぐを軽くするゆえ、百姓は安堵《あんど》してはげむべし」

と触れさせた。

そのために、各在所の代表もあつめた。

兵庫助は、広峰宮の神威も藉《か》りた。攻めとった香山館の門に大きなしめなわをはりめぐらし、広峰宮からおおぜいの御師もよんで、二日間、浄《きよ》めの護摩《ごま》を焚《た》いてもらった。

「黒田どのの後楯《うしろだて》は、広峰さまであるそうな」

といううわさがひろがり、それならば今後悪《あ》しざまにはなさるまい、とひとびとは安堵した。

香山加賀守の首は、御着の小寺藤兵衛に送った。

ついでながら、揖保川ぞいの在所には、香山加賀守の配下だった地侍たちも多く、この連中に逆襲させないよう、兵庫助は小寺氏から後詰《ごづめ》の兵力を三百ばかり借りている。後詰の兵はいわばみせかけの人数で、戦闘はしない。戦闘は黒田勢だけでやった。そのことは、最初から小寺藤兵衛とのあいだの約束であった。

小寺藤兵衛は黒田兵庫助からこの一挙をきいたとき、

——こちらからも人数を出そう。

といってくれたのを、ことわったのである。しかしむげにことわるのも可愛気《かわいげ》がないと思い、ぜひ後詰の人数を拝借したい、それも、事が成った翌日にきてもらいたい、その美々《びび》しき御人数をみれば川筋の百姓どもが大きに安心致しましょう、といっておいたのである。

「うれしいことをいう」

藤兵衛は、声をあげてよろこんだ。手をよごさずに香山加賀守の所領が入るばかりか、以後、北方からの脅威がなくなるのである。

このさわぎがしずまったあと、小寺藤兵衛は兵庫助に、香山庄をあたえた。

さらに、香山加賀守が押領していた広峰領は広峰宮に返し、その御厨の管理は黒田氏にあたらせた。

「城がなければ不自由であろう」

ということで、藤兵衛は黒田父子を、空城《あきじろ》同然にすてられていた姫路城に入らせ、小寺勢力圏の西方の鎮《しず》めにしたのである。

姫路村

官兵衛に、関心を移す。

のちに、孝高《よしたか》と名乗り、官名を勘解由次官《かげゆのさかん》と私称し、洗礼名をシメオンと称したこの人物は、天文十五年十一月二十九日にうまれている。

幼名は、萬吉といった。

「萬吉丸どのは、骨細《ほねぼそ》にて」

と、土地の者が敬愛といたわりをこめてこの嬰児《えいじ》を見まもったのは、ひとつには、黒田氏がもはや流浪の家でなく姫路一円の抑えの家になっていたからであろう。さらにひとつには、祖父の重隆も、父の兵庫助職隆《ひょうごのすけもとたか》も、土地の百姓のうけがよかったからでもあった。

「わが家は、百姓どもが盛りたてたによって、流浪の境涯から脱することができた。百姓の恩を忘れればわが家はかならずほろびる」

ということを、重隆が兵庫助に教え、兵庫助も萬吉の成長につれて、しばしばそのことを、哺《ふく》み移すようにして教えた。

萬吉は姫路城で育ったが、貴族的な育てられ方をしたのではなさそうであった。ふつう、大名のまねをしたがる小豪族は、その哺育《ほいく》に乳母をつけ、母親自身が哺《はぐく》むわけではなかったが、萬吉はその母親によって育てられた。

萬吉の骨格は母親似で、ひとのいうようにいかにも骨細であった。母親が和歌を好んでいたために、萬吉も幼いころから古歌を憶《おぼ》えてしまい、津々浦々の歌の名所などはみな諳《そら》んじて、わからぬところがあると、

「母上、それはいずれの国の、どのような景色のところでございます」

と、きいた。

母親はいちいち古歌を例にひいてその景色をおしえた。

このため萬吉は十歳前後には歌枕《うたまくら》や歌の名所を足がかりにして諸国の地理や、地理的関係位置をおぼえてしまうようになっていた。

十歳をすぎても、脾弱《ひよわ》で臆病《おくびょう》な子であったらしい。脾弱さは生涯のものになり、臆病ということも、成人してのち屈折して複雑なものになるが、しかし性格の基底に横たわるものとして生涯ぬけなかった。

貴族的な育てられ方をしなかったということについては、学問を学ぶについても師匠みずから登城して若殿に拝謁して物を教えるというようなことはなかった。萬吉み

ずからが城の丘をくだり、城下の村にある浄土宗の小さな寺へ行って学ぶのである。

そのあたりも、土地の大百姓の子とかわらなかった。

十歳で、母と死にわかれた。

このことは萬吉にとってよほどの痛手だったらしく、ほとんど一ヵ月ばかり食が細くなり、頬《ほお》がそげ、子供のくせに老人のように物静かな歩き方をし、物思いにふけったりした。

それまでは活発に弓馬の稽古《けいこ》もしていたのだが、それもやめてしまった。終日、亡母の部屋にこもり、母が遺した歌の書などを読みふけったらしい。

父の兵庫助は、この時期、御着城の小寺藤兵衛から、

「小寺の姓を名乗られよ」

といわれて、小寺兵庫助ということになっている。このため官兵衛もまたかれが壮齢に達するまで小寺官兵衛孝高と名乗るに至るのだが、いずれにせよ、御着城の小寺藤兵衛は姫路の城代にした兵庫助をよほど信頼していたらしい。

この時代の大名のあいだで、気に入った重臣に自分の家の姓を名乗らせることがはやっていた。

「わが一族になれ」

という思い入れなのである。流れ者の黒田氏が、新参ほどもないのに主君の小寺氏からその姓を貰うなどとは、よほどの信頼のされかたといっていい。ひとつには、どの大名も、あすの身が知れなかった。敵国が問題であるだけでなく、重臣もときに敵になった。重臣に寝首を搔《か》かれた例が無数にあり、信頼のできる器量人の心をできるだけ濃い関係にして繫《つな》ぎとめておきたかった。姓をあたえて一門並みにするというのは、そういう事情から出ていた。

他の大名の家に使者にゆくときも、外交上、便利でもあった。黒田氏などというどこの馬の骨かわからぬ姓を名乗ってゆくよりも、

「小寺兵庫助でございます」

と称して相手に会うほうが、相手にとって得体《えたい》が知れるだけでなく、その使者としての貫禄《かんろく》が一段も二段も重くなるのである。

兵庫助は、常時、御着城にいて小寺藤兵衛を補佐していた。一番家老として家のきりもりをするだけでなく、合戦があると主君の藤兵衛から采配をあずかり、一軍の指揮もするのである。こういう兵庫助の人柄と働きと、それを信じきっている小寺藤兵衛のほうの厚い信頼のために、兵庫助が御着城にいないと物事が運ばないということ

になり、このため姫路城はつねに留守であった。

留守中のことは、竹森新右衛門ら重だつ寄合衆《よりあいしゅう》が物事をきめては事を運んだ。大きな事だけは、御着にいる兵庫助にうかがいをたてた。

こういう状態のために、母を亡くしたあとの萬吉の教導を、父の兵庫助が十分に見ることができなかった。

兵庫助も、割り切ったところがあった。

「達者であればそれでいいのだ」

と、見ている。萬吉の体が頑健《がんけん》でないということについても、

「頑健だからいいというものではない。おのれが脾弱であればひとの病弱もいたわることができ、また頑健な家来を大切にするという気持も出てくる。ゆらい、黒田氏の家系から頑健な者が出たことがない」

ともいっていた。この言葉はいちいち正確に萬吉の耳に伝えられていた。

しかし萬吉が母の死後、亡母の部屋にとじこもってその遺愛の歌の本などに気をとられているということを知って、兵庫助はさすがに気に病んだ。しかしそれについても訓戒はせず、

「かならず気をとりなおすときがくる」

と、いっただけであった。それも萬吉に伝わった。

父の兵庫助は、そのようにして御着城から萬吉を見つめている。

ある日、姫路城に帰ると、いきなり萬吉の部屋に入って、

「どうだ」

と、大人にいうように話しかけたのである。

「歌の本は、面白いものだ」

と、兵庫助は萬吉の部屋で、突如いった。決して歌書を読むことをやめて武技にふけれとはいわなかった。

ただ、十歳の萬吉にはついてゆけぬようなことをいうのである。

「世を捨てたいと思うか」

萬吉が、初老の男でもあるかのようにいう。

「わしも若いころ、世をすてて歌など詠んで暮らせればと何度か思ったことがある。いまもそうだ。いまもし、姫路の被官や百姓どもがおらず、御着の殿（小寺藤兵衛）がおわさねば、わしはあすにでも世を捨てて歌詠みになりたい」

さらに、

「おなじ一生を送るのに、歌詠みほどよい一生はあるまい」

と、むしろすすめるようにもいう。

萬吉には、よくわからない。かれは古歌の詩情のなかにいることも好きではあったが、しかしそれ以上に、亡母を追慕するには亡母の遺愛の歌の本を読んでいる以外にないと思いつめているのである。さらには、死後の世界を想ったりした。死ねば、たとえば亡き母などはいまどこでどのように暮らしているのかということが、とらえどころのない不安としてかれをたゆたわせているのである。

父が、世を捨てる話をする。世を捨てるとはどういうことなのか、その意味もわからないし、むろんそのつもりもなかった。しかし世を捨てるということが大人の世界の衝動らしいということはおぼろげながらわかっていたし、その大人の世界のことを、父が十歳の自分を大人として語ってくれていることについては、こころよい緊張が体の中に走りつづけていた。

「捨てたくても捨てられぬのが浮世だとわしはあきらめている」

兵庫助は正直な人で、そのにがい感情を表情にまで出していうのである。

「それとも萬吉丸よ、わしがふたたび世を捨てて、わが家が累代《るいだい》なしてきたように流浪のくらしをするのがよいとおもうか」

「わかりませぬ」

と、萬吉は答えざるをえない。

「流浪の父子《おやこ》にもどるか」

兵庫助は、からかっているのではない。

「わしどもが、流浪の父子にもどって姫路を出てゆくほうがよいともしそこもとが思うなら、いつでもわしにそう言え、わしは、そこもとの一言で世を捨てる」

ともいった。

萬吉は話が自分の思いもよらぬ方角に行ってしまっているとは思いつつも、兵庫助が自分を一個の男として処遇してくれていることについては激しい快感があった。

姫路村に浄土宗の草庵《そうあん》があって、圓満《えんまん》という老僧が住んでいる。

この僧が、萬吉の初等教育の師匠であった。すでにのべたように萬吉のほうから城山を降りてこの草庵に通うのである。

圓満は、この萬吉という少年が気に入っていた。

(もし次男、三男であるなら、弟子としてもらいうけたいところだが)

と、つねづね思っている。

萬吉にはどこか女児をおもわせるような心の優しさと嫋《たお》やかさがある上に、物憶えがよく、小さなことにも心くばりが利《き》いていて、しかも行儀がよかった。圓満からみれば武家の家を継ぐより僧の弟子になったほうがよほど似つかわしい。

しかし、萬吉は長男なのである。

(このような子が成人したところで戦場の用に立つだろうか)

圓満は疑わざるをえない。常識的にいえば並はずれて腕白者であるとか、馬鹿力があるとか、あるいは身動きが敏捷《びんしょう》であるとかいったような特徴が武家の子として望ましく思えるのだが、萬吉にはそれがなかった。それだけに圓満は萬吉をあわれに思い、可愛さも増し、なんとか武家の子として世に立てるようにしてやりたいとおもうのである。

「きょうは、張良《ちょうりょう》の話をしよう」

といって、この漢帝国の創業の謀臣について話してやったこともある。張良は若いころ一見婦人のようで、とうてい百万の軍をうごかしてかならず勝ったという後年のかれをその相貌《そうぼう》から想像できなかった。

「張良、字《あざな》は子房《しぼう》、韓の王室の出ながら、韓が秦《しん》にほろぼされたあと、そのあだを報いようとし、秦の始皇帝のあとをつけねらった」

と、圓満はいう。張良は自分の膂力《りょりょく》のなさを知っていたせいか、すぐれた力士を愛し、また財を散じて刺客を養い、ついに始皇帝を博浪沙《はくろうさ》に襲撃したが失敗した。その後、転々とするうちに深く兵法を学ぶようになり、高祖劉邦《りゅうほう》のもとに参じてからは劉邦をたすけて戦略と政治の謀臣になった。

「劉邦はいくさが上手だったのでございますか」

と、萬吉は少年らしい好奇心できいた。上手ではなかった、と圓満はいった。劉邦も自分のその欠陥を知っており、人の意見はよくきいた、劉邦はいわば何の才能もなかったが、しかしあらゆる才能の持主の上に乗ってそれを駕御《がぎょ》できる器をもっていた、と圓満はいう。劉邦はその競争相手である項羽《こうう》と何度も戦い、その長い戦いのあいだ、張良の策をよく用いてついに勝ち、天下を統一した。若殿もみずから匹夫《ひっぷ》の勇を見習う必要はない、張良になるか劉邦になるか、いずれにしても志を雄大にもつべきである、というのである。

圓満坊が張良の話をもち出したのは、萬吉がその生母の死後、憑《つ》かれたように歌の書物に読みふけっているということを知っていたからであった。

張良の話をすると、萬吉の表情がわずかに明るくなった。

「おもしろうござるか」

と、念を押してみると、かすかに戸惑ったような表情になり、念を押されるほどには面白くなさそうでもあった。萬吉はそういう話よりも歌書のほうが好きで、できれば歌学の指導でもしてくれたほうがいいとおもっている。

「すこしは面白うござるか」

「すこしは。――」

と、萬吉はうなずいた。かれが正直者である点では、稀代《きだい》の策謀の才能をみせた後年になってからも変りがなかった。

「若殿。あなたはひとよりも欲望がすくない」

と、圓満はいった。欲望の稀薄な者が、この戦国の世で武家として生きてゆくにはつらかろうと思い、そのことを思うにつけても萬吉があわれになるのである。

「張良もそうだったかもしれない」

圓満は漢帝国が興るまでのあいだの張良の働きや言行をつぶさに物語り、

「張良ほどに謀才があり、つぎつぎに奇略を生み、さらには敵味方の諸将の気持を手にとるようにわかっていたということであれば、高祖の劉邦も張良を危険に思ったり、ひとも張良を油断ならぬ男としてみるはずであったが、実際にはそのようには思われていなかったところを見ると、張良というのは無欲で無私で心映えの涼やかな人物であったのかもしれない。またそういう人物でなければ策謀を生むことができなかったであろう。欲深な者は欲のためによく働きはするが、しかし欲に気がとられて物事をありのままに見ることができなくなり、ついに身をほろぼす」

と、いったりした。

圓満は、幾日か漢の劉邦の天下統一までのあいだの事件を語り、劉邦の人柄を論じ、さらにその相手の項羽を語り、劉邦をたすけた張良や蕭何《しょうか》、韓信《かんしん》などを語って、少年の心を十分にひきつけておいてから、ある日、

「あなたはいまのようでは亡びるでしょう」

と、おどした。

いまのようでは、というのは歌に気をとられているようでは、という意味である。

「いま本朝《ほんちょう》の乱れをみるに、秦《しん》の末期とすこしもかわらない。やがて天下の一角に項羽のごとき者が出、また劉邦のごとき者が出るはずであるが、あなたはそのいずれにもなることができず、おそらくこの播州の一角の田舎の小競合《こぜりあい》でほろびてしまうかもしれない」

と、おどした。

萬吉は元来、臆病なところがあった。のちにそういう自分の心の肉を厚くしておびえやすい性格をかろうじて矯《た》めるのだが、このときばかりは素直におびえた。

萬吉が歌の書物と縁を切ったについては、この圓満の力が大きい。


萬吉は十四歳で元服し、すでにのべたように官兵衛孝高と名乗った。

十六歳で小寺藤兵衛の近習《きんじゅう》になり、御着《ごちゃく》の城に起居するようになった。この当時の慣習で、重臣の子を近習として召し出すのは人質としての効用もあったからである。

その年に小さな合戦があったから、これが官兵衛の初陣になった。しかし槍をとっての働きはしていない。かれはそういう不得手なことをしようとも思わなかった。

父の兵庫助は首席家老であるために、戦闘序列の場合は先鋒《せんぽう》の大将になる。兵庫助が前線で指揮をとっているあいだ、この若者は主人の藤兵衛の床几《しょうぎ》のまわりにひかえていた。

ただ、進んで使番《つかいばん》をつとめた。使番とは伝令将校のことで、ふつうは老練の武者がえらばれる。ふつう馬上の槍働きにおいても強《したた》かな者がえらばれたりするのだが、役目そのものは直接腕力に関係はない。

「いま、前のほうはどうなっているか」

藤兵衛がつぶやくと、官兵衛は馬を駆ってとびだすのである。馬術も上手ではなかった。かれは味方のあいだを駈けぬけつつその動きを見、士気を見、さらに前線へ出、ときに放胆にも敵の領域に入って状況をさぐり、もどってきて藤兵衛に対し簡潔に状況をつたえた上、

「もう半刻《はんとき》もすれば敵は崩れ立ちましょう」

と、いったぐあいの見通しまでつけ加えるのである。合戦には未経験の十六歳の初陣でそういうことがわかるはずがないのだが、官兵衛はそういうかんがうまれつき備《そなわ》っていたのであろう。

一見、控え目に見える男だが、腹の中にふてぶてしいものがあって、

（合戦などというのは、所詮《しょせん》は打ちあいだ。むずかしく考えることはない）

と、たかをくくったところがあり、このため錯綜《さくそう》した状況に呑《の》まれて目がくらんだり肝がつぶれてしまうということがなかった。

その後、さほどにめだたぬ存在としてお城勤めの日々をかさねている。

ただ老功の士から経験談をきくことを好み、そのことは騎乗の士だけでなく足軽や黒鍬者《くろくわもの》（土工）にまでおよんだ。

さらには、広峰の御師の供に化けて、播州一円を歩きまわったこともある。これに

よって兵要地誌の感覚をゆたかにした。また播州の他の大名や豪族の人物や実力について関心をもち、主君の藤兵衛の使いなどで四方にゆくときは、できるだけ多くの人に交わり、かれらの能力や性格を知ろうとした。

十九歳になるころには、

「御着の家来官兵衛というのはよい男だ」

という評判をとった。そういう評判をとろうとしたわけではないが、人柄のいい若者というのが、播州でのかれの一般的印象だったらしい。

——黒田どのが、よき者を集めておられる。

という評判は、官兵衛の幼いころからこのあたり一帯にひろがっている。

「黒田どのは牢籠《ろうろう》の境涯から出られた。備前からこの播州に流れついたときには、その日の暮らしにもこまるほどで、ご家来衆は一人もおらなかった」

ということも、姫路あたりでは常識になっていた。さらに、官兵衛の祖父の重隆、父の兵庫助およびその家族の言動がいかにも気品があり、土地の者にも優しかったため、たれもがその後の異数の出頭《しゅっとう》を嫉《そね》む者はない。

むしろ姫路村とその近在の百姓どもが、姫路の城代であるこの家を盛りたて、足軽奉公などもよろこんでするようになった。

官兵衛の祖父重隆は、官兵衛の十九歳のときに病没したが、このときの葬列が野をゆくとき、付近の百姓家の男女が千人ほどもあつまってきて葬列がひたひたとすすむ野道のはたにうずくまり、泣きながらその死を送った。たれもが重隆から声をかけられたか、借銭《しゃくせん》を勘弁してもらったか、何らかの縁のあるひとびとであった。

この時代、百姓からこれほど敬愛された領主はめずらしいかもしれない。

ただ、

「よき者」

となると、むずかしい。黒田家はなるべく姫路村とその付近の農民から人を採り、侍に仕立ててゆくのが方針であった。ただ、士分という将校の人材になると困難で、その任がつとまるだけの勇気、才覚、腕力がそろっていなければならない。

結局は、これはと思う者を子供のころから兵庫助自身が育ててゆくほかない。官兵衛が成人するにつれてそれらも多少は育ってきたが、まだめぼしい者はいなかった。

「官兵衛自身が育てよ」

と、父の兵庫助がいうようになったのは、官兵衛の十七、八のころである。

ひとつには、兵庫助は官兵衛をみて、どうやらこの息子は自分以上の男だと思いはじめたらしい。息子がみずから養成した士卒でなければ、将来、きわだった仕事ができにくかろうとおもったのである。

この例も、めずらしい。この時代の武将は、力量のある息子に対し父親が嫉妬《しっと》する例などもあって、家督を容易にゆずろうとしないのがふつうだが、兵庫助は淡泊であった。かれは官兵衛が二十二のとき、自分がまだ四十半ばにもなっていないというのに、さっさと隠居してしまうような男なのだが、こういう淡泊な人柄も、兵庫助がこの土地のひとびとに感じさせている魅力だったにちがいない。

右のような背景のもとに、のちに黒田家をささえた名のある者たちがあつまってくるのである。

たとえば有名な栗山《くりやま》備後も、このようにして黒田家にやってきた。

官兵衛が二十歳のときである。栗山は小柄なわりには頭の大きい子で、奉公にあがったときはまだ十五歳であった。名は善助といった。

いまの姫路市はすっかり都市化して、この市街地に播州平野のかつての面影をみることができない。

ただ、姫路駅の南西に、中央公園というのがある。このあたりは耕作不能の雑木山で、公園にとりかこまれた山の名はむかしもいまも手柄山《てがらやま》とよばれている。まわりが一望の平坦地だけに、この低い丘陵群はどこからでもよくみえた。

その手柄山の丘陵の一つに、栗山という山がある。栗の林でもあったのだろう。

その栗山のふもとにも戸数のわずかな集落があって、山の名をとって栗山とよばれていた。

栗山善助は、そこから出てきたのである。

官兵衛ははじめてこの十五歳の少年に対面したとき、優しげな口もとに似合わず、両眼が異様なほどに輝いていることに気づき、ひどく気に入った。

「ゆくすえは千里のかなたに使いすることもあるのだ。一通りの行儀作法を身につけよ」

「行儀作法だけでございますか」

それならまるで、室町の御所に奉公する侍ではないかと、善助は不服げだった。

ついでながら、室町御所に詰めている武家たちからみれば、播州小寺氏の成りあがり家老の分際《ぶんざい》などは、応仁ノ乱のころに横行した足軽のようなものだ。足軽とは農村から出てきて武家に奉公し、氏素姓《うじすじよう》無くして武事をなすものである。応仁ノ乱のころには正規の武家どもがいくさをするより、実際の戦闘はこの足軽がやった。請負《うけお》ったようなものであり、その傾向が津々浦々におよんで、津々浦々の正規武家は無力になり、棚上《たなあ》げされ、しだいにその領地を足軽的階級の者が押領し、領主とか城主とかといったような者になった。

官兵衛も、そうした分際の出である。そういう分際が、まず人がましくふるまうには室町礼式を身につけねばならず、自分の郎党にもそれを学ぶように要求した。それが侍であることのしるしであり、でなければ、野伏《のぶせり》のようなならず者の一団とかわらない。

「あとは、いうまでもあるまい」

官兵衛はいう。侍にとって武事が大切ということはいわずもがなのことだ、という。

「侍は、敵に勝つためにある。武事とは、敵に勝つために必要なすべてだ。そのことは、日常、刹那《せつな》といえども怠ってはならない」

官兵衛は、二十ですでに長者としてふるまわねばならない。

げんに、そうふるまった。栗山善助はのちに備後と名乗って黒田家における常任の先鋒大将になり、さらに老いたのちも、主人の官兵衛を、

「あの人ばかりは二十歳のときにもはや老熟していて、あれが二十歳のころだったの

かと今ふりかえってもふしぎな思いがする」
と、まわりの人たちにいったが、実際、そういう意味では官兵衛は風変りな男だった。かれは二十歳のころにすでに後の官兵衛のかたちができていたが、それよりもおかしいのは、年を経るに従って若気のようなものが出てきて、晩年になると、青年のように颯爽《さっそう》としはじめ、しかも最後まで自分の成功に甘んじたことがなく、天下人《てんかびと》を志す夢をすてなかった。

官兵衛が妻をめとるのは、二十二歳のときである。
御着城主小寺藤兵衛の声がかりによるもので、藤兵衛としてはよほど兵庫助と官兵衛というこの父子を頼みにする気持が厚かったにちがいない。新参の、しかも播州という土地に根がなく、いわば流れもののこの一家に対し、こうも手厚い態度をみせるというのは、逆にいえばこの父子がいかにひとの信頼を繋《つな》ぐに足る人物であったかを証拠だてている。

藤兵衛が官兵衛にめあわせたのは、かれの姪《めい》であった。播州の志方村《しかたむら》を領する小さな城主で、櫛橋豊後守《くしはしぶんごのかみ》という者の娘である。櫛橋氏も播州の豪族がたいていそう称しているように赤松氏の支流であった。いずれにせよ備前から流れてきた家のせがれには、もったいないようなはなしである。

藤兵衛にすれば、

「櫛橋と縁を結べば、黒田の家（実際には小寺姓を称している）も、土地に根ができて心強かろう」

と、心を配ったあげくのことである。もっとも打ち割ったところは黒田氏のためというより、このようにして一番家老の心をつなぎとめてこの乱世をきりぬけてゆきたいということにあったのかもしれない。

「まことに御心くばり、仕合せに存じあげまする」

と、兵庫助は鄭重《ていちょう》に御礼を申しあげた。しかしながら一面、毅然としていたのは黒田氏の風《ふう》でもある。

むかし近江にいたときには佐々木源氏の支流であったという誇りもあり、櫛橋氏に対してすこしもひけ目におもっていない。

この黒田氏の筋目については、主君の小寺藤兵衛もしきりに吹聴はしている。自分が取りたてた一番家老が、どこの馬の骨とも知れぬ流れ者の家だということは藤兵衛にとっても恥辱になる。

「彼《か》の家を見そこなってはならぬ。世が世なれば室町御所で御側衆《おそばしゅう》をつとめるほどの分際である」

と、吹聴していた。室町御所の御側衆などとはすこし大げさだが、田舎というのは野良の声が大きいように、物事は大げさにふくらまさねば、耳にずっしり入らぬものでもある。

官兵衛が妻を娶ったその年の暮に、父の兵庫助が隠居をしたいと申し出た。

「まだ早いではないか」

と、小寺藤兵衛はおどろいてしまった。兵庫助は四十半ばの壮齢で、体に故障もない。せっかく姫路城をあずかる身分になりながら、それを惜しげもなく捨てて隠居するというのは、藤兵衛ならずともおどろくであろう。

が、一面、それが兵庫助の人柄の欲のなさをもあらわしている。この一族が藤兵衛に信頼され、また土地の者から信望を得ているのはこの独特の淡泊さがあるからである。

藤兵衛もゆるさざるをえない。これによって官兵衛は二十二歳で一番家老をつとめることになる。藤兵衛が兵庫助の隠居をゆるしたのは、ひとつには、官兵衛の力量が兵庫助より上まわっていることに気づいていたためでもある。

官兵衛における二十前後のことを考えてみたい。

御着城というのは小規模ながらも殿中がある。小寺氏傘下《さんか》の諸豪族が寄りあつまってきて、サロンのようなものを作っている場所である。そういうサロンで、官兵衛という若者について、

「万事京めかしくつくろい、いやなやつである」

と、感じていた者もいたであろう。なるほど官兵衛は変におとなびて、うまれつき老熟しているようでもある。すこしは若者らしく軽はずみなところがあってよいのではないか、と、官兵衛を憎体《にくてい》に思う者も多い。かれらは藤兵衛が黒田父子を気に入っているために藤兵衛の前で露骨に口に出すことをひかえていたが、いつか大事がおこったときに目に物をみせてくれようという底意地《そこいじ》をくすぶらせている者もあった。

そういう土着の衆の感情に対し、父の兵庫助は十分に配慮していた。かれらに対して大小となく恩を売り、あるいはかれらの体面を重んじてその意見も容れ、一番家老をつとめつづけているあいだは気をつかうことで心を労しぬいたといっていい。

が、官兵衛はうまれつきの姫路城代の子なのである。ひとに対して気をつかう性格は兵庫助以上だったかもしれないが、しかしときに木で鼻をくくったようなところもある。たとえば十八や十九の年齢で年老いた土豪をよびつけて叱らねばならぬ場合、

「世間のしきたりはこうでござるゆえ、あなたも自儘《じまま》をおつつしみありますように」

などと言うと、老人たちがなにをこの小僧、とおもうのが当然であった。父の兵庫助ならそうは高飛車《たかびしゃ》に出ず、土豪を訓戒するときなどは主君の小寺藤兵衛の名前をもちだし、

――左様なことでは殿の御機嫌に障《さわ》るかもしれませず、それがしはそれのみが心配でございます。

などというのだが、官兵衛の代になるともう流れ者の新参衆という負け目《ひ》はなく、それだけに土豪たちに対する態度もつい大きくならざるをえない。そのくせこまったことに土豪たちのほうは官兵衛の祖父の重隆と父の兵庫助が流れてきたころのことをありありとおぼえているのである。御着小寺氏傘下の小豪族団がやがては黒田氏に心を冷たくして行くのは、ひとつは官兵衛のせいでもあった。

小面憎《こつらにく》いのである。

といって官兵衛に野心や私心があるようにはみえないため、攻撃の材料がない。せ

いぜい、
「小童《こわっぱ》が、おとなぶるか」
と、かげで渋面《じゅうめん》をつくっている程度で、ともかくも官兵衛のおとなぶるさまがかれらの気に食わなかった。

しかし官兵衛の本質は決して老熟のひとではなさそうである。

——すこしは軽はずみもすればよかろう。

とひとは蔭口《かげぐち》をたたくが、じつをいうと官兵衛の本質は軽はずみということであり、かれの生涯は軽はずみの生涯であったかもしれないのである。

官兵衛は若者のくせに、墨絵《すみえ》のなかの人物のような印象でもあった。墨という黒一色で、その濃淡だけを使いわけて描いたような印象をひとびとにあたえていたが、しかし官兵衛自身の心の世界はまるでちがっている。

官兵衛ほど、五彩のステンド・グラスのような華麗な世界を持っていた男はすくないであろう。

(そういう世界へゆきたい)

という思いが、官兵衛の生涯をひきずっていたかのようである。その光線がガラスに透過してきらめくような五彩の世界とは、ありきたりの栄達でも征服欲でも、ごく単純な天下取りの夢でもなかった。

例えていえば、目でもって見て見馴《みな》れてしまっている播州野の、あるいは姫路村の、あるいは御着城の山河と暮らしと人間のいるあらゆる風景よりも、せめて一筋でも強烈な光線がそこに射しこんでいる世界はないかという夢想といっていい。

夢想というやわな言葉は不適当であろう。それが在ると自分で信じている信仰的風景へ自分の歩々《ほほ》としてゆく足どりを近づけてゆきたいという願望といっていい。

――華麗なもの。

というのが、青春におけるかれのひそかな信仰の対象であったことはたしかだが、その華麗なものの説明となると、かれ自身もうまく言いあらわせなかったにちがいない。

華麗とは、単純にいえば美術的世界もその一部に含められるが、官兵衛はその世界にあまり関心がない。たとえばその時代の美術的世界として茶道がある。かれは茶道についてはのちのち一通りのことはしたが、惑溺《わくでき》しなかった。

刀剣についても戦場の道具として割りきるのみで、玩弄物《がんろうぶつ》としてそれを楽しんだりはしていない。さらに華麗な世界としては女性ということがあるであろう。官兵衛は、女嫌いではなかった。

しかし、それに淫するほどこの美的な、しかしみずからが自他の粘液のにおいにまみれてしまわねば堪能できないその世界にあこがれたというほどのことはない。

栄達欲についても官兵衛は一見恬淡《てんたん》とし、これはかれの生涯を通じてのことだが、いつでも現在の地位をすてて無一文になってもいいといういわば凄味《すごみ》をもっていたし、その凄味は官兵衛を眺めるひとびとにもよくわかったし、のちに濃厚な関係《かかわり》のできる秀吉なども、官兵衛のそういう面に一種の畏怖《いふ》を感じていたらしい。

とすれば、官兵衛における華麗な世界というのは、絵に翻訳すればどういう絵になるのであろう。それについては官兵衛自身もわからないがために、われわれはこの人物の動きをながめてゆくほかない。

官兵衛が部屋住みで、つまりはまだ妻を娶っていないころである。

「京へ遊びにゆきとうございます」

と父の兵庫助に乞うたことがある。兵庫助は主君の小寺藤兵衛の許可を得てやった。

官兵衛は草履取りと荷かつぎをそれぞれ一人ずつ供にし、家来としてはまだ子供のような栗山善助ひとりをつれて播州を出発した。

ときに、永禄八年の三月である。

まだ童顔をのこした官兵衛は、播州の室《むろ》ノ津《つ》から便船に乗った。

このころすでに室ノ津には、船荷や旅客をあつかう回漕問屋《かいそうどんや》が発達していて、その問屋に船賃を払えば所定の船に乗せてくれるのである。

堺までゆく。

船中では、自炊である。水まで、乗客もちであった。官兵衛のふたりの小者が、三個の大きなひさごに水を入れて、持ちこんだ。食糧は糒《ほしい》と干魚《ひうお》、それにみそを少々持っている。煮たきするための鍋《なべ》だけは、船頭が貸してくれる。

播磨灘は快晴であった。送り風だが、帆のはためきが胴ノ間まできこえてくるほどに風が強かった。それにうねりが大きく、船は前後にゆれた。このため出港後、小者ふたりがすっかり船酔いしてしまった。

「あれが、鞍掛島《くらかけじま》だ」

と、官兵衛が、栗山の善助におしえた。鞍掛島は家島群島の東端にあって、ちょうど馬の背に鞍をかけたようなかたちをしている。

官兵衛はその島を胴ノ間の明かりとりの窓を通してながめている。島が、上下に動いている。それが上下に動くのを見ているうちに、官兵衛も酔ってきた。が、我慢した。

善助はかくべつ船に弱いらしい。真蒼《まっさお》な顔をしているが、背骨をちゃんとのばして、懸命に耐えてもいる。官兵衛も、食道へ胃の中のものが逆流しそうになるのを気力でおさえ、顔だけは涼やかな表情を保たせていた。

「善助、苦しいか」

「なんでも、ございませぬ」

善助は、仏像が結跏趺坐《けっかふざ》しているように足を組んでいる。両足を交差させ、足のうらを上にむけているのである。このようにすわるのは苦痛なのだが、せめて足の筋肉を痛めておくことによって、気をまぎらわせようとしているのである。

官兵衛は、そんな善助を気に入っていた。

「善助。侍とは我慢がしごとだ」

と、いった。

胴ノ間では、ひとびとが寝ころんでいて、うめき声をあげたり、その場に物を吐いたりしている。かれらは百姓や商人たちなのだが、侍がかれらとちがうところは体じゅうの血が逆流しても静座していることだ、と官兵衛がいった。

官兵衛も牢人の子だし、善助も百姓の子である。

庶人とすこしも違わないし、官兵衛自身、自分が特別の階級に属する人間だということを生涯おもったことがないし、それが、官兵衛だけでなく黒田家の家の風《ふう》といったようなものでもあった。

ただ、侍は無用の自律をするものだ、ということを官兵衛は思っていたし、それが官兵衛のいわば侍の定義であった。

ここは、無用の自律をせねばならない。吐きたくなれば吐くというのでは侍ではない、と官兵衛はおもっていたし、それを善助も真似ている。

二人の小者に対しては、官兵衛は寛大であった。かれらをごろ寝させていたし、気分が悪くなると上へ走らせたりした。

京の繁華というのは、終日店さきをのぞいてゆくだけで人の心を湧きたたせるものがある。

「社寺にはご参詣あそばされませぬので」

と、宿の亭主が不審がったほどに、官兵衛はそれをやらない。京へのぼってくる田舎者のほとんどは社寺をおがんでまわるのがふつうだったのである。

官兵衛は、市《いち》のにぎわいがすきだった。

堀川筋の材木屋までながめて歩くのである。

「この檜《ひのき》は、どこのものか」

と、手代にきく。木曾のものでございます、と答えると、木曾のどこだ、とまで問うのである。

それだけでなく、どのようにして京まで運搬してきたか、と輸送方法まできく。

官兵衛は、地理や世間の好みの変化にも興味があったが、世の中の仕組みにもほとんど打ちこむような関心があった。木曾の山奥の檜が京まで運ばれてくる輸送というのは、直接には馬借《ばしゃく》が担当する。おもに近江大津の馬借がそれを請負うらしい。

京の南郊の、東寺の塔がみえるあたりに、馬市や牛市も立っている。

「この牛は、近江か但馬《たじま》か」

などと、官兵衛はきく。牛ばかりが何百頭もひしめいていると、自然に牛をみるだけで産地の区別がついてくる。

馬市へゆくと、はるばる奥州からきている馬もあった。

京は将軍の威権が衰え、公家も微禄した。要するに政治都市である力をうしなっている。

しかし、商業都市としては、この室町末期、戦国といわれる時代において空前のにぎわいを見せているのである。馬を奥州から曳《ひ》いてくるについては途中、行旅《こうりよ》の難があるであろう。野伏《のぶせり》の徒が待ちうけて斬り盗りをするか、宿所から盗み出すなどをするにちがいないのだが、それでも京へ馬を曳いてくるというのは、よほどの利益があるからにちがいない。

奥州馬は、二十頭いた。それを曳いてきた博労《ばくろう》は、屈強《くつきよう》の供を三十人ばかり連れているのである。博労といい、供といい、いずれも手足がたくましく、尋常ならぬ面《つら》魂《だましい》をしているのは、おそらく奥州の武士が馬売りというこの冒険的商業をするために商人に化けて京にのぼってきているにちがいない。かれらは馬を売って利益を得るためでなく、上方《かみがた》の情勢をさぐろうとしているのであろう。

――たれが、京の主人になるか。

ということは、奥州人にとっていちはやく知らねばならぬ情報であった。

現将軍は、足利義輝である。しかし下剋上の世だから三好長慶《ちようけい》という者が、実権をにぎっている。さらには三好家にあっては長慶の家老の松永久秀《ひさひで》が実権をにぎっているから、事実上、京の権力は松永久秀という素姓《すじよう》さだかならぬ人物の握るところになっていた。しかし三好長慶にせよ松永久秀にせよ、天下をとれるだけの器量ではなさそうであり、いわばそういう種類の情報や観測を仕入れにくるのである。

奥州馬は高価だから、ふつうの武士はとてもそれを得ることができない。馬のまわりにいる買い手は、いずれも名のある大名の家来らしい。

そのなかに、尾張《おわり》なまりの一団がいた。


官兵衛は、この尾張なまりの一団に興味をもった。

馬市に買い手としてやってきているのはほとんど田舎大名の奉公人で、装束もどこかむさくるしい。

ところがこの尾張なまりの一団は、烏帽子《えぼし》姿の者、袖無羽織《そでなしばおり》に伊賀袴《いがばかま》という旅装の者といったふうにまちまちではあったが、いずれも布目《ぬのめ》があたらしく、のしもよく利き、すずやかできらびやかでさえあった。

「どの国の館の被官衆か、きいてみよ」

と官兵衛が善助にいった。

善助はまだ子供に毛のはえたような年齢だが、ちゃんと烏帽子姿なのである。それがゆったりと尾張衆のそばへ寄ってゆき、官兵衛が知りたいことをきいた。

「われらがあるじは、織田上総介《かずさのすけ》どのであるわい」

と、尾張衆のひとりが、善助を、いかにも卑賤のごとく見おろしつつ傲然としていった。

（やはり、そうか）

と、官兵衛は見当がはずれなかったことをおもった。織田信長の家来なのである。尾張の織田信長というのは清洲《きよす》城主の子で、狂ったような働き者だときいている。兵を休めずたえず四隣に働かせているが、一国の経済の仕置《しおき》もたしかで、尾張に近国の商人がくることを歓迎し、さかんに市をひらかせて国を繁昌させているだけでなく、海岸地方を埋めたてて水田面積をふやして行っているから、軍事費がかさむわりには国が富み、百姓が堵《と》に安《やす》んじているというふしぎな政治をする男でもあった。

それに綺羅《きら》好みで、その麾下《きか》の士分の者はそれぞれ背に自分の好みの指物《さしもの》を差し、具足もめいめいが意匠をきそいあって、それが集団となると独特の光景をなすと官兵衛はきいている。

足軽衆が強いかといえば、さほどでもない。元来、尾張の兵は弱いのが定評であった。

ところが、士分の者が強いらしい。かれらは信長からよく訓練されていて、しかも賞罰が明快なためにじつによく働く。さらには、信長は生国《しょうごく》によって差別はせず、たとえ尾張のうまれであっても譜代衆のあつかいをしない。他国から流れてきた者でも力量さえあればつぎつぎに抜擢《ばってき》されるというのである。

(なるほど、あれが尾張衆か)

京にのぼってきてよかったと思った。

信長はいま美濃を奪うべく、間断なく兵を出しているはずだが、そのわりにゆとりがあって京へこのような家来衆を派遣し、奥州馬を買わせようというのはそのあらわれにちがいない。

馬は、信長の好むところであった。

家来衆たちはいずれも馬の良否のめききらしいが、主人がいっそうにめききであるために、選ぶのも真剣であった。

やがて商談がきまったらしく、馬が一頭曳かれて行った。一頭かと思ったらつぎつぎに曳かれて、ついに七頭をかぞえた。

官兵衛が、織田家に関心を持ちはじめるのはこのときからである。

この若い播州の土豪の子が、京へのぼろうとおもった理由の大きな部分は、かれの想像を越える世界が、堺や京にまできているということなのである。

キリシタンのことであった。

官兵衛はかねてより、キリシタンのことをしばしば耳にし、そのうわさを、耳を鋭《と》ぐようにして聴く傾きがあった。

「いままでの日本は狭かった。ひろい世界が日本にやってきている」

というのが官兵衛の感想だが、このようにして整理してしまえば、官兵衛の実感からほど遠い。

——それそのものが世界なのだ。

という直感が感動を生み、キリシタンの信仰と思想、あるいは思想像の装飾としての異国の神の名、異国のことば、望遠鏡《とおめがね》や絨製《じゅうせい》の衣服、ひとびとの目をおどろかした僧侶《そうりょ》たちの異相、僧侶たちが自分に課している厳格な戒律と敬虔《けいけん》さとそして他人に対するやさしさ、さらにいえばかれらが万里の波濤《はとう》を冒してやってきた勇敢さといったようなもののすべてが官兵衛の心をとらえていた。

官兵衛は物事の理解がすばやすぎるところがあり、それがかれに終生つきまとう欠点でもあったが、そのすばやさのために十代の終りのころにはすでに人の世のことがほぼわかりはじめていた。

田舎土豪たちのあいだの政略や陰謀、そのもとになっている懸命な自己保存と他者から侵《おか》されるかもしれないという恐怖心、ときにひらきなおっていっそ他者を侵そうとするしみったれた冒険心とその裏打ちの戦慄《せんりつ》といったような世界の仕組みは、かれにはことごとく理解できた。

（この程度の小天地であくせくして自分は生涯をおわるのか）

という倦怠《けんたい》が、たえずかれを憂鬱《ゆううつ》にしていたし、そういう自分を奮《ふる》い立たせるにはより大きな世界があるという夢想であった。その夢想とは、ときに自分こそ天下を統一すべき人間ではないかと想うことでもあった。しかし官兵衛の不幸なほどの怜悧《れいり》さが、それを打ち消しもした。このひろい日本の、その六十余州の一州にすぎない播州において、その播磨国にあっても姫路村という無名の一村の知行取りにすぎない家の子が、どういう手がかりがあって天下を夢みることができるのであろう。まるで、雲にむかって梯子《はしご》をかけようとするような夢ではないか。

ほかに、もっと鮮烈な夢がある。

ローマというものの雄大な世界を、官兵衛は同時代の過敏なひとびとともに知ったということである。

日本のとなりには唐土《とうど》があって、さらには仏典の故郷である天竺《てんじく》（印度）も海のかなたに存在するという程度の世界しか持たなかった鎌倉期以前の日本人を、官兵衛は哀れむ思いである。

世界には交趾国《コーチン》（ベトナム）もあり、呂宋国《ルソン》（フィリピン）もあるということを室町期の貿易家たちがたしかめてしまっている上に、万里の波濤《はとう》のむこうにはローマ世界という一大文明があることを、官兵衛はその時代の鋭敏なひとびとともに知ることができたのである。

官兵衛は京へのぼる前に、堺の津で上陸し、ここで十日ばかりを送っている。ここで、きらびやかな唐物《とうぶつ》を見た。商家をのぞけば赤や青の玻璃《ガラス》をはめた舶用灯《はくようとう》がかがやいているのを見たし、貂《てん》の毛よりもうつくしい光沢をもったビロウドや異国の風景を織り出したゴブランのつづれ織も見た。

官兵衛は元来経理から物事を考えがちな質朴な男だったたし、物を玩《もてあそ》ぶ趣味にとぼしかったからそれらを欲しいとは思わなかったが、それらから何万里の波濤を想像することができたし、その波濤のかなたに異質の文明がさかえていることも想像することができた。

それらの想像を一点に凝縮して言葉にするとすれば、それが官兵衛にとってキリシタンというものであり、同時代の他の知的で詩的気分のつよい若者たちにとってもそうであったであろう。

「西国《さいごく》（九州）では、コレジョ（学林）やセミナリヨ（神学校）もあるそうだ」

と、官兵衛が供の善助にいったが、官兵衛は一度もぱあどれ（司祭）やいるまん（修士）に会ったことがないどころか信者というものさえ見たことがないのに、そういうことばの知識だけは伝えきいて持っていた。事実、豊後《ぶんご》の臼杵《うすき》には大友氏の庇護《ひご》のもとに学校だけでなく病院さえあって、ささやかながら活躍していた。

キリシタンとその文明のひろがりは、九州においてさかんであった。上方への波及はすこし遅れた。

日本にはじめてキリスト教をもたらしたのは、イエズス会の神父フランシスコ・ザビエルであったが、かれが薩摩の坊ノ津に上陸したのは、官兵衛がうまれて三年後である。

ヨーロッパにおけるカトリックの世界は、すでに堕落もしていたし、いかがわしい神父（司祭）も多く、そういう聖職者一般の水準からいえば、日本にきたジェスイット（イエズス会のひと）は、特異な存在であった。かれらは戒律をまもることに厳格で、神の教えを異教徒に伝えることに生涯を賭け、死を怖れなかった。

理由がある。

官兵衛が播州でうまれたとしに、新教の祖のマルティン・ルーテルが死に、新教徒に惜しまれつつヴィッテンベルグ城教会に埋葬された。ルーテルは、僧侶や教会が神の仲介者になっている不合理を攻撃し、万人が神の前において平等であることを主張し、聖書をもって至上の啓示とみなし、ヨーロッパの各層に大きな衝撃をあたえた。

ローマ・カトリックにとって何度目かの重大な危機であったが、この危機意識の中に数人の同志があつまって結成されたのが、イエズス会である。最初の同志は十人であった。そのなかに、フランシスコ・ザビエルが入っている。

かれらは生涯貧であることの誓いをたて、さらには純潔と従順を誓いとした。

この会派のひとびとが、ザビエルが日本を去ってからもやってきたために、当時の日本人は仏教僧の堕落を見なれていただけに、かれらの殉教的人格に接し、目の醒《さ》めるような思いをもったのもむりはなかった。

官兵衛は、堺の宿できいた話を忘れることができない。

宿の老主人はキリシタンぎらいであったが、二十前後の息子はこの南蛮の教義につよい関心をもっていた。

「十数年前に、菩薩《ぼさつ》のように尊いぱあどれ様が、この堺に泊られ、京にむかわれたそうでございます」

と、息子が官兵衛にいった。息子は官兵衛がキリシタンに関心をもっていることをよろこび、知っているだけのことを話したのである。ただし老父を憚《はばか》り、官兵衛の部屋にきてもなお声が老父にきこえると思ってか、ささやくような声で物語るのである。

「きょうのように寒い日で、雪が降っていたそうでございます」

この菩薩のように尊いぱあどれ様とは、フランシスコ・ザビエルのことであろう。一五五〇年の暮に、ザビエルは山口から堺にきた。京へのぼるためであった。京が日本の首都であることをかれは知っていたし、そこにいる天子と将軍に説いて布教の許可を得れば天下のひとびとはかれの説く教えに耳を傾けるだろうとおもったのである。

ザビエルは、天子や将軍に対する伝手《つて》も紹介者ももっていなかった。この一見、めくら滅法な目的への直線行動は、かれが神を怖れるのみで、地上の何人《なんぴと》をもおそれていなかったことをあらわしている。

堺での宿も、なんとかなるだろうと思って瀬戸内海を東航しているときに、船中で知りあったひとから紹介されたのである。

次いで、京へゆくについても、たまたま堺で知りあった旅の貴人が、

「私もゆくから」

と、その供の一団に加えてくれたのである。貴人とはどこか地方の豪族であろう。道中、その武士は駕籠《かご》に乗りつづけた。ザビエルは雪の道をずっと徒歩であった。それでもザビエルは京へゆけることで、その武士に感謝しつづけた。

京は、ザビエルの期待を裏切った。天子には何の権限もなかったし、政治上の最高権威である将軍も、すでに軍事力も政治力ももっていなかった。ザビエルは十日あまりで京を去らざるをえなかった。

ザビエルが日本に滞在したのは二ヵ年余で、その後、ゴアに帰り、ほどなく病死した。一五五二年だから官兵衛の六歳のときである。

その後、ビレラ（ヴィレラ）がきた。ビレラはポルトガル人であったが、ゴアで日本語を稽古したためにすこし喋《しゃべ》れた。その上、ポルトガル人によく見られるように、黒い髪、黒い瞳《ひとみ》、浅黒い皮膚をもっていたため、日本人に奇怪の思いをあたえずにすんだ。

最初にビレラが堺にきたのはこの時期から六年前で、貧民窟《ひんみんくつ》のあばら家を借り、そ

こで布教をはじめた。

宿の息子は、その当時のことを見てきたように官兵衛に話すのである。

「かのぱあどれ様もまた、菩薩《ぼさつ》のようなお方でございます」

と、宿の息子は、まだ三十代の壮齢であるビレラのことを、海のかなたから渡来した仏のように、憧憬《どうけい》をこめていった。

官兵衛の体質はどちらかといえば物事にそう無邪気には酩酊《めいてい》できないたちで、宿のこの息子の憧憬の姿勢には、ちょっとついてゆけない。

「そうですか」

と、鄭重にうなずくのみにした。ついでながら官兵衛は、その父もそうであるように、農民や商人に威張るということがふしぎなほどに無かった。

ただ、心中、

(わしは天国までは欲しくない)

と、ひそかに反発は感じている。未知の文明にふれて自分自身の魂を慄《ふる》わせたいという気持があったが、その教えを奉ずれば天国へゆけるのだということは、みずから省《かえりみ》て欲深《よくぶか》な感じがせぬでもない。

（地獄へ堕ちることも覚悟の上だということがなければ、大丈夫《だいじょうぶ》という者になれない）

という若者らしい気勢《きお》いも、一面にあった。

しかし、ぱあどれのビレラに会いたいという気持が、おさえがたく動いている。宿の息子は、京の南蛮寺でその説教を聴いたというのである。

ビレラは、京に入って六ヵ年というものは、惨憺《さんたん》たる苦心をした。外出するときに石や汚物を投げられることはしょっちゅうであったが、ときに生命の危険をも感じさせられたりした。

一般に、庶民のほうが保守的で、反発がひどかった。そのわりには若くて知的関心の旺盛《おうせい》な武家階級にむしろ支持者が多く、官兵衛もその名を知っているほどの武家で洗礼を受けた者も幾人かはいた。

将軍足利義輝は洗礼こそ受けなかったが、ビレラをしばしば謁見《えっけん》し、好意をもった。義輝はビレラの説く天国があるいは本当かも知れぬと思ったのは、ビレラが、天体についての知識に富み、太陽や月の満ち欠けや、星の動きについて手にとるように知っていたからである。

義輝には偉大な権威という以外に、財力も武力もなかったが、それでもビレラのために京の町で布教することを公認してやった。むろんこれに対する仏教側の反発がはげしかったし、かんじんの軍事的実力者である松永久秀がキリシタンぎらいで、好意をもっていなかった。

官兵衛は堺の宿の息子からそれらの予備知識を十分に仕入れたのちに京に入ったのである。

南蛮寺には、すぐにはゆかなかった。

このあたりの用心ぶかさは、ひとつには家来への配慮でもあった。いきなり南蛮寺へ駈けこんで随喜《ずいき》の涙をこぼしたりすれば、家来どもがこの若いあるじの心の深浅をどう測るかわからない。官兵衛にはそういう様子作りなところがあった。

官兵衛は馬市で尾張織田家の侍たちをはじめてみてから、数日後に、南蛮寺へ出かけている。

その日は、善助を宿に残した。その理由として、

「そちを宿に残すのは、キリシタンなど、これは侍奉公人に無用のものであるかもしれぬからだ」

目や耳の毒かもしれぬ、という意味のことを官兵衛がいったのは、神に仕えること

と人の主《あるじ》に仕えることとが矛盾《むじゅん》しはすまいか、という疑問があったからである。

そのあたり、官兵衛はずるい。自分自身はあふれるような関心をキリシタンに対して持っているが、善助の分際では無用のことで、一途《いちず》に侍の道をきわめてゆけばよいと、思っていた。

つまりは、一向宗《いっこうしゅう》という、領主にとってはにがい仏教が、北陸、東海、近畿、そして播州をふくむ中国筋にひろがって盛況をきわめていることが、官兵衛のあたまにあったのである。

（キリシタンは、それに似たものかもしれぬ）

と思っていたし、そのかんも、あながち見当外れではない。

一向宗（本願寺）はキリスト教と同様、宇宙の絶対的存在を信仰し、それ以外の神仏をみとめない。一向宗における阿弥陀如来は仏教的論理における絶対神で、人間はそれを信じ、それを恃《たの》み、それがもつ本願に救われることを喜ぶという教義であるだけに、そこには絶対神と自分だけの関係しかなく、たとえば地上の君主である領主が介入してくる余地がないのである。

「主君と自分とは現世だけの契《ちぎ》りだが、阿弥陀如来をたのみ参らせるのは永劫《えいごう》のちぎりである。主君よりも信仰のほうが大いに大切である」

という論理が徳川家康の若いころに三河の一向宗徒のあいだでささやかれ、三河の一向宗の寺と家康とのあいだに弓矢の争いがおこったとき、家康の家臣団の半分が一向宗側に奔《はし》って家康軍と戦ったということが、この間《かん》の消息をよくあらわしている。このため、越後の上杉謙信も一向宗ぎらいだったし、薩摩の島津氏は、この宗旨を停止《ちょうじ》してしまっていた。

キリシタンも、それに似ている。官兵衛のようないわば物事について柔軟な思考力をもった男でさえ、

(まず、自分が見てから)

と、思い、善助を宿に残したのである。

この当時、南蛮寺は、市中の姥柳《うばやなぎ》とよばれる町内にあった。

姥柳とは、のちの町名呼称でいえば蛸薬師新町東入ルにあたるであろう。

官兵衛は、朝から出かけた。

やがて姥柳に入ると、狭い路上に人が満ちていて、通れないほどであった。この日は日曜で、ぱあどれであるビレラの説教があるために信者がつめかけ、会堂の中に入りきれず、路上にまではみ出ているのである。

路上の者たちは、武士も町人もみなひざまずいていた。ビレラの説教がきけないこ

のひとびとのために、南蛮の僧服をきた日本人の僧が、

「ぱあどれ様は、かように申されます」

と、司祭が平素いっていることを、口移しのようにして説いているのである。

この時期の南蛮寺は、寺といえるほどに大きくはない。仏教でいえば庵《いおり》程度のものである。

官兵衛は司祭ビレラが京ではじめてキリシタンの布教をしたころのことを聴いて知っている。

わずか六年前のことだから、町のひとびとも知っていた。この当時、四条新町のあたりといえば貧民街であったが、そのなかでももっともひどい借家に入って布教をはじめた。

この当時、貧家は土間にわらを積みあげてそこで寝るのがふつうだったが、ビレラもそのようにした。かれに家を買えるだけの金がなかったのではなく、どの町内でもこの異国の神を説く奇相の男に家を貸す者がいなかったのである。

その年の冬は何十年ぶりという厳寒で、京にはめずらしく軒さきまで雪が積もる日がつづいた。

ポルトガルうまれのビレラはこの寒さがよほどこたえたが、かれは日中、その積雪の上に乗り、手に十字架を捧げ、倦《う》むことなく街道説法をした。その後、布教について将軍から免許が出て以来、信徒がすこしずつふえはじめた。そのあいだも家をさがし、断られたり妨害されたりして、ようやくこの姥柳に落ちついたのである。

この日、官兵衛は三時間以上も路傍に立ち、ひとびとともに日本人の修士《いるまん》の説教をきいた。

日本人の修士は、あとでわかったことだがダミヤンという名前の男で、その説教はひどい豊後《ぶんご》なまりのために、半分も意味がききとれなかった。しかし官兵衛はこの世にうまれてこのダミヤンのような表情をもった男をみたことがなく、説教の内容よりもむしろその表情に魅《ひ》かれた。ちょうどよく晴れた真昼の海を岩礁からのぞきこんだとき、潮の底の砂地から逆に光りがゆらめきのぼっているような感じの表情で、ダミヤンの目だけをみていても、かれのいう天国はたしかに実在するという思いをありありと持つのである。

ダミヤンも、官兵衛に気づいたらしい。この日のひとわたりの行事がおわって人が去りはじめたとき、

「なかへどうぞ」

と、声をかけた。

官兵衛は、やっとなかに入った。境内といえるような広さはなく、すぐ教堂の戸口になる。なかに入ると、暗い土間に、むしろが敷きつめられていた。居残っている信者が、十人ばかりいる。

正面に、粗末な聖壇があり、多くの蠟燭《ろうそく》のかがやく中心に小さな十字架が立てられていた。

司祭のビレラは、休息のために奥へ入ってしまっているらしい。

ダミヤンは、あすの夜にでも来られよ、ぱあどれ様のお話がきけるでしょう、といってくれた。

日没後、官兵衛は宿を出た。このころの京は夜間の外出は危険であり、官兵衛はひとりでは歩かない。善助と二人の小者を伴《ともの》うた。

小者二人は官兵衛のうしろについて歩くが、善助は、五、六歩さきに立ってゆく。

この時代の武家の供は、ふつうそのようにした。善助の役目は露ばらいと護衛である。行軍序列でいえば、善助は先鋒部隊をひきいる侍大将であった。

善助は元服早々の年少の身ながら、そういうつもりでいる。松明《たいまつ》を手にして先に立ち、目を四方にくばりつつ、闇《やみ》の中に異変のきざしが潜《ひそ》んで居はせぬかと緊張しながら歩をすすめている。四ツ辻の手前にくると数歩駈け、左右をみて、官兵衛の来るのを待つ。

(けなげな子だ)

と、官兵衛はおかしみと感心の入りまじった気持でそれをみている。後年、善助こと栗山備後は官兵衛の軍隊を動かす先鋒大将になるのだが、滑稽なことにこの時期からそのつもりでいたらしい。

姥柳の町内に入り、やがて会堂の前に来ると、官兵衛はかれらを路上に待たせた。

軒下で、

「お頼み申す」

と、よく透る声をあげた。

「播州姫路の小寺勘解由次官《かげゆのさかん》でござる。官兵衛と申す」

と、いった。勘解由次官などというもっともらしい朝廷の官名は、この当時の地方豪族が、美濃守とか上野介《こうずけのすけ》などと私称する風習にしたがい、官名も勝手にそう称しているのである。こう称すれば、郎党の百人もいる豪族かと初対面の者にも想像がつくであろう。

例の日本人の修士《いるまん》が、出てきた。

「これは昼間の。――」

と、修士は昼間会っただけであるのに、官兵衛を滲《し》みとおるような懐しさをこめた態度で接してくれた。このことは修士の性格でもあったろうが、官兵衛にも、人をそういう気持にさせるなにごとかを持つところがあった。

「あなたさまのことを、司祭《ぱあどれ》さまに申しあげましたところ、たいそうなおよろこびで」

（なにをよろこぶのだ）

と、官兵衛は、やや不審でもある。

が、思い返してもみた。異国からきた孤独な布教者にとって、一人でも筋のいい知りあいをつくり、できれば信者になってもらい、力をも貸してもらいたいと思うのは当然のことなのである。

「司祭さまは、いま酒をおあがりでございます」

だから、会堂の中ですこし待ってもらいたい、というのである。官兵衛も内心おどろき、

「酒をお飲みでござるか」

飲んでいる間、すこし待てという。妙な僧侶がいるものだと思った。

司祭《ぱあどれ》ビレラの酒は、かれの信仰や品性となんの関係もない。

酒が、食事なのである。

わずかに干魚をむしって食べるほかは食物をほとんどとらない。

かれのまわりにいる日本人の修士《いるまん》やその補助者たちは、ビレラのために毎日酒を買いにゆかなければならない。この時代の酒は、すぐすになった。買い置きをしておくことができないのである。

官兵衛は待つうちに、使いがきて、もしよければ飲酒中の司祭とお話をなさらないか、といった。

官兵衛は、案内された。

会堂の土間をゆき、祭壇のわきを通りぬけると、あら壁に仕切られた一室がある。これが、ビレラの部屋であった。

ここも、土間であった。部屋のすみに、牛小屋のようにわらを積みあげた板がこいの区劃《くかく》がある。それがビレラのベッドであった。このわらの寝床ひとつをみても、ビレラの暮らしは日本のいかなる寺の住僧よりも貧しく、かれが貧民とおなじ生活をしているることがわかるのである。

ビレラは、松材の粗末な卓子《テーブル》とイスに腰をおろしていた。別のイスには、ひと目で幕臣とみられる品のいい若い武士がすわっていた。

小柄なビレラは、色が浅黒く、髪も黒かった。目鼻だちは鷹《たか》を思わせるように鋭かったが、官兵衛が入ってくるやイスを鳴らして立ちあがったその大きな動作には、いま地上ではじめて会ったこの客と心から友人になりたいという気持にあふれていることがわかった。

ビレラは、ポルトガルという国の国王の国書をたずさえてきたというが、それほどえらい僧であるなら、日本の場合はもっと尊大に構えているはずであるのに、かれには良きひとと親しみたいという真心以外になにものもなく、いわば心が剝《む》きだしに出ているという感じだった。

ビレラは、拙いが日本語ができた。

「これなるは、わだ・いがのかみどのにおじゃる」

といった言葉を、奇妙な抑揚をつけていった。

和田惟政《これまさ》のことである。

官兵衛はこの当時の地方武家の教養のひとつとして、幕府の直参の名前はひととおり知っていた。直参といっても、将軍家に家来を養うだけの力がないため、数は知れている。かれらは将軍の側衆《そばしゅう》として将軍の身辺の護衛に任じたり、公家や地方の大名に使いをしたりしているのである。

和田惟政は、出身が貴族的武士というほどではない。

近江国甲賀郡和田村に代々住み、和田姓を称する地侍《じざむらい》の出だが、土地の和田村ではこの家は尊崇され、その城館は、公方《くぼう》屋敷などといわれている。元来、近江甲賀郡は微禄している足利将軍家に事があると助けてきた土地で、和田惟政は少年のころから京へ出、将軍の側近に仕えている。禄をもらうわけでもなく、すべての経費は自分の所領でまかなっているのである。

司祭《ぱあどれ》のビレラは、黒い塗りの椀に酒を満たしては、ちょうど汁を頂くように、両手でかかえて飲んでいる。

官兵衛は、いくつも質問した。

ポルトガルから日本まで航海する日数、方向をどのようにして維持するのかということ、天体のこと、地球のこと、南蛮の船舶のこと、海難のこと、人間の生とは何かということ、死が常態なのか生が常態なのかということ、それら宇宙と地球の上でのすべてをつかさどっているのはただひとりの神であるということなどを質問したり聴いたりした。

官兵衛は最後に、

「なるほど、でうす（神）は、あるいは在《おわ》すかもしれませんな」

と、いった。司祭どののお話をきいてそう思ったのではなく、司祭どのその人を見てそう思った、と正直にのべた。妻もめとらず、富貴ものぞまず、嵐《あらし》が吹けば千々《ちぢ》にくだけるしかない船に身を託し、万里の波《は》濤《とう》を越えてこの異民族の住む国にくるというのは、信じがたいほどのことです、何者かにつき動かされて来るという以外に考えられず、その何者かがでうすでありましょう、と官兵衛はいった。

「私を見て、そう思ってくださいましたか」

と、ビレラは、椀を二つの掌であたためるようにしつつ、目に少年のようなよろこびを湛《たた》えた。

「見てでなく、あなたのような人が日本に来ておられるといううわさを聴いたとき、そう思ったのです」

「うわさで」

ビレラは、身を乗りだした。

「うわさだけで、そう思いましたか」

と、念を入れたのは、自分がこのようにして日本に来ていることの、伝道上の効果について疑問に思うことがしばしばあったからであろう。九州のひとびとは素朴で怜悧で、自分の説くところをよくきき、説けば説くほど入信者の数がおもしろいほどふえた。が、京へのぼってきてみると、おなじ日本ながら事情がずいぶんちがうのである。

京の町衆は都会であるだけに非常に慧《さと》いが、しかし反面、疑いぶかくもあった。それに京は天台の叡山、真言の東寺《とうじ》、臨済禅の五山といったように、仏教の中心地でもある。かれら仏教僧がはっきりとこの遠来の宗旨を敵として見、町衆をけしかけているようであった。

最初、九州で伝道がはじまったころは、キリシタンというのは仏教の一宗派だろうと思われていた。ところが次第にそうではなくまったく別なものだということがわかってきた。

九州の諸大名は、島津氏をのぞいてキリシタンに理解があった。かれらはキリシタンを通じて貿易の利を得ようとしたり、たとえば大砲といったようなあたらしい兵器を得るがために布教に協力的であるということもあったが、京では事情はかならずしもそうではない。将軍義輝には理解があったが、京の軍事的実力者である松永久秀などはキリシタンをもって、妖言《ようげん》をなして民をまどわす者、として極端な悪意をもっていた。

その、布教しにくい京にあって、ときに絶望の思いを抱かされたのだが、いま官兵衛の言葉をきき、日常苦心している甲斐があったようにも思えるのである。

「また南蛮寺でございますか」

と、栗山善助のように無口な若者でも、たまりかねて批評めかしいことをいったほどに、官兵衛は姥柳に足繁くかよった。ゆけば官兵衛はキリシタンの聖壇の下でぬかずき、ながい祈りをささげ、神妙に説教を聴くのである。

(魂をうばわれなさったか)

と、善助は心もとなく思った。せっかく百姓家を継ぐことをやめてこの人を恃み、二つとない生涯を託したつもりでいたのに、当のその人が物狂《ものぐる》いになってもらってはこまるのである。一向宗狂いにせよ、法華《ほっけ》狂いにせよ、あるいは新奇なこの南蛮の宗旨にせよ、人のあるじが物に憑かれ、魂をうばわれれば、その郎従たる者は心もとないこと、たとえようもない。

(助からぬは、こちらだ)

若殿は、それでいいだろう、神《でうす》に助けを求め、地獄に堕ちぬようにとお祈りなされればそれでご自身はよいかもしれぬが、若殿を頼り、若殿を生神のように思って生きてゆこうとするこの自分はどうすればよいのか、という心境であった。

もっとも、官兵衛は、そういう善助の気持に、とっくに気づいている。人の心がわかりすぎるほどにわかるというのは、官兵衛のうまれつきの長技であったかもしれない。この資質は官兵衛の生涯を決定したほどに重要なものであったが、しかしわかりすぎるということが常に官兵衛を利したわけではなく、一面官兵衛の人間と生涯を小さくしてしまう役割もはたしたかもしれなかった。

「善助、不服があるな」

と、ある日、宿で善助をよび、笑いながら善助の気持を吐き出させてやった。

善助は、顔をあげて、

「主人《あるじ》の物狂いは郎従の迷惑」

と、謡《うた》うようにいったのは、この時代、言いにくいことを言うばあい、俚謡《りよう》のように節をつけていうのが習慣だったからである。

「そのとおりだ」

官兵衛は、苦笑した。

しんから、善助の気持を理解、というより善助の身になって、善助が気の毒だ、と同情できた。官兵衛はそんな男だった。

「わしは地獄を怖れて南蛮寺へ行っているのではない」

ひとは地獄を怖れるがために一向宗やキリシタンになるのだ、と官兵衛は理解している。どうせ武家である以上、殺生《せっしょう》もするであろう、地獄を怖れてこの世で生きられるはずがなく、かといって地獄必定《ひつじょう》の覚悟もない。

「わしの南蛮寺通いは、数奇《すき》というものだ」

数奇、数奇というのもこの時代の言葉で、物好き、趣味、風流、といったような類語の仲間である。ただ茶人などで数奇に命をかける男もいるから、遊び半分というのでもないだろう。

キリシタンの会堂は、武家たちに対し、前代にはありえなかった社交の場を提供した。

官兵衛という田舎豪族の子が、将軍義輝の側近である和田伊賀守惟政のような、いわば雲の上を棲家《すみか》にしている男と話ができるのは、この会堂以外にない。

(キリシタンというのは、よきものだ)

官兵衛はこの点ばかりは、いくら言葉を極端にしてもほめきれないほどのよさをキリシタンについて感じている。

もっとも神の前には人間はみな平等だとは言いつつも、本場の西洋の教会では理屈どおりにゆかないものがあるであろう。ところが日本のキリシタンのいまの段階では、将軍も公家も、もし聖壇の前に額《ぬか》ずきたいと思えば、この姥柳といううきたない町にやってきて、庶民の男女に立ちまじりつつ礼拝せねばならないのである。げんに、将軍こそ来ていないが、公家はきていた。たとえば下級公家の清原外記《げき》などがそうで、外記は洗礼をうけていた。また洗礼をうけていないが清原家の外戚《がいせき》になる細川藤孝《ふじたか》(のちの幽斎)も、二度ばかり姿をあらわした。藤孝はこの時期、幕臣である。

「ジュストどの」

と、司祭《ぱあどれ》たちからよばれている高山右近という摂津の小さな大名の息子も、すでに受洗していた。高山氏は将軍と直結している武家と考えていい。

この細川藤孝や和田惟政、高山右近ら幕臣は、やがて織田信長の近畿制覇とともにこの家臣団のなかに組み入れられてしまうのだが、官兵衛のこの時期には、かれらは将軍義輝の若い側近たちというだけの権力の背景しかもっていなかった。

かれらには、和田惟政が、いちいち紹介の労をとってくれた。

「こちらが、小寺どの」

というだけで、だれもが、

「播州御着の」

と、いった。官兵衛の主君である小寺藤兵衛の家名はさすがによくきこえており、官兵衛はこのときほど、主家の姓を名乗らせてもらっている便利さをおもったことはない。

一方、和田惟政ら幕臣たちも、将軍の非力《ひりき》をよく知っているし、それをどうすることもできない自分たちの力の無さもよく知っている。

だから、田舎豪族とできるだけ親密にしておく、いざ将軍の身に重大な危険が発生したとき、そういう田舎豪族が駈けつけるよう、平素から用意をしておきたいのである。そういう人間のつながりができるのに、キリシタンの会堂ほどいい場はなかった。

官兵衛にとってこのときの上洛《じょうらく》は、キリシタンによって世界とはどういうものかをおぼろげながら知る契機になったし、また幕臣和田惟政によって天下とはどういうものかを知ることができた。

「官兵衛どの、公方さまを拝むおつもりはありませんか」

と、ある朝、和田惟政の京の屋敷にたずねたとき、惟政はそんなことをいってくれたのである。

といって、官兵衛は陪臣《ばいしん》だから将軍に拝謁する資格はない。

そのころ十三代足利義輝は日蓮宗の本山のひとつである妙覚寺を宿所にしていた。

このひとも、漂泊の将軍といっていい。

少年のころから父の義晴とともに京を去って永く近江の坂本にいた。京にもどることができなかったのは、家臣たちがたがいに京を戦場にして争っていたからである。義輝が父義晴から征夷大将軍をゆずられたのも、この坂本の流寓の宿所においてである。

その後、父の義晴とともに京の郊外の白河の山中にまでもどったことがある。ここも、管領の細川晴元に攻められ、城館を焼いてふたたび近江坂本にもどった。

その後、京にもどったことが二度あるが、そのつど戦乱にまきこまれ、坂本にもどった。

そのころ京の実力者は阿波の大名の三好長慶であったことはすでにのべた。

司祭ビレラの京における布教をゆるしたのはこの長慶であったが、長慶は急に権力社会でのあらそいにいや気をさしたのか、官兵衛が京にのぼった時期には河内飯盛山《いいもりやま》の城に退隠し、まだ四十前後というのにすべてに気落ちしたようになっていた。長慶が人変りしたようになったのは、去年の八月、嗣子《しし》の義興《よしおき》が急死してからのことであった。義興は、権臣松永久秀のために毒殺されたのだが、長慶は病死だと思いこんでいたほどにかれは久秀のいいくるめるままになっていた。

長慶が河内飯盛山に去ったあとの京は、松永久秀の天下であったといっていい。官兵衛は、こんど上洛して、人の口から松永久秀の人柄なりその権勢のすさまじさなどを聴きはしたが、

（永くつづく勢力ではあるまい）

と、おもっている。

ところで松永久秀についてうわさがあり、かれはゆくゆく将軍義輝を廃し、十代将軍義稙《よしたね》の孫で阿波の平島で三好氏に養われてきた義栄《よしひで》を京に連れてこれを将軍にしようとする陰謀を進め、それが義輝の耳にも入っていた。

義輝は身の危険を覚え、二条の第館《だいかん》をいそぎ改築し、櫓《やぐら》をあげ、堀を深くして変事にそなえようとしていた。二条の第館が改築中であるために、義輝は一時妙覚寺を仮住まいにしているのである。

（将軍とは、そこまで威権が墜ちているのか）

と、官兵衛は和田惟政から事情をくわしくきくにつれても、あきれる思いであった。

和田惟政はその翌朝、官兵衛を妙覚寺本山につれて行った。

官兵衛は庭へまわり、惟政に指示されるまま、渡り廊下を見あげる地面にすわった。将軍がたまたまこの廊下へ通りかかったときに官兵衛をながめるという形式なのである。官兵衛のように拝謁の資格をもっていない身分ではこれ以外に将軍を見ることができない。

（世の中の仕組みとは、妙なものだ）

すわりながら、思わざるをえない。

将軍はもはや天下の統治者ではない。自分が衣食できるだけの所領さえあぶなっかしいというのに、天下の統治者たることはとてもむずかしいであろう。日本国の兵馬の権をにぎるといっても自分の軍隊さえもっていないのである。日常、将軍の身辺を護る者といえば二十人たらずの幕臣だけであった。

それでもなお征夷大将軍がこの世に存在するというのはなにか判《はん》じ物のようで、官兵衛にはふしぎに思える。

(三好や松永の徒には必要なのだろう)

この連中は、諸国の有力な大名たちにくらべると、軍事力において遜色《そんしょく》がある。ただ京において支配権を得ようとしているだけで、かれらの情熱はそういう幕府という一個の宮廷の支配権の争奪にかかっているようである。その幕府の威権などなくなっているというのに、幕府の執権にたとえなったところで、天下の者がその命令をきくはずがないのである。

(松永久秀も、大した男ではない)

と思うのは、そのことだった。久秀は素姓も知れぬ男で、三好長慶の懐ろ刀になるにおよんで勢力を得た。いまは大和一国を持っているようだが、しかし大和の国衆もこのえたいの知れぬ男に心から服しているわけでない。

いまは天下に、大勢力をもつ者がいく人かいる。越後の上杉謙信、甲斐の武田信玄、中国の毛利《もうり》元就《もとなり》たちがそうだが、それらはそれぞれ近隣に強敵をもっているために京にのぼれぬだけであり、もし上洛が可能になれば松永久秀がたとえ将軍を擁して執権職になったとしても、蹴散《けち》らされ踏みつぶされるだけにすぎない。

（松永は、将軍をいたぶるような道楽をやめてなぜ領国を固めないのか）

と思うが、おそらく世間でいわれるような奸智《かんち》の徒であるにしても、かえっておのれの奸謀にとらわれ、情勢の方向を誤っているのにちがいない。

（将軍も、あわれなものだ）

と官兵衛がおもうのは、将軍義輝が、いずれ自分を害するかもしれぬ松永久秀に対する用心のために、兵法《ひょうほう》（剣術）を習っているというのである。それも、尋常一様の腕でないという。

刀術など、所詮《しょせん》は歩卒の技術《わざ》だと官兵衛はおもっている。その歩卒のわざを将軍が学んで自分の身を護らねばならぬというのは、前代未聞《ぜんだいみもん》の時代であるといわねばならない。

やがて和田惟政が渡り廊下の上にあらわれ、欄干《らんかん》ごしに、

「官兵衛どの、いま、しばらくお待ちくだされ」

と言い、あわただしく去って行った。

つづいて小姓《こしよう》の一人らしいのが駈けてきて、

「ほどなくお見えでございます。お顔をお上げなさらぬように」

と、注意し、去った。

（大層なことだ）

官兵衛はおかしかった。

将軍はもやは、官兵衛のような田舎豪族にとっては、見世物になっている。

（田紳《でんしん》とは、わしのことだ）

官兵衛の気持には自嘲《じちよう》もまじっている。

京へのぼってくる田舎豪族は、こういう拝謁のかたちでもともかく自分は将軍に謁したということで故郷《くに》へ帰って自慢ばなしができるし、一方、将軍とその側近にとっては、将来異変があればわずかな兵でもよいからひきいて京へのぼってくれ、という依頼を無言のうちでおこなうという効果もある。

（日に何人も、わしのように田舎に小館《こやかた》を持つ者が京へのぼってきては、この場所にすわるのであろうか）

官兵衛は最初から気づいていたのだが、ここは厠《かわや》のそばなのである。地面も、黒っぽく湿っていた。将軍もまた人である以上、厠へ立つ。途中、もしくは戻りのときに、ふと地面にうずくまっている人間を見る、という形式であった。

やがて、平装の将軍がやってきた。さきに和田惟政がツツとすべるようにやってきて、渡り廊下のはしにすわり、平伏した。将軍も足早に歩いてゆく。

やがて用を足してもどろうとするとき、和田惟政が声をあげ、

「これにひかえておりまするは播州御着の小寺の一統の者でござりまして、官兵衛と申しまする」

と、いった。

将軍は足をとめて、官兵衛を見おろした。和田惟政は官兵衛に対し、

——面《おもて》を上げませい。

と、よくとおる声であった。

その声に対し、官兵衛は畏《おそ》れ入るがごとく肩をうごかし、それのみで顔をあげない。そのためらいが、この時代の拝謁の礼儀になっていた。

和田惟政がおなじことをもう一度いった。

官兵衛はやっと顔をあげたが、本来ならばそれでも視線を将軍にむけてはいけないことになっている。が、官兵衛は義輝を見てしまった。

(こんな男か)

とおもったほどに、一見、無個性な感じの若者で、この人物が兵法《ひょうほう》の達人とはとても信じられないほどである。

「小寺官兵衛か」

義輝は、つぶやくようにいった。

官兵衛は平伏した。

ついで顔をあげたときは、義輝はもう居なかった。この義輝が、数ヵ月後に松永久秀の手にかかって非業《ひごう》の最期をとげようとは、むろん官兵衛は予知できない。

印象とは、妙なものだ。

官兵衛は足利十三代将軍義輝に拝謁したあと、

(公方とは、ああいうものか)

と、そのことにさほどの感激もしない自分にむしろ失望した。

将軍自身も、よくなかった。将軍といえばあの渡り廊下に立っているだけでなにか光りのようなものをひとに感じさせる存在だろうと思っていたのが、義輝は官兵衛の印象では京の市井《しせい》にうろついている小生意気な若者と変りがなかった。両眼に嶮《けん》があり、声に、ことさら自分を猛《たけ》くみせようとする昂《たかぶ》りがあるのは、生れついての将軍としては無用のことだろう。自然の威厳というものはなく、どこか作りものくさかった。

官兵衛はその後ほどなく播州へ帰った。

御着の城に伺候し、主君の小寺藤兵衛に拝謁して、京みやげの話をした。京の情勢報告といっていい。

キリシタンの話もした。

「西国の大名は、キリシタンによってずいぶん利を得ているようであるな」

と、藤兵衛は、南蛮貿易が利のあることについてはよく知っていた。

官兵衛は松永久秀の京における勢力が三好家を越えていると言い、尾張の織田衆が馬市に馬買いにきていた話もした。

ところが、将軍義輝に非公式ながら拝謁した旨語るのを、つい失念した。

それほど印象が薄らいでいた。将軍という権威に、田舎武士である官兵衛のような男でさえ動じなくなっていることのほうが、この場合、重要かもしれなかった。

下城《げじよう》して、忘れたことに気づいた。

(まずかったかもしれない)

と、世間感覚に鋭敏な官兵衛は、すこし気になった。もし主君の藤兵衛が、他からそのことを耳にすれば不愉快だろうとおもったのである。場合によっては官兵衛を疑うことになるかもしれない。

――主君をさしおき、たかが陪臣の身で将軍に拝謁するなど、なにか企《たくら》んでいるのではないか。

と、藤兵衛がおもうかもしれなかった。

この心配が、事実になった。

藤兵衛は他の者の口からそのことを聴き、そのとき、

「官兵衛も、おかしな男だ。公方に拝謁したければわしの使いであるということにすれば筋も通るのに、庭先とはいえ、ひとりで謁するとは料簡《りようけん》のわからぬ男だ」

と、いった。

それはいい。官兵衛が京から帰ってから二ヵ月ほどして、将軍義輝が殺されたのである。

将軍義輝が殺されたといううわさがきこえてきたとき、

（――あの公方が）

と、官兵衛はおもわず駈《か》けだそうとする衝動を感じた。どこへ駈けるのだと、自分

を嘲ったが、やはり義輝の顔をみたことがあるということで衝撃が大きかったのだろう。

義輝への印象は、義輝が死んだということで官兵衛の心に、鑿《のみ》を叩きこむようにしてするどく刻まれてしまった。

(生きていれば、何でもない公方であるのに)

死ぬことによって義輝は時代に衝撃をあたえた。

かれは、都を横行する無頼漢の親玉のような男に殺されたのだ。松永久秀というのは無類の食わせ者らしいが、六十余州に蟠踞《ばんきょ》している諸大名は久秀などをまともな武家であるとして評価していなかった。

「かれは都に巣食っているだけの男だ。それだけだ」

と、官兵衛も都にいたとき、そのようにおもった。

越後の上杉謙信が義輝をあわれみ、義輝から使者がきたとき、

——何なら自分が上洛し、ご身辺を浄めて差しあげでもよろしゅうござる。

といったことがある。ただし謙信は隣国の武田信玄のために足をとられていて上洛などはとてもおぼつかないのだが、三好党や松永久秀の暴状にたまりかねてそういったのである。

謙信は本気だった。

京へのぼるについては天下を狙っているのではないということを隣国の信玄をはじめ世のひとびとに納得《なっとく》させるため、山陽・山陰に大勢力をきずきつつある毛利《もうり》元就《もとなり》にも上洛させるがよい、と謙信は義輝の使者にいった。

もっともこの案は、実現しなかった。毛利元就は無類の現実家で、謙信のような男でなかったため、そういう無駄《むだ》なことをしたくなかった。

いずれにせよもともと夢のような案だったのだが、これが松永久秀の耳に入り、それが将軍殺しの直接の原因になったともいわれる。

官兵衛は、

――ともかくもこの異変はただごとでございませぬ。このさいもう一度京へのぼり、様子を見とうございます。

と、主君の小寺藤兵衛に願い出、ゆるされた。藤兵衛は内心、

――官兵衛は公方に関心をもちすぎる。

ということで、あまり愉快ではなかった。

が、官兵衛の見方はちがっている。

(このたびの公方の横死ほど、室町将軍家の威信のなさを世に示したものはない。重

大なのは公方が横死したことよりも、それによって天下の心が変るであろうということだ）

ともあれ、官兵衛は発《た》ち、まず堺に上陸した。

官兵衛は堺へつくと、すぐその足で南蛮寺へ行った。

官兵衛のような田舎の微小な勢力の中にいる者にとってキリシタンの組織ほどありがたいものはない。この南蛮寺にさえゆけば、日本中の情勢がわかるのである。すくなくとも、京都情勢があきらかになるのである。そのわけは、たとえば目下敵味方にわかれて対峙《たいじ》中といったような関係の連中でさえ、会堂に入っているときはともに敬虔な態度で礼拝し、説教を聞き、懺悔《ざんげ》をし、終ればたがいに談笑するという光景さえ無数にみられるのである。

官兵衛は、そういうなかに入りまじっていれば、なにがしかの様子もわかる。それに、日本人の修士《いるまん》が、官兵衛が質問すると、的確に事情を教えてくれた。このあたらしい宗教力にとって、一向宗や法華宗のように武力をもっていないだけに、退くも進むも、政治上の情報だけが頼りであった。このため、かれらは信徒の武士たちから情報をできるだけあつめ、整理し、どういう行動をとるべきかという判断のもとにしていた。

たとえば、

「弾正《だんじよう》どの（松永久秀）はキリシタンぎらい」

ということは、南蛮寺ではよく知っている。かつて将軍義輝が京におけるキリシタンの布教を公認したとき、当時、将軍の相伴《しようばん》衆《しゆう》という権威ある職にいた三好長慶と松永久秀は、仕方なくこれをみとめた。ところがこの両人の背後には京都における法華の勢力があった。法華衆というのはその気になれば一揆をおこして京都を占領できるほどの力をもっていたため、たれもがこれを無視できなかった。この法華衆がキリシタンぎらいで、かねがね折りさえくれば南蛮寺を打ちこわしてやろうと手ぐすねひいている勢力なのである。

松永久秀が、将軍義輝を殺した。

そして京をおさえた。当然、法華衆が「キリシタンを京から追放せよ」と、久秀にせまるにきまっている。久秀は根がキリシタンぎらいであるだけでなく、法華宗の機嫌を損じたくないために、その言いなりになるだろう。久秀が布令《ふれ》さえ出せば、打ちこわしの実力行為は法華衆がやる。

――京都から逃げだすべきかどうか。逃げ出すとすれば、いつどこへ逃げればよいか。

というのが、南蛮寺にとって命がけの問題であった。このため、この宗旨はとくに政治情報をあつめることに熱心だった。

「司祭《ばあどれ》ビレラさまは、いつまで都に居れるかわかりません。早速、この堺へ落ちて来られるとおもいます」

というようなことを官兵衛はきいた。

官兵衛は、都にのぼることにした。できればこのさい洗礼を受けたい。そしてビレラを護衛したい。この宗旨に身も心も浸《ひた》らせることによって、いままでの日本人が知らなかった世界を知ることができるであろう。

官兵衛は淀川堤をさかのぼってゆく。

歩きながら、堺できいた将軍義輝の最期をおもいだしていた。

(討たれた公方も愚か。討った松永も愚か。——)

とおもいつつも、救いようのないこの情景を脳裏にえがいてみるのである。

松永久秀は、大和にいる。かれが将軍義輝を殺すべく行動をはじめたのは、三月上旬のころだというから、さきに官兵衛が滞京していた最後のころである。

このころ、松永久秀は心のきいた者に義輝の動静をうかがわせていた。

五月十八、九日ごろがよろしかろう。

という結論をえたので、松永はいよいよ仕事にとりかかった。かといって軍勢を上洛させなかった。人数を、五人、十人といったふうに小出しに送り、それも平装させ、京見物でもする体《てい》にした。

かれらは、京にも泊まったが、郊外にも宿をとった。伏見、木幡《こばた》、淀、鳥羽、竹田あたりの寺や旅籠はこういう侍で満ちていたというが、義輝のほうは気づかなかった。

松永自身は、清水寺へ参詣するという触れこみをし、五月十六日に兵をひきいて上洛した。十六日は清水寺の縁日であり、世間はあやしまかった。

将軍の二条館《やかた》を襲撃したのは、十九日夜である。

この夜、おもだつ側近の衆はそれぞれ屋敷にひきとってしまって、義輝のまわりにはほんのわずかしか人数がいなかった。官兵衛の知りあいである和田惟政も、この夜、詰めていない。

松永久秀は、軍隊でもって堂々と対決するよりも、たいていのことは謀略で片づけてしまう男だった。かれは、公方さまに歎願のことがございます、と礼装して門内に入りこんでしまったのである。門を守る者には、内々《ないない》の手当をしておいたのであろう。久秀が入ったあと、門はあきっぱなしになった。人数がどんどん入ってきた。みな武装していた。

義輝は、覚悟した。

かれは小姓や女房をあつめて最後の酒宴をし、細川隆是《たかよし》という者に舞をまわせたりした。さらに筆をとって、かたわらの上臈《じょうろう》の白い小袖に辞世の歌を書いた。

五月雨《さみだれ》は露か涙かほととぎす
　わが名をあげよ雲の上まで

そのあと、太刀をぬいて斬って出、刃こぼれがすると他の刀にひっかえ、さんざんに立ちはたらいて死んだ。その最期は、松永の人数が杉戸をもって義輝を押したおし、上から槍で刺し殺したという。

官兵衛はこのはなしをきいたとき、将軍がいかに公家化したとはいえやはり武門の名流の裔《すえ》だけのことはあると思って一面では感心したが、一面では、将軍が下郎のような太刀働きをして死なざるをえないようでは、もはや人の世は足利家を見捨ててしまっているのであろうと、目のさめるような思いで新しい時代の到来を感じたりした。

若き日々

官兵衛における京都は、青春そのものであったといっていい。

かれはそこで、権力とはどういうものであるかということを、衰微した将軍家のありさまを見聞きすることによって知ったし、さらには、宇宙には永遠絶対の存在があるということをキリシタンによって知り、ついに司祭《ぱあどれ》ビレラから洗礼をうけるまでになった。

「シメオンどの」

と、洗礼名でよばれた。

官兵衛は京に入ったとき、まっすぐ姥柳の南蛮寺へ行ったところ、ビレラが官兵衛にはげしく抱きついた。

官兵衛が播州からわざわざ駈けつけてきてくれたことに、ビレラは感謝しているのである。

「われわれは、逃げなければ、なりません」

と、ビレラはいった。

松永久秀が京の支配者になって最初にやったことはキリシタンの追放であった。久秀は「法華衆がやかましくそれを要求するので」といっているが、久秀がむしろ法華衆を利用したのだろう。久秀はかつては将軍義輝に多少遠慮をしてビレラの布教に理解あるかのような態度を示していたが、義輝を殺した以上、もはや公然とこの宗旨の締めだしをやることができるのである。

「法華と弾正（松永）どのは、一つなのです」

と、日本人の修士《いるまん》がいった。法華の題目を連呼するこの騒々しい宗旨のひとびとが、毎日南蛮寺をとりかこみ、礼拝に来る信徒を蹴ちらした。

官兵衛も、この法華の連中の人垣をやぶって入ってきたのである。

ビレラは、あすは京を退去せざるをえないと、官兵衛にいった。とりあえず堺へゆき、しばらく様子をみたい、というのである。

「京をすてられるのですか」

「一時だけです」

ビレラはいった。

「京はもっとも布教しにくい所です。しかしあきらめてはいけないとおもっています」

日本の文化は、京を高所とし、低所である田舎へ普及してゆく。京でキリシタンが隆盛になれば、田舎はそのまねをする、というのが、ビレラの考え方だった。

だから、京をすてる気はない。

一時、難を避けるだけだ。堺へゆくまでに、河内国の飯盛山のふもとでしばらく布教をしたい、かの土地には教会があり、信徒も多い。

そのあたりに三箇《さんが》という在所があり、その城主である大木という若い大名が、教会では、

「サンチョどの」

と、よばれていた。

その大木サンチョが迎えにきていた。

官兵衛は、あすは私もお送りしましょう、といった。ビレラを護衛して、それがために松永の手の者に殺されても、官兵衛はむしろ本望だと思うまでに、キリシタンが好きになっている。

翌朝、まだ暗いうちに、ビレラの一行は、京を退去すべく姥柳の会堂を出た。

会堂は、仏教僧から転向した日本人の修士《いるまん》が、ひとりで守ることになった。

官兵衛がビレラを護衛すべく先頭に立った。官兵衛の家来は善助ひとりに、下僕が二人である。

「善助よ、法華の衆が襲ってくれば、わしも斬死にする。そちも斬死にせよ」

と、言いふくめた。善助は、異国の神のために死ぬなど本意《ほい》ないことでござるが、あるじが信じている神であれば仕方がございませぬ、と頼もしげにいった。

これは、善助の官兵衛に対する格別の好意といっていい。

侍の道は江戸期に入って観念化し、死ぬことという行為まで哲学的になり、ときに観念の遊戯のように論じられたりしたが、この時代の主従というのは、もっと現実的であった。家来がこのあるじのためなら生命をさし出してもいいと思ったり言ったりすることは、よほどのことなのである。

官兵衛は、徒歩であった。

この一行の護衛隊長ともいうべき河内三箇の領主大木サンチョは、騎馬である。

東寺で夜が明け、鳥羽村で信徒の屋敷を借りて遅い朝食をとった。

大木サンチョは、官兵衛に好意をもっているらしく、しきりに話しかけてきた。話の内容は、キリシタンの教学に関することばかりである。

サンチョは、齢は三十ほどである。若衆のころはさぞ美しかったろうと思われる容《よう》貌《ぼう》で、ぜんたいに華奢《きゃしゃ》な感じの男である。

かれは三好長慶の家臣で三箇城をあずかっていたが、長慶の死後松永にも属せず、孤立していた。この時代、小大名《こだいみょう》にとって孤立ほど危険なことはないが、サンチョは平然としていた。

「いま播州といえば、たれたれがござるか」

と、諸国の情勢についてまったくうとい。播州の別所氏といっても初耳のような顔をし、まして小寺氏といっても、何の予備知識もなさそうであった。

(この人、亡びずに済むだろうか)

と、官兵衛のほうが気の毒になった。小さな勢力にとって、世間の情勢をどれほどくわしく知っても知りすぎることはなく、知ることが、自家保存の道につながる時代なのである。

三好長慶が、阿波の兵力で京都をおさえ、それも旧勢力の将軍家をおさえることに夢中になっていたために、長慶自身が地方で勃興《ぼっこう》している勢力の情報にうとかった。というより、無関心に近かった。松永久秀も似たようなもので、将軍を殺せば自分の権力が増大するということを信じている程度の男なのである。要するに、三好・松永の世界で生きてきた小大名というのは、どこか、世間狭い。

「私は、キリシタンの武士がたがいに助けあってゆけばよいと思っているのです」

と、大木サンチョは、官兵衛からみれば甘すぎることをいった。しかしその甘さは、サンチョの、信者としての幸福でもあるだろうとも思ったりした。


河内の三箇の山河は、その後、官兵衛が世を終えるまで、疲れた夜など、夢の中でしばしば出てきた風景なのである。その風景が夢の中に出てくると、

——若いころは、のんきだったな。

と、ときに夢の中でつぶやいたり、醒めてつぶやいたりした。

河内の三箇などといっても、織田期に入ってからは城もなくなり、地名も世間に忘れられた。

官兵衛がビレラを護衛してこの地に行ったときは、水郷というべき風景だった。大和と河内をへだてる生駒山を孔舎衛坂《くさえざか》ごえをして河内平野に入ったあたりが、住道《すみのどう》とか三箇といわれる土地である。そのあたりには湿田《しつでん》、沼沢が多い。湖のようにひろがっている浸水地を、土地の者は三箇池とよんでいる。

水郷は、生駒山を背景とし、高所々々に森が点在し、森のあるところに村がある。山と森と雲が水に映え、ビレラが、

——まるでゴアを灼《や》りつけていたあの太陽のようだ。

といったほど強い陽ざしが、あぜ道を焼くほどに照りつけている。城は、掻き上げの土塁をめぐらした簡素なものだったが、城下の村には会堂があり、小さな病院があり、孤児院まであって、キリシタンの色あいで塗りつぶされているようである。

ビレラが歩くと、野良にいたひとびとがそのままひざまずいて十字を切った。

会堂は、京都の会堂よりも大きいであろう。そこには日本人の修士《いるまん》が守っているが、司祭《ぱあどれ》はいない。このため司祭のビレラが三箇にやってくるということは、神に最も近い者がくるということであり、村中がどよめいているようであった。

ビレラに従っている官兵衛までが、ひとびとから大きな敬意をもって遇された。

(なるほど、サンチョは、これがゆえにキリシタンであるのか)

と、官兵衛の皮肉なほうの目が、そのことを官兵衛にささやいた。

サンチョは土地になじみの薄い領主で、いざ外敵がきた場合、土地の者に忠誠心を強いることができない。が、領主も郎党も農民もキリシタンであれば、それによって一つ心でまとまることができ、万一の場合は百姓どもが弓矢をとって領主をたすけるということもありうるであろう。

が、現実のサンチョは、そういう世俗的な功利性で神に仕えるというふうな男ではなかった。かれは領主であることをときに忘れているほどに、熱心な奉教人であった。

官兵衛はこの城下で数日をすごした。供の善助があきれるほどにビレラによく仕え、サンチョどころか官兵衛こそ戦国の小領主であることの苛烈さを忘れてしまっているのではないかと思われるほど熱心な奉教人にみえた。官兵衛の生涯で、この三箇の数日ほど、異質な時間はなかったといっていい。

京や河内の三箇、そして堺といったように、司祭《ぱあどれ》のビレラを保護して転々としていた官兵衛は、夏の終りごろ播州に帰ってきた。

当然、小寺の家中での評判が悪くなった。

「遊びざかりの子供じゃあるまいし、どこをどうほっつき歩いていたのか」

と、ひとは、蔭でののしった。

官兵衛の耳にも入った。

(そのとおりだ。遊び盛りの子とは、よくいったものだ)

わが事ながら、おかしかった。官兵衛はまだ二十を越してほどもない。かえりみれば、おのれの童心は除こうにも除きがたく残っている。武家の風《ふう》として、十四、五で元服するとき、烏帽子親《えぼしおや》が今日より童心を去れ、と訓戒し、当人もそれを心掛け、十六、七にもなれば一般におとなびてしまうのだが、

（おれはおさないのだろうか）

と、官兵衛はおもわざるをえない。目前の利益にもならぬことで主家を数ヵ月も留守したということは、やみがたい遊心《ゆうしん》というほかない。

子供がトンボを追う。どこまでも追ってゆくのだが、あれは何か、と官兵衛は考える。売っていくらという利益になるわけでもなく、またトンボが食えるわけでもない。トンボがもし食えるものなら、子供は追わないにちがいない。

官兵衛も子供のころ、夢中になってトンボを追った。青い宙空を翔《か》けているトンボをみて、天の切れっぱしのように思え、あるいは天の使い者か、もしくは天に住む眷《けん》族《ぞく》の一派のように思えた。だからこそ追ったように思える。人間は所詮《しょせん》は地上に縛られねばならぬ生きものだが、それに空想を与えてくれるものは天であり、幸いなことに播州の野は広く、天が広い。官兵衛は、他の子供もそうであるように、半ば夢想のなかで幼童のころをすごした。空に群れ、あるいはかけてゆくトンボを血相変えて追ったのは、そういう夢想と無縁ではあるまい。

官兵衛は、二十を越えてもなお天をあこがれるような夢想をもち、それを育てている。

――官兵衛どのは齢若いにも似ず分別人《ふんべつじん》だ。

という評判も、一面にある。父の兵庫助が四十半ばという壮齢ながら官兵衛に家督をゆずって隠居をしてしまったのは、官兵衛のもつその分別に安堵したからである。夢想と分別とはおよそ逆のものだが、その矛盾が、矛盾のまま官兵衛の中に入っている。

官兵衛は二十代のはじめという弱齢でありながら、播州小寺家の一番家老なのである。分別こそ一番家老たるべき者の必要な資質なのだが、官兵衛に悪意をもつひとびとは、

「家老《おとな》の筆頭《おさ》である者が、主家をほったらかして上方くんだりで何をしてきたのか」

と、当然、批難している。

そのことは、主君の小寺藤兵衛の耳にも入っていて、藤兵衛も快くは思っていない。何を考えているのか、と藤兵衛にも見当のつかぬ男になりつつある。

御着城主小寺藤兵衛が、官兵衛という年若い一番家老につよい不満を感じたのは、

官兵衛がまたしても、

——上方へのぼりとうございます。

と、許しを得にきたときからである。

「さきに行ったばかりではないか」

藤兵衛は、つい声をあげてしまった。腹が立つより、あきれる思いのほうがつよい。

官兵衛はことしの正月は上方で迎えた。陽春まで滞留して播州にもどったが、また夏のはじめにゆき、夏の終りに帰ってきた。それが、またまたゆくというのである。

「考えておこう」

藤兵衛はにがい表情でいった。武家奉公人というのは勝手に土地を離れられぬというのが規律である。いかに自分が、と藤兵衛はおもった、甘くともである、家来が年に三度も上方へゆくのをだまって許しておくわけにゆかぬではないか、と腹が立ってきたのである。

(わしは平凡な男だ)

藤兵衛は、やや老いが滲《にじ》みはじめたまぶたを重く垂れ、考えこんでしまった。

(平凡な男だが、家来だけは可愛がってきた。新参の兵庫助——官兵衛の父——を一

番家老にとりたてたのも、わしなればこそではないか。官兵衛は思いあがっているのではないか)

官兵衛を退《さが》らせてから、藤兵衛は、二、三の老臣をよび、ちかごろの官兵衛についてどう思うか、とたずねてみた。

「よろしからず」

といったのは、網干《あぼし》源左衛門という老人である。

老人は、型どおりのことをいった。一番家老というのは平時にあっては家政を見、あるいは他国に使いをし、いざ合戦のときは殿の采配をあずかって先鋒軍をひきい、真っ先に駈ける。一日といえどもおそばを離れることのできぬ職分であるのに、官兵衛はてんとしてそれを顧みない、というのである。

他の連中も、似たようなことをいった。

——京に女がおるのでございましょう。

と、いった者もあり、さらには、

——官兵衛はキリシタンに憑かれでうすを主《あるじ》と心得、譜代重恩の主君を相忘れているかのように存ぜられます。

といった者もある。

官兵衛は、じつのところ、小寺家の家中でかならずしも好かれてはいない。官兵衛の家が新参のくせに優遇されているという嫉妬があった。父の兵庫助が現職のころはそのあたりの気配りを入念にしてひとびとの反感を買わぬようにつとめていたが、官兵衛はいわばうまれながらの資格で筆頭家老の家を継いだため、そういう配慮はなかった。それに、官兵衛は若気《わかげ》ということもあるが、話の通ぜぬ者を好まない。

——官兵衛は、いつもあごをあげて歩いている。

と、古い家中の者はいう。

官兵衛にすれば、かれらといかに入念に話したところで金仏《かなぶつ》と話しているようなもので時間のむだだと思っている。官兵衛は、自分は主家の将来のために目を八方にくばり、物事を真剣に考えているつもりでいた。金仏どもは自分についてくればよいのだ、とおもい、殿中政治など無用のものだと考えている。

「度が、すぎるようだな」

と、ある日、姫路から御着へあそびにきた官兵衛の父の兵庫助が、いった。

「上方へのぼることが、でございますか」

「そうだ。度がすぎる」

兵庫助が、縁側に寝そべりながら、うなずいた。

場所は、御着城内の官兵衛の屋敷である。官兵衛の場合、領地が姫路であるため、御着城に詰めるには装束《しょうぞく》屋敷が要った。屋敷は、城の二ノ丸のなかにある。屋敷といってもわらぶきの農家のような建物である。

父の兵庫助は隠居してのちは、いっさい世事にかまわず、官兵衛のやることに口出ししたことがない。

このたびばかりは捨てておけない、とおもった。官兵衛がしばしば上方へゆくという。それについて主人の小寺藤兵衛まで官兵衛の料簡に疑問をもちはじめているというわさを兵庫助は聴き、

「すこし、考えたほうがよい。わが家は御当家ではまだ初々《ういうい》しいのだ。人の口というのは毒を塗った矢であると思ったほうがよいのではないか」

と、兵庫助はいった。

官兵衛は、幕臣の和田惟政からきた手紙を兵庫助にみせた。

「これがために、上方へのぼらねばなりませぬ」

兵庫助がその手紙を読むと、意外なことが書かれている。

松永久秀が、将軍義輝を殺した。

これがために室町将軍家が絶えたようになったが、義輝の遺臣が、松永の監視の目をくぐってその後継者を盗み出した。

義輝の弟で、僧になっている者がいる。覚慶《かくけい》と言い、奈良の一乗院門跡となっていた。その覚慶を遺臣たちが苦心のすえ盗み出し、ひとまず近江に匿《かく》した。

のちの足利義昭《よしあき》である。

隠れ家としては、近江もあぶない。いずれ有力な大名を恃《たの》み、その支えを得て征夷大将軍の職を継がねばならないが、

「それには誰をたのめばよいか、いま考えている」

と、和田惟政はいう。

——それやこれやで、ぜひ貴殿の御智恵を借りたい。

と、和田惟政が書き送ってきているのである。

一読して、兵庫助はおどろいてしまった。

「そなたは、天下いじりをしているのか」

播州の小大名《こだいみょう》の、それも家老にすぎぬ者が、大それたことに、室町将軍家の再興をどうこうするという天下政治に参与していようとは、兵庫助は思いもよらなかった。

「官兵衛」

といったまま絶句し、しばらくして、

「身のほども知らぬ……」

兵庫助は、嘆いてよいのか、起きあがって励ましてよいのか、思案にもだえる顔のまま、官兵衛をみつめている。万が一、小寺氏程度の小大名に頼って来られては松永や三好党に攻められて、ひとたまりもなく亡ぼされてしまうのである。


父の兵庫助は、隠居だから当然ながら入道頭である。現職のころの末期に、美濃守を称していたから、入道してのちは、

「美濃入道どの」

と、よばれている。

痩せてはいたが血色がよく、両眼がよく動いて、体力も気力も衰えていない。隠居して家督を官兵衛にゆずったころ、

「あの若さで隠居とは」

と、世間のひとびとは驚いたが、かれは主家のためでござる、某《それがし》より倅の官兵衛のほうがすこしは器量が上でありますようで、と判で捺したように一ツ返事をしてまわった。

そのことが、弱年ながら官兵衛の世間的な評価を大きくし、あの男のやることなら、間違いあるまいという先入主をあたえ、官兵衛を働きやすくした。

しかし兵庫助は、このたびばかりは自分の隠居を多少後悔する思いでいる。官兵衛は年に二度も上方へ行き、いままた三度目の願いを主人の藤兵衛に対して持ちだした。しかもその用件たるや、いまきけば奈良一乗院の覚慶という前将軍の弟を還俗《げんぞく》させ、どこぞの大名の後楯で将軍にさせたいためだという。小寺家の家老としての仕事ではない。道楽ではないか。

道楽という以上に、場合によっては松永や三好党の憎悪を買い、主家を危うくする危険なあそびと言えなくはない。

「官兵衛はやはり若すぎるかもしれぬな」

家老職をつぐには、である。兵庫助がそういうと、官兵衛はかぶりをふった。若気でも道楽でもない、という理由として、官兵衛は根こそぎ自分の気持なり理由なりを言い明かす必要があると思った。

「あと、十年後には世の中は変るでしょう」

ということから説きはじめた。

乱が長くつづいた。足利将軍家を頂点とする室町時代というのは最初から乱で、乱が慢性化し、とくに応仁ノ乱以後というのは津々浦々が震盪《しんとう》しつづけて、ひとびとは天と地のつづくかぎり世間はこのようなものだと思いこむようになっている。

しかし官兵衛にいわせればあと十年で乱がおさまる、という。その理由はまず鉄砲の出現とその普及によって軍事的規模が大きくなったことである。

鉄砲が普及する以前の合戦というのは、いま考えてみると小戦《こいくさ》であった。応仁ノ乱で大軍が京都で対峙《たいじ》したといっても決定的な勝敗がなく、また国々の合戦にしても、一方が山城《やまじろ》という天嶮《てんけん》にこもってしまえば他は攻められず、結局は勝敗のめどのつかぬ状態で漂《たゆと》うていた。

しかし、鉄砲の普及によって軍隊組織もかわり、合戦の規模も大きくなり、野戦をすれば十に三つは勝敗が決定し、鉄砲をもって山城を攻めればかならず陥ち、諸国の統一の速度が早くなった。

中国の毛利氏も大きくなり、越前の朝倉氏、越後の上杉氏、甲斐の武田氏、尾張の織田氏なども、昔年《せきねん》の大名とはくらべものにならぬほどに力を得、その動きもたくましくなっている。

そういう時代に、播州の一郡や二郡といった小さな勢力の小寺氏などは、以前のようなつもりで田舎政略の壺の中に入りこみ、ひろく目を天下にむけるということをしなければかならず大波に巻きこまれてほろびてしまいましょう、と官兵衛はいうのである。

官兵衛の思想が、このあたりによくあらわれている。

私自身が天下を望もうとは思っていない、というのである。

「私に欠けたところです。父上も、そのようではありませんか」

と、官兵衛はいう。黒田氏三代の性格として強欲さに欠けていた。他人《ひと》のものを奪って自己を肥大させてゆきたいというのが乱世の剛強たちを動かしているエネルギーであるとすれば、兵庫助にも官兵衛にも、そしてかれらの家の基礎をつくった黒田重隆にもそういう脂ぎったものが欠落していた。

「本来、私は歌詠みにでもなって世をすごしたかったのです。それが、武門の家にうまれたがために、やむをえず、なさねばならぬことをしようとしているのです」

もし自分に強欲があれば、大きな声では申せませんが、下剋上は世の習いであり、小寺の主家ぐらいはらくらくと啖《くら》い取って、ここを足場として播州一円を併呑《へいどん》し、それによって天下に望むという算段ぐらいは、わけはございません、というのである。

（なるほど、官兵衛ならやるだろう）

と、兵庫助は、あらためて倅の顔をみた。べつに気負《きお》っている顔つきではなく、ごく涼しげにそういっている。

小寺の家中で、官兵衛を快からず思っている連中がある。もし官兵衛に野望があるとすれば、それらとの対立をわざと激化し、かれらを挑発し、世間のだれがみてもかれらが悪いというところまで持って行ってかれらを討つのだ。そのときは主人の藤兵衛を騙《たぶらか》して、藤兵衛をかつぎ、藤兵衛の名のもとにかれらを討ち、そのあと小寺氏の勢力は事実上官兵衛の勢力にしてしまう。

つぎは、外敵を煽《あお》るのである。さしあたっての外敵は、播州東部において小寺氏の倍の勢力をもち、石高にして二十万石ほどの実力をもつ別所氏である。

別所氏が攻めてくるという危機意識をもって小寺の家中を結束させ、合戦を挑んでしばしば勝てば、西播州のひとびとは官兵衛をもって救世主のように思うであろう。小寺藤兵衛の影が薄くなり、やがては藤兵衛をたきつける者が出て、藤兵衛が官兵衛を討とうとする。世間は官兵衛に同情するにちがいない。その世間の気分を十分見はからったのち、藤兵衛を討つ。

「諸国の英雄はすべてそのようにして領国を支配し、固めてきています」

大内氏の傘下にあった毛利氏もそうであり、越後の上杉氏や甲斐の武田氏も内訌《ないこう》のはてに権力をにぎった。尾張の織田氏も元来家格のひくい家だったが、信長の父親の代で尾張半国を実力で支配するにいたった。

「私にそれが出来ぬはずがありません」

と、官兵衛がいう。

「それをせぬだけのことです」

性《しょう》に適《あ》わぬのだ、という。だからあくまでも小寺氏を盛りたて、小寺氏が今後の天下の変動のなかで亡びぬように持ってゆきたいというだけが自分の願望である。上方《かみがた》へしきりにのぼるのもそれがためです、と官兵衛はいうのである。

兵庫助《ひょうごのすけ》、つまりは美濃入道。

官兵衛にとって父という以上に、よき理解者であったといえる。兵庫助は官兵衛がやろうとしていることを、かつていささかも掣肘《せいちゅう》したり抑圧したりしたことがない。

「私より、そなたのほうがすこしは器量が上だろうと思っていた。だから世を譲った。世を譲ったのは」

と、兵庫助がいう。

「そなたを、よくわかっているつもりでいたからだ」

しかし今度ばかりはよくわからなくなっている、という。今夜、夜が明けるまで話せ、篤《とく》ときいてみたいと思う、というのである。

「わからぬことのひとつは、覚慶上人のことだ。上人は故将軍の実弟におわす。故将軍の遺臣が覚慶上人を奈良の一乗院から盗み出してゆくゆく将軍にしようとしていることはわかるが、その運動にそなたが加わるというのがよくわからない。そなたは、幕臣ではない」

「陪臣《またもの》にすぎませぬ」

「それも、田舎の小侍だ」

兵庫助は、官兵衛に身の程を認識させたいらしく、ことさら身分を卑小に表現した。

「小侍でもないでしょう」

官兵衛は、笑いつつも抗議した。

兵庫助は、たかが姫路一郷のあるじという程度の身上《しんしょう》なら天下に何万といるだろう、つまりは小侍である、といった。たとえ小侍でなくとも陪臣《ばいしん》ではないか、という。

官兵衛は、不満である。陪臣といえば、三好氏も陪臣であった。阿波細川氏の家来だった者が成り上ってきたのである。成り上りという言葉がこの時代に出来、流行している。松永久秀にいたってはその三好氏の家来だったから、将軍からみれば陪々臣であった、と官兵衛はいった。

「いや、私の言い方が悪かった」

兵庫助は折れた。自分が言おうとしているのは、陪臣とか小侍とかいうことではない、将軍擁立運動のことだ、という。兵庫助がいうのに、将軍などはもはや名のみで実がない、氏神の御神体ほどの効き目もなくなっている存在だ、幕臣はその氏神の社《しゃ》家衆《けしゅう》であるために御幣《ごへい》をかつぐがごとくかつぎたがるのは当然なことだが、それ以外の者にとっては何の関係もない、つまりは見捨てておくべきもので、時代はそういう道楽をゆるさないのだ、ばかな御幣かつぎにうつつを抜かしていると、近隣の敵に足もとを掻っ払われてしまうのだ、そなたのような利口者なら、この道理がわからぬはずはあるまいと思ったのだが、というのである。

官兵衛は、よくわかっている。

「毛利氏の強大をもってしても、新将軍の擁立などに何の関心も示しておりませぬ」

と、官兵衛はいった。

「だから、私が出てゆくのです」

官兵衛にいわせれば兵庫助のいうことが時代の常識である、しかし、だからこそ常識の裏をかいて、新将軍の擁立に参加したいのです、といった。

将軍は無力になった。

ほとんど虚位ともいうべきもので、たとえばこのたび奈良で坊主をしていた者が、どこかへ奔《はし》って将軍になろうと、あるいはなるまいと、天下の諸大名にとって、どれほどの関心事でもない。

かれらにとって、新将軍の擁立運動のようないわば虚業に手を出すよりも、領国の経営のほうが大切であった。

官兵衛は、わかっている。

「十分わかっています」

と、官兵衛はいうのだが、しかし小寺氏程度では領国の経営に専念するというほどの領地もない。勢力は微弱で、いずれ毛利氏のごとく年々肥大してくる勢力に併合されるのを待っているようなものだ、と官兵衛はいう。

「だから、天下いじりをしたほうがいいというのか」

兵庫助がいった。

「そうです」

官兵衛はいう。将軍はすでに天下様とはいえないが、しかし虚位とはいえ、位である、どれほどの乱暴者でも氏神の祠《ほこら》に尿《ゆばり》を掛ける者はいないように、今後いかに大を為す大名でも、京にのぼって天下に号令しようという場合、征夷大将軍の存在を無視することはできない、と官兵衛はいうのである。

「これを担《かつ》ぐか、担がぬまでも、多少の会釈はするでしょう。すぐさま殺して自分が征夷大将軍になるというようでは世間が許しませぬ」

だから将軍とその幕僚たちにいまから接近しておきたい、これは虚位ながら餌である、餌をもとめて豺狼《さいろう》がやってくる、その豺狼との接触のときにわが播州御着の小寺氏が存在すれば天下は小寺氏を無視することはできまい、と官兵衛はいった。

「わが勢力が微弱であるから、こういうことをするのです。私が毛利氏の家来ならこういう道楽は致しませせぬ」

とまで言ったとき、父の兵庫助はにわかに官兵衛の構想のすべてがわかった。要するに官兵衛は天下の辻に出ておきたい、というのだ。小寺氏の勢力が微弱でも、その家老官兵衛の才略ひとつで天下の大舞台に出ることができるというのである。

「わかった」

私から、殿へ言上《ごんじょう》しておこう、そなたを上方で遊弋《ゆうよく》させておくことが小寺氏のために何より大切なことだと申しあげておく、と兵庫助はいった。

このあと、兵庫助は登城し、藤兵衛に拝閲して官兵衛の意図をくわしくのべた。

が、藤兵衛には理解できなかった。

「棹《さお》をもって星を突くようなものではないか」

と、嗤った。

「官兵衛はいますこしましな男かと思うたが、ときどき夢のようなことを言う。つまりは若いせいか」

藤兵衛は、まあよい、上方へのぼらせるとしよう、いずれ憑きものが落ちるであろう、といってしぶしぶ許した。

官兵衛は、上方にのぼった。

まず堺の南蛮寺へゆき、近江に隠れているという覚慶《かくけい》の消息をきいた。

覚慶のことを、官兵衛は、

「公方《くぼう》（将軍）」

といった。まだ公方にはなっていないかもしれないが、そのほうが通りがいいと思ったのである。

修士《いるまん》の一人が、和田惟政と絶えず連絡をとっており、もし官兵衛が訪ねてくれば居所を知らせよ、と言いふくめられていた。

「近江の矢島（八島）に在《おわ》す」

と、耳打ちしてくれた。

このように、南蛮寺に政治情報が濃密に集中しているという一事からみても、キリシタンに所属しているということは至極便利であった。

官兵衛が堺の南蛮寺で知ったところでは、覚慶は奈良の一乗院を抜け出したあと、まず近江の甲賀郡の山中にある和田惟政の館に身をひそめたという。そのあと、山を降りて野洲郡《やすごおり》の矢島に移ったというのである。

官兵衛はいそぎ京へのぼった。

京は松永・三好党に占拠されていて、うわさでは覚慶のゆくえを探索しているという。

所在は近江だといううわさもあった。さらに突っこんだうわさでは、覚慶は近江観音寺城主の六角（佐々木）承禎《じょうてい》をたよっているのだが、しかし承禎はこれを迷惑がり、松永・三好党を怖れ、いっそ覚慶を討ち取ってしまおうかと考えているという。

（ありそうなことだ）

官兵衛は逢坂山《おうさかやま》を越えつつおもった。足利家の権威はそこまで堕ちてしまっている。近江佐々木氏といえば室町幕府の盛時には足利家にとってもっとも有力な守護大名の一人だったのだが、いまでは覚慶のような者が領内にころがりこんでくるのは、迷惑以外の何ものでもないらしい。

官兵衛が逢坂山をこえて近江路に入った朝は、風が強かった。やがて雨が横なぐりに降りはじめ、山も野も湖も白しぶきの中に閉ざされるというひどい天候になった。

矢島へは、大津から六里ある。

「どうだ、泊まるか、行くか」

と、官兵衛は善助ら十人の家来に意見を言わせた。当然泊まるべきであったが、善助らは官兵衛がこの日のうちに矢島へ行きたがっていることを察し、

「参りましょう」

と、声をそろえて言い、官兵衛をよろこばせた。全員が素裸になり、衣服を車の荷の中に押しこんだ。官兵衛の一行は車を曳いていた。車には、覚慶に献上するための銭《ぜに》百貫文が積まれていた。

官兵衛は芝居がかった男ではないが、それでも、風雨をついて素裸の播州侍がはる

ばる矢島までやってきたとなれば、流浪の覚慶がよろこぶにちがいないと思った。

近江野洲郡の矢島という村は、広濶《こうかつ》な水田のなかにある。水田が西へ尽きるところに、湖がある。磯に松がならび、その林越しに湖の水平線がはしっている。

村に、少林寺という臨済禅の寺があり、一休が建てたといわれている。

その少林寺が、覚慶の宿館である。覚慶はすでに還俗して義秋《よしあき》（のち義昭《よしあき》）という名にあらためているから、以後、義秋という。

詩歌の上手な若者である。それ以外にどういう取柄があるのか、義秋を奈良一乗院から盗み出した細川藤孝らもまだわからない。

「すべてそのほうどものおかげだ。恩はわすれぬぞ」

と、絶えずいう。還俗したこともうれしいらしく、食膳の魚介《ぎょかい》に箸《はし》をつけるたびに、

「奈良ではこういうものは食べられなかった」

と、左右をみて、歯を剝《む》くようにして笑うのである。その笑いが、家臣に媚《こ》びているようで、わずかに卑しさが匂う。

義秋は年少のときに僧にされ、一乗院に入れられ、若くして一乗院門跡《もんぜき》になった。一乗院というのは興福寺の代表の住む寺で、門跡がすなわちそれである。興福寺領は元来大和の半分を占めた。ということは一乗院門跡が大和半国のぬしということになるのだが、義秋はそれほどの貴族的僧侶であったとはいえ、やはり僧院の生活は陰気でつまらなかったらしい。兄の将軍義輝が松永久秀に殺され、細川藤孝らが自分を盗み出してくれなかったなら、生涯僧服を着、魚鳥も食べられず、女人をちかづけることもできぬ暮らしの中に閉じこめられていたであろう。

義秋は運がよかった。義秋には、義輝を長兄として、もう一人兄がいた。これも僧になっていた。鹿苑寺《ろくおんじ》（金閣寺）の住持で、周暠《しゅうこう》という。周暠は久秀にだまされて、京の市中へ出てきたところを殺された。

奈良を脱出した義秋が、当然、将軍を継承する資格をもつ。

近江へのがれた早々、和田惟政が、

——後悔なさいませぬか。

と、きいた。奈良一乗院門跡でいれば平穏であるものを、将軍という、もはや虚位にすぎぬといいながら、いつ誰に殺されるかわからぬ権謀の火炎の中にとびこんでしまって後悔はしないか、と和田惟政がきいたのである。

「奈良にいれば、弾正（松永久秀）は生かしておかなかったろう。清俗《せいぞく》いずれの場所にいても火宅であることにかわりがない。である以上、征夷大将軍になり、衰えし家運を中興し、やがては世を鎮め、天下に号令する日を夢見ることこそ、男子の快とするところだ」

と、いった。魚介をよろこぶだけでなく、野望をよろこぶところもあるらしい。ただ、色白で顔の皮膚が薄く、とても馬上天下を斬り従えられるような男ともみえない。

近江の矢島に、おいおい幕臣があつまってきた。

いずれもかつての義輝の側近だったひとびとで、天子のまわりに侍《はべ》る公家たちのように、多分に実態をうしなった貴族のようになっている。地方の領地は実力のある武家にうばわれ、こんどの松永久秀のさわぎで、京都の屋敷も焼かれた者が多い。

そのくせ位階だけが高いというのが、公家に似ているのである。

あつまってきたひとびとは、

京極《きょうごく》近江守高秀、一色式部少輔《いっしきしきぶしょうゆう》藤長、諏訪信濃守晴長、仁木伊賀守義政、伊勢下《しも》総守《うさのかみ》貞隆、狩野伊豆守光茂、武田治部少輔《じぶしょうゆう》信賢、上野中務少輔《なかつかさしょうゆう》清信

といったように、いずれも鎌倉幕府、あるいは室町幕府草創《そうそう》のころからの名族たちである。

かれらは少林寺のまわりの寺や農家を借りてそれぞれ住み、家族もよびはじめている。

細川藤孝などは、妻子をよんでいない。かれらが松永の軍兵からのがれて京の郊外で隠れ住んでいることは知っているが、この矢島によびよせたところで、いつまた退去しなければならないか、その危機も目前にあるように思えるからである。

細川藤孝は、四方の大名に使いを出して将軍を庇護《ひご》してくれるよう頼んでいた。むろん膝もとの近江観音寺城主六角承禎にも頼んでいたが、その態度が煮えきらぬ上に、承禎の息子の義弼《よしのり》が松永久秀と親しく、このため松永の軍勢を近江にひき入れかねまじい様子でいることを、耳にしていた。

そういう毎日を送っているとき、ある日、夏の終りを告げるかのように激しい野分《のわき》が吹き、天が覆《くつがえ》ったかと思われるほどの大雨が降りしぶいた。

「湖《うみ》が荒れている。若狭《わかさ》からの米は、きょうは着かないだろう」

と、この朝、細川藤孝は、同僚の和田惟政にいった。

若狭の大名の武田大膳大夫《だいぜんだゆう》義統《よしむね》から、救援のための米が湖西の今津港から湖東のこの矢島に着くはずだった。細川藤孝が、武田氏にたのんでおいたのである。藤孝は義秋の側近のなかでもっとも門地が高いが、同時にもっとも有能で、こういうこまごました暮らしの心配をした。

そういう午後、

「播州の小寺官兵衛なる者が、献上の銭《ぜに》百貫文を積んで門前に参っております」

と、和田惟政に告げる者があった。惟政が藤孝とともに蓑《みの》と笠《かさ》をかぶって門前に出てみると、官兵衛がいた。

小柄な官兵衛が、褌《ふんどし》一本という姿で滝のような雨の中に立っていた。裸であるのは、その十人の供も同様だった。どの男も、荷車の車輪を泥の中からひっぱり上げるためにいきいきと働いていた。

官兵衛は、車の荷である百貫文の銭を少林寺の境内に運び入れると、和田惟政に対し、

――なにしろ、このかっこうです。

と、自分の裸を指さし、だから明日参上したい、今日はこのあたりの百姓家に頼んで泊まる、という意味のことをいって、去った。

和田惟政は、

「こんなうれしいことはない」

と、去ってゆく官兵衛の背後から呼びかけたが、正直な気持だった。

官兵衛は、義秋の側近衆からいえば野《や》の衆で、将軍に対する拝謁権もないかわりに、将軍のために尽してやらねばならぬという義理もなく、そういう人情をもつ必要もなかった。

官兵衛の階層の武士のたれもが、将軍というものに何の感傷ももっていない。まして流亡する義秋などに銭一貫文も献上しようという気持はもたなかった。

「どういう男だ」

細川藤孝も激しく興味をもち、和田惟政から官兵衛についてのすべてを知りたいと思った。藤孝のように聡明《そうめい》な男でも、

(あの播州の田舎侍が、風雨を衝《つ》いて銭を献上にくるということは、ひょっとすると、そういう時代になっているのではないか)

と、官兵衛一個のいわばこの奇行を、天下の気運でもあるかのように計算してみたい衝動に駆られたのである。

将軍の価値が騰《あが》ってきたのではないか、ということであった。価値が騰らぬまで

も、前将軍の義輝のあまりにもむごい最期や、それを平然とやってのけた松永久秀への憎しみが、世間にそういう気分を、あらためてかきたてたのではないか。

（そのいずれにせよ、幸先《さいさき》のいいことだ）

と、細川藤孝はおもった、というより思いたかった。

「かれはわれらと同様、キリシタンだ」

と、和田惟政は、官兵衛と最初に遇ったのが京都の南蛮寺であること、そのときの官兵衛の印象、言動などを藤孝に話した。

細川藤孝は、のちの幽斎である。足利氏からのちに織田氏に転じ、大名になり、さらに豊臣、徳川と、都合四度の大変動期に生き残った。後年、その子の忠興の妻ガラシヤが熱心なキリシタンになるのだが、藤孝は生涯キリシタンについては関心を示さなかった。

「キリシタンだから、公方に奉公するのか」

と、藤孝はやや失望して、反問した。キリシタンは布教の自由を得たさに、時の権力者に接触したがるのだが、かの播州の田舎侍は、その宗旨のためにいまから義秋に忠誠をつくしておこうというのだろうか。それならば野《や》に澎湃《ほうはい》と義秋の人気があがっているという見方が成立しなくなるのである。

「かれは、天下を想っているのさ」

和田惟政が、意外なことをいった。

和田惟政という男も、すみに置けない。

かれは篤実な性格をもち、さらには将軍という旧《ふる》い権威に対する忠誠心がつよく、その点では政略感覚に長《た》けた細川藤孝などより、普通の意味での忠臣であるかもしれなかった。

その惟政のようないわば直《すぐ》な男が、官兵衛の魂胆を見ぬいてしまっているのである。

このあたり、官兵衛は若かったのであろう。かれは才気が露出して、ひとびとに警戒心をおこさせるところがあった。和田惟政もかねて、

(官兵衛のは、信心なのか、天下恋いなのか)

と、疑問におもった瞬間がある。官兵衛が、南蛮寺の縁でつながる和田惟政に、しきりに将軍の側近衆の数、その器量、諸国の大名が将軍にどのように接触しているか、たれが将軍想いであり、たれが将軍に冷淡か、たとえば毛利はどうか、上杉はどうであろう、といったふうに、さりげない表情をしつつも、核心を衝くような質問を

した。

　そのことが、惟政の脳裏にある。

「しかし、いい男だ」

　と、惟政は逆なことを言いはじめた。

「いい男？」

　藤孝は、信じない。惟政のいういい男というのは俠気のある男だ、という意味らしい。そういう男がこの世にいるとしても、権謀の社会では俠気などは何の役にも立たない。むしろ俠気のある男だと安堵していると、うしろから斬りつけられるという時代である。

「以《モッ》テ六尺《リクセキ》ノ孤《コ》ヲ託スベシ、という感じのところもある」

　惟政は、いった。人間をそういう基準で、惟政は秤《はか》りたがる。死に臨んで自分がこの世にのこしてゆく子の養育を友人に頼む、孤を託せる人間など世間にざらにいないが、官兵衛にはそういうところがある、と惟政はいった。

（惟政はどうも、人を信じやすい。なによりキリシタンになるような男だ）

　と、藤孝は内心おもったが、しかし官兵衛への関心がいよいよ募ったことは否めない。

「あす、私も会いたいものだ」

「ぜひ」

和田惟政も、自分が野から拾ってきた男だけに誇らしくもあった。

義秋には、惟政から言上した。藤孝もそばにいた。

ところが、義秋はおどろきもせず、

「そうか」

と、いったきりである。この時代に、義秋のような流浪の人間のために百貫文という大層なかねを献上しにくる者が居ようはずはないのだが、義秋にすればそういう認識がなかった。義秋は、自分が貴種であり、自分がやがて公方になる男であるがゆえに、野のはてからひとが慕ってくるのだ、とおもっていた。

藤孝は、そういう義秋の貴族らしい鈍感さにもわずかながら失望した。


翌日は、晴れた。

真夏にもどったような暑さで、草むらが蒸れてあえぎたくなるような思いである。

官兵衛は、野道をあるいた。義秋の宿館である少林寺へゆくのである。

頭にはちゃんと烏帽子を頂いている。小袖という便利な衣服ができてから、こういう侍の正装は流行《はや》らなくなっているのだが、なにしろ相手は公方になる貴人だからやむをえない。腰には、太刀を吊っている。

「なにやら、お人変りなされたようで」

と、供の善助も、官兵衛のこういう装束でいるのがうれしいらしい。

「善助は、たいそう上機嫌だな」

と、官兵衛は善助のうしろを歩きながらいった。侍が、みちみち供に物を言うなどははしたないことなのだが、まだ童《わらべ》っ気《け》のぬけていない善助のよろこびようが、背中にまで踊り出ているようでおかしかったのである。

「南蛮寺にお供仕るよりはうれしゅうございます」

「あれは、いやか」

「殿が陽炎《かげろう》のように消えてしまわれるような気がして」

「陽炎のように？」

官兵衛は、笑った。そうだろう。武士たる者がでうすなどという神に身も心も随順してしまえば、奉公人である善助としては淋《さび》しくてやりきれまい。それよりも、将軍（まだ義秋は将軍ではないにせよ）に拝謁するために官兵衛が正装して出てゆくとなると、百姓あがりの善助は自分がやっと武家奉公人になったような気がして、うれしいのである。

（武士とは、犬のようなものだから）

官兵衛は、ふと思わざるをえない。犬は飼い主に随順する。善助は犬である。齢からいえば犬ころというところであろう。

官兵衛も、御着城主小寺藤兵衛との関係からいえば犬であったが、犬としては、われながら従順な犬ではなさそうに思うし、藤兵衛の気に入らぬのもそこであろう。ただ善助からみれば、おのれの主人が、将軍家の犬になろうとしていることが、なにやらきらびやかに思えるらしく、このよろこびは犬ころである善助の心根になってやらねばわからない。善助にすれば官兵衛がキリシタンになるというのは単に人間になることで、おもしろいことではないのである。

（もっとも、善助がよろこんではくれているが、将軍の忠実な犬になるつもりはない）

むこうも、ならせはしない。

このように正装して野道を歩いて出掛けて行っても、先方が正式に拝謁はさせるはずがなかった。かつて将軍義輝を白洲から仰いだように、あくまで飼い犬でなく野良犬のあつかいをするにちがいない。

それはそれでいい。

（どうせ、足利家など亡びるのだ）

そう思っている。たとえ亡びなくても、足利家の犬になるつもりはない。かといって播州の一角という小天地に跼《くぐ》まっている気はしないし、この広い天地を恋う気持を、官兵衛はどう方向づけていいか自分でもわからないのである。

臨済禅の寺にこういう形式が多いが、少林寺の台所の板敷はひどく広い。和田惟政と細川藤孝は、その台所で官兵衛と対面した。官兵衛は台所の板敷にすわらされるしかない身分なのである。

官兵衛は細川藤孝とはむろん初対面である。藤孝は十代のころにすでに前将軍義輝のそばにつかえていたし、それに歌人としての名が高かったから、官兵衛は早くからその名をきいていた。だから、

（もっと老《ふ》けた人物だと思っていたが）

とおもい、意外だった。藤孝はまだ、頬のあたりに幼な顔がのこっている。丸顔で小男ではあるが、品のいい顔立ちであったが、ただ、両眼の光がつよく、唇《くち》もとのあたり、笑顔になるとかえって削《そ》いだように鋭い表情になるというのは、癇癖《かんぺき》のつよい

たちであるのかもしれない。

藤孝は、官兵衛に銭百貫文の礼などをいった。銭百貫文というのは米百石に相当し、富裕な一ヵ村の穫《と》れ高にひとしい。

藤孝は、この銭が、播州小寺氏から献上というだけで、献上したぬしが御着の小寺藤兵衛なのか、その家来である姫路の小寺官兵衛なのか、よくわからないところがおもしろいと思っている。おそらく官兵衛が自家の金庫《かねぐら》からもってきたのであろう。

しかし御着城の家老程度の者が、銭百貫文という巨額な財をかるがると手みやげにしてやってくるというのは油断のならぬ時代だとおもった。在郷で成り上った侍どもというのは、近隣を侵したりしてよほど内福であると思った。

が、実情はそうではなく、官兵衛の家の内福は祖父以来、広峰宮の神符《おふだ》に自家製の目薬をそえて頒布してきたことでできあがっているのである。いまなお、内々でそれをやっていた。このため、姫路の草深い小城をあずかる分際にしては金のある家なのである。

「官兵衛どの、謁を賜わるということです」

と、細川藤孝がいった。

ただし、と藤孝は、

「お名前は官兵衛ノ尉《じょう》ということで申しあげておきました」

と、いった。尉とつけば、律令《りつりょう》のころの官名になる。御所の諸門を警固する役所に兵衛府《ひょうえふ》というのがある。その武士団の幹部の呼称が、長官が督《かみ》である。次官が佐《すけ》で、その下に尉がいる。尉の下が、志《さかん》である。

藤孝は田舎者の官兵衛を義秋の手前、すこしでもおもおもしく見せようという好意でそう言い繕《つくろ》ってくれたのだが、官兵衛にすればどちらでもいいことだった。官兵衛は、実力がなければ亡ぶという酷薄苛烈な世界に生きている。官兵衛という名の下に督がつこうと、佐がつこうと、尉がつこうと、まったく関心がない。しかし如才なく、

「御心配《おこころくばり》、果報に存じます」

と、礼をいっておいた。

足利義秋は、この寺の庫裡《くり》を座所にしている。

小さな枯山水《かれさんすい》の庭に面した一室が、人を引見するときのかれの部屋だった。

官兵衛は、縁に座をあたえられた。前将軍の義輝のときは地にすわらされたが、銭百貫文を献上したせいか、待遇が一格あげられたようでもある。あるいは義秋がまだ

将軍になっていないため、無官の官兵衛でも縁にあがることができたのであろうか。

義秋は、ひとり部屋の中にいた。

部屋は庭に面して開口し、御簾《みす》が巻きあげられ、二本の朱の房がおもおもしく垂れていた。その奥に義秋はすわっている。

縁に平伏している官兵衛からほんの五メートルほど離れて義秋がいる勘定になるが、官兵衛が顔をわずかにあげて上目《うわめ》で見ても、義秋の目鼻だちまでみえない。部屋はそれほど暗かった。そのくせ義秋の背後のふすまに描かれている山水と、山水を背景に琴《こと》を弾いている仙人の図はよく見えるのである。庭には、光線があふれている。その光線が、なにかいたずらをしてふすま絵だけを官兵衛にみせて義秋の顔をみせないのか、それとも義秋はふすまの絵ほどにも生きていない人物なのか、よくわからない。

対面は、無言でおわった。

そのあと官兵衛は退出し、宿所にしている百姓家にもどった。

(公方が滅びるのも、さほど遠い将来《さき》ではあるまい)

とおもったのはかいかんであって理屈ではない。細川藤孝らがああいうお人をかついでこれからも諸国を流浪するだろうが、将軍のありがたさなど、実力で成りあがったいまの豪傑どもに通用するだろうか。

夕食後も、まだ陽の光があった。

「善助、腹ごなしにそのあたりを歩こう」

官兵衛は、そとへ出た。

矢島のまわりの集落から集落へと歩き、やがて陽が落ちはじめたので、いそぎ矢島をめざして歩いた。

途中、野道で、数人の男女に付き添われている娘に追いつき、追い越した。

「給仕女だ」

官兵衛は、善助に教えた。

義秋に伽《とぎ》をする娘らしい。すでに義秋の身のまわりには、そういう女が何人かいる。村々の長者が、べつに命ぜられなくても、みめのよい娘を、

——台所仕事《みずし》にでも。

といって、さし出すのである。

義秋の手がついてたねでもはらむようなことがあれば幸いだと思うのだろうか。それとも、相手が何者とも知らず、ただ京から落ちてきた貴人ということで、貴人にはそのように手厚く馳走するという地下《じげ》の習慣が昔からあるのだろうか。

(民というのは、可愛らしいものだ)

かれらは理屈なしに貴人を神に次ぐものというふうに思いこんでいる。領主どものほうが時代の新しい空気を吸ってしまっているのに、草木のなかに棲んでいる庶民のほうが古い意識で生きている。時勢はどちらを軸にして動くのだろうか。

この青春のころの官兵衛には、この人物が後年ふとみせる圭角《かど》もおかしみも出て来ない。

きまじめな、しかし時に途方に暮れたような表情をし、さらには平素よく物事に気のつく一見ただの若者であるにすぎない。

和田惟政は官兵衛を頼み甲斐のあるいい男だとおもっている。細川藤孝は、

(官兵衛とは、何を考えている男だろう)

と、多少の疑問を残していたが、概してあれは貴人好きの田舎者だろう、というふうにも値踏みしていた。

官兵衛が近江矢島に逗留《とうりゅう》したのは、十日ほどである。

和田惟政がひきとめた。他の連中も、

「官兵衛、遊んでいやれ」

などと、この百貫文の献上者を粗末にはしなかった。もっとも官兵衛にそれだけの意味しかみとめていないらしい。どの男もその姓に家門の名誉を背負っているのだが、ただそれだけのことであった。

「播州の事情はどうか」

などと、官兵衛に事こまかしく政情について問いただす者もいなかった。かれらは、ただただ義秋に供奉《ぐぶ》していれば家運がひらけるかもしれないと信じて日常を過ごしているようであった。

（いろんな生き方があるものだ）

官兵衛は、虫や鳥の生態をみるような好奇心でかれらをみていた。

ただ細川藤孝ばかりはちがっていた。

とびきり有能な男で、この男がいなければ義秋の身辺はまわってゆかないようであった。

人柄に、嶮がある。

その嶮が何であるかは、官兵衛にはどうもつかみにくい。藤孝だけは古典の教養がとびはなれていて、かれと辛うじて古典についての話ができるのは足利義秋ぐらいのものかもしれない。

藤孝には、人が愚かにみえるのであろう、と官兵衛はおもってみたが、しかし藤孝は決して超然としている男でなく、この少林寺の寺男とも親しげであることを発見したりした。藤孝は寺男からこの土地の話や、近江ではひでりが何年に一度あるか、とか、田に水をひくときに村々はどのような協定をするかということなどをよくきいていた。近江における一向宗の勢力についても、寺男ぶんざいの話を、耳をかたむけて聴いているのである。

藤孝は官兵衛を粗略にはしていない。

官兵衛からも、播州の事情をきいたり、小寺家の身上、声望、播州の気質《かたぎ》などをきいたりするのだが、それは寺男から物をきくのと同じ場所からきいているらしい。

藤孝は、惟政と同様、

「官兵衛ノ尉どの」

と、敬称をつけてよんでいたが、しかし他の側近衆よりも上下のけじめにきびしく、官兵衛と対座するときもつねに地下人《じげにん》に対する態度でのぞみ、この点、寺男に対する態度と基本としては変らない。

(この側近衆のなかで、細川藤孝だけが生き残れるだろう)

官兵衛は、なんとなく藤孝をそうみていた。

細川藤孝も官兵衛のもつ器量につよい関心をもっているらしい。官兵衛にも、その気配がわかる。

しかし藤孝は天成用心ぶかいのか、自分の襟もとをくつろげて、ざっかけなく本心を見せてしまうというところがなかった。

義秋とその側近は、官兵衛の滞留中、連歌の会を三日にわたって催した。たまたま京から連歌の点者《てんじゃ》が訪ねてきたからでもある。

「官兵衛、そこもとも、加わるがよい。連歌は元来身分をかまわぬものだ」

といってくれた者がある。

べつに官兵衛は入りたくはない。しかし多少の好奇心はある。義秋とその側近は乱世に流離しつつ、武を練るでもなく、天下を動かす調略を考えるでもなく、悠暢《ゆうちょう》に連歌の会を興行するのだが、その一座のふんいきを知っておきたくもあった。

こういう場合でも、細川藤孝はわざわざ官兵衛に勧めようとはしない。

藤孝は連歌の会の席で、末座にいる官兵衛を見つけたのだが、そのときも丸い頬に何の変化も見せず、知らぬ顔でいた。

ところが官兵衛が詠みあげたとき、

「まことに結構な。――」

と、声をあげてくれたのである。藤孝は年若いがすでに洛中第一等の歌人として知られている男だったから、この男が声をあげてほめることは、点者にほめられるよりも名誉なことであった。

そのあと、二度も三度もそうだった。

(本心だろうか)

と、官兵衛は思わざるをえない。官兵衛は少年のころに歌には凝ったが、さほどの才能はないと自分でおもっている。一座のひとびとはみな巧者で、官兵衛の歌がとくにほめられねばならぬいわれはない。

官兵衛は、自分自身に対してつめたい男だった。これが官兵衛の生涯にふしぎな魅力をもたせる色調になっているが、ときにはかれの欠点にもなった。かれほど自分自身が見えた男はなく、反面、見えるだけに自分の寸法を知ってしまうところがあった。

官兵衛は自分の歌に採点がからい。

ところが、藤孝ほどの歌人が、とほうもなく自分の歌をほめるのである。藤孝も存外目がないと思い、同時に、

（なにか、魂胆があってのことか）

と、よろこんでしまえないのである。藤孝が官兵衛分際の男に対して魂胆があろうはずがないのだが、ともかくも官兵衛は藤孝に妙な気持をもたざるをえない。

その連歌の翌日、官兵衛は寺の裏の藪にむかって立小便をしていると、藤孝が寄ってきて、いきなり前をまくった。

藤孝の育ちにしては、めずらしいことかもしれない。ならんで用を足しながら、

「官兵衛ノ尉どの。今後、どこを頼ればよろしかろう」

と、もっとも重大な相談をもちかけた。官兵衛は内心おどろき、藤孝のこの意外なざっかけなさと、拍子のよさに、これは容易ならぬ男だと思った。

「織田どのがよろしかろう」

と、即座に官兵衛がいったとき、われながら驚いた。そんな名前を出すつもりはまったくなかった。

細川藤孝も、おどろいたらしい。官兵衛の横顔をちらりとのぞき、あとはだまって袴をおろした。

藤孝は、官兵衛の足どりのままに歩き出した。

官兵衛は、藤孝がまだ話したがっていることを察して、藪をひとまわりしたむこう側にある小さな農家のもみ干し庭に入った。

縁側に、陽があたっている。藤孝は、腰をおろした。

官兵衛は、台所に入り、そこにひとりいた人のよさそうな老婆に銭をわたし、

「茶はあるだろうか」

と、いった。

茶など、このあたりの農家では贅沢すぎる。麦焦《むぎこ》がしならあります、といった。

官兵衛はうなずいた。台所のすみに、ふくべをたてに割った用器が、二つころがっている。椀のかわりらしい。

官兵衛は、釜のふたをあけて、そのふくべで麦焦がしをすくって飲んでみた。塩がすこし足りなかった。

「塩は、あるか」

老婆は、棚の上の塩壺を指さした。官兵衛はそれをいかにも大切そうにおろし、かまどのふちに置いた。元来、官兵衛はこまごまとした動作がにが手な男だが、藤孝を馳走するために、うかつなことをして壺を割ったりせぬようにしている。その所作が、いかにも心くばりのきいた男のようにみえる。

「軒下に干し柿があったな」

官兵衛はめざとく見つけていた。それを一つずつ呉れ、と言い、ついでに老婆に懐紙をわたした。菓子皿のかわりである。

藤孝は途中からやってきて、その光景をみていた。

この当時、茶道という、接客の心くばりを作法にした一種の芸術が流行していた。藤孝はその方面にもつよい関心をもっていたから、官兵衛に、

「茶をなさっておるのか」

と、ひどく親しみを感じて、問うた。

「むしろ、好まぬほうでござる」

「好まぬ？」

藤孝は意外な表情をしてみせた。官兵衛の心づかいが、茶道にかなっていたからである。

「田舎者でござるゆえ」

官兵衛はいった。茶道というものがなにやらいかがわしいものに思えてならない。

しかしそれは自分が田舎者だからそういうこともよく知っている、いかがわしさを遊びにして楽しんでしまう心までは、田舎者にはとても手がとどかないのである。

縁側にもどった。藤孝が、

「さきに織田どのと申されたが、なにか、お考えがあってのことか」

と、上瞼《うわまぶた》を剝きあげるようにして問うた。官兵衛に、いい加減な返事をゆるさないといった表情である。

「織田どのとは、どれほどの人だろう」

細川藤孝は、わざと首をひねってみせた。何も知らぬ様子を作ったのは、官兵衛から意見や情報を聴きたいためである。

藤孝もじつは、尾張の織田信長という者に注目はしている。が、足利義秋の側近たちはみな信長について評価が低かったし、さらには危険がった。

——出来星大名ではないか。

と、いう。出来星とは成りあがりのことである。信長の織田家は正規の室町大名(守護)の家ではなく、いわば未登録の大名といっていい。尾張の正規の大名は斯波《しば》氏であった。織田氏は越前あたりで神主をしていた者が流れてきて斯波氏の家老になり、斯波氏の衰弱とともに肥大してゆき、それもまた衰弱した。信長の織田家はその本家でさえなく、支《わか》れの支れというべき家で、信長の父の代でにわかに勢力を増大し、尾張半国までのびた。

信長はその尾張半国から出発した。

家督を継いでいままでは十四、五年になるが、信長は尾張を平《たいら》にしたあと、苦心惨澹のすえに美濃を得たにすぎない。

――実力といえば、その程度の男にすぎないではないか。

義秋の側近衆はそういう。

その上、織田家は足利氏が頼る上で致命的な欠陥は、筋目の大名ではないことである。

筋目という栄誉を持つ守護大名の家系でなければ、足利氏が武家の棟梁《とうりよう》であることに、懐古的感傷を持ってくれないのである。

しかしそういう筋目の大名は斯波氏と同様、衰亡してしまい、ほんのわずかしか残っていない。そのうち、勢いのいいのは薩摩の島津氏と甲斐の武田氏ぐらいのものであった。

島津氏は京から遠すぎ、武田氏も近隣の勢力に足を搦《から》めとられていて、京へのぼってくることが容易でない。

だが。

――武田入道どのが京へのぼってきてくれれば、将軍家にとっていうことはないの

というのが、義秋の側近衆の一致した希望だった。武田信玄は保守好みの男で、叡山とか将軍家とかいったふうな権威を尊ぶ。もし信玄が京にのぼり、将軍家執事というかたちで天下に号令してくれれば、中世の権威はことごとく息を吹きかえすような気がするのである。

その点、尾張の織田信長というのは、まだえたいが知れない。

――何を仕出かすか。

という不安のほかに、京へ攻めのぼれるほどの実力があるか、ということもある。ただ、尾張は京にちかい。すでに美濃をとった以上、京へのぼるのに障害《しょうがい》になるのは、北近江の浅井氏と南近江の六角氏ぐらいのものである。

地理的位置としては、織田氏に分がある。側近衆の評価は、その程度である。ところが藤孝は信長の性格、能力などを調べるにつれて、私《ひそ》かながら評価を大きくするようになっている。そこへ官兵衛が織田どのがいい、といったことで、より詳しく知ろうとしたのである。

「織田殿」

という、この世間の評価がまったく定まっていない新勢力を考えるについて、官兵衛より細川藤孝のほうが多く、材料をもっていた。が、諸事慎重すぎる藤孝は、その材料をかかえたまま、どう判断すべきか、迷っているところなのである。

官兵衛は、明快だった。

織田信長の前途に見込みがあるのは、門地門閥、生国《しょうごく》によらず人材を登用するところにある、と官兵衛はいった。

その官兵衛の言葉は、藤孝には物足りなかったらしい。

「それは、武田殿も上杉殿もやっているのではないか」

「織田どのとは、くらべものになりませぬな」

官兵衛は、滝川一益《かずます》の例をあげた。

「かれは近江甲賀の人で、尾張に流れて行ったときは浪人でござった。その分際から拾われて、いまは家老《おとな》でござる」

奇跡というべきではないか、と官兵衛はいうのである。

どの大名も、一国や二国を統一して天下に畏怖されているほどの者なら、人材の登用をさかんにおこなっている。それとは逆に、郷国の統治が乱れ、やがては衰亡した大名の内情をみると、ことごとく門閥主義で、結局は門閥によって衰亡した。織田家の人材登用というのは徹底していて、滝川一益の例でもわかるように、登用の手は他国者にまで及び、それを家老という、枢機に参画させる位置にまでひきあげているのである。

越後の上杉家といえども、在郷の群小勢力を糾合《きゅうごう》した上に成立しているわけで、その小勢力の個々は、さほど能力のある者ではない。上杉家がこんにち大をなしているのは、一に上杉謙信の軍事的天才に拠るのみであり、かの越後の軍勢は謙信みずからが指揮しなければ強くないのだ、と官兵衛は言い、もし謙信が死ねば越後が四分五裂してさほどの勢力をなさないのにちがいない、といった。

「織田家は、ちがうでしょう」

かの家は、もし信長が頓死《とんし》しても、それを相続できる者が幾人もいるにちがいない、だから織田家と手をにぎっておくことは必要です、というのである。

しかも織田家は旧習にとらわれない。その戦法、陣立《じんだて》などに独創のものが多く、その士卒の軍装ひとつでも輝くように華麗である。これは領国がよく治まっている証拠でもあり、なにごとか新時代を拓《ひら》こうとする気分のあらわれでもある、と、官兵衛が

いうと、藤孝は、

「そのあたりは、あまりうれしいことでないかもしれない」

と、正直なことをいった。そういう織田の家風なら、将軍という古い権威をどれほど尊ぶか、ということなのである。

「そのことは、別と考えられる」

官兵衛は、主観的要求に固執するのあまり、客観状勢への判断をあやまってはならない、といった。織田家が、もし今後運がよければ京に旗をたてるだろう。将軍家としては好悪《こうお》をべつとして接触しておくべきではないか、という意味であった。

この縁側で、官兵衛と藤孝は毛利氏をも論じた。

「わが西方の強国でござれば」

と、官兵衛はいって、さすがに表情に苦味をひろげている。

中国地方というのは、明治後の地理では岡山県以西になっていて、兵庫県（播州など）は近畿地方に入る。が、官兵衛のころは、いまの神戸市の西半分からむこうが中国であった。

中国は、山陰、山陽にわかれる。国の名でいえば、長門《ながと》、周防《すおう》、隠岐《おき》、安芸《あき》、備《びん》後《ご》、石見《いわみ》、出雲《いずも》、備前《びぜん》、備中《びっちゅう》、美作《みまさか》、因幡《いなば》、伯耆《ほうき》、それに官兵衛の住む播磨《はりま》とその北方の但馬《たじま》、さらに丹後《たんご》、丹波《たんば》が入るのである。計十六ヵ国という広大なブロックであった。

毛利氏は、安芸（広島県）から興った。それも高田郡吉田という穫れ高三千貫の小さな盆地を領する地頭からおこって、中国十ヵ国を制覇する大勢力になった。一代でそれだけのことをやった毛利《もうり》元就《もとなり》は、すでに六十九か七十の高齢ながら、健在でいる。

元就は、上杉謙信とは異り、戦術家というより陰謀の才に長けた謀略家といってよく、かれの生涯はその節目《ふしめ》々になった二、三の冒険的決戦をのぞいては、あとは次第に増大したその軍事力を多分に威圧的効果として用い、謀略と外交をもって版図をひろげた。

元就の後継者たちはそれぞれ才幹に富んでいるが、しかしすでに元就が家風を確立していて、その家風から出ることをしない。出ることを、元就から禁ぜられてもいた。

元就は、そういう男である。その一生において、郡山籠城と厳島《いっくしま》合戦という余人の成しがたい賭博的冒険を二度ばかりやっているが、その成功にみずから酔って自己を賞賛したことは一度もない。あれは拾いものだったと強く自分に言いきかせていたらしく、そのやることは変質的なほどに慎重で、冒険を避けた。

かれは、自分の能力に限界を感じていた。決して天下の権を争おうとせず、中国を固めるだけで十分というふうに、自分の思考や活動に制限を設けていた。

すでに七十翁になったこんにち、元就は自分が作りあげた版図を固めることに専念しているだけでなく、それを子孫に相続させることに、かれの能力のほとんどを傾けていたといっていい。

そういう風聞は、山陽道の東端にいる官兵衛の耳にしばしば入ってくる。

——毛利氏には、天下に野望がない。

ということは、官兵衛のような気質と、そして非力なる在郷勢力にすぎぬ分際にとっては、まったく魅力がなかった。毛利氏をあてにしていては、何のおもしろいこともないのである。

「中国者は律義《りちぎ》と申しますから、ゆくゆく将軍家が、万が一、人に裏切られて身の置きどころがなくなったとき、身一つで頼ってゆくのが毛利でしょう。それ以外に、毛利氏を御懸念《ごけねん》していては何事もすすみますまい」

と、官兵衛はいった。

このようにして、近江矢島での日々が、ゆるやかに過ぎた。

官兵衛のみるところ、和田惟政は利かん気で熱情家であり、節操を持続させるためには死をも厭《いと》わぬところがある。

が、概して単純である。織田信長という、今のところ注目しても注目しなくてもいい程度の新興の勢力についても、惟政はきわめて主観的で、

「かれ（信長）が、将軍家とキリシタンに同情を寄せるかぎり、自分は協力する。そうでないなら、自分には無縁の男だ」

と、官兵衛にもいった。

細川藤孝は、複雑であった。

官兵衛に、あれほど信長について問い質《ただ》し、共に麦焦がしを飲んでいながら、翌日は他人のような顔をしている所がある。

自尊心がつよく、自分のまわりに城壁を設けて堀端からは人を入れないという所と、かといって反面、文芸の話か、天下の政情のことになると、田夫野人《でんぷやじん》とでも抱き合って話したいという所とが同居している。さらに小動物のような用心ぶかさと、転んでもただで起きそうにない執拗《しつよう》な欲望の深さ、あるいは自己保存の本能のつよさと

いったものが、からみあって藤孝の中にある。しかし、それらは容易に他人の目からはわからない。藤孝は、まるい秀麗な容貌と典雅な挙措《きょそ》動作《どうさ》で、それらがひとの視線で透《す》けて見えることをふせいでいるのである。

（大変な人物かもしれない）

とも、官兵衛はおもった。よく考えてみると、このあいだ、農家の縁側で話し合ったときも、官兵衛のほうが喋りすぎてしまった。あとで考えてみると、藤孝はすこしも意見らしいことをいっていないのである。官兵衛は、馬鹿をみた。こういうとき、官兵衛はひどく自己が厭になるのだが、どうやらこの癖《へき》は一生なおりそうにないものであった。

あの日、宿所に帰って考えこんでいたとき、不意に柱に頭をぶつけた。梁《はり》がきしんだかとおもうほどの音がして、やがて髪の中から血が滴った。

善助がおどろき、すべるようにして官兵衛のそばにきた。

「癖だ」

と、官兵衛は善助を追いやった。

官兵衛が、あすは発とうと考えていた夕、和田惟政がやってきて、

「不意のことだが、明朝、近江を立ちのく」

と、官兵衛にささやいた。義秋が、動座するという。多少は頼めると思っていた近江観音寺城主の六角承禎が、松永と親しい息子の義弼に迫られ、義秋を領内で保護することをやめた、という情報が入ったのである。

「若狭へゆく」

そこに、武田大膳大夫義統という者がある。義秋の姉が嫁しているということもあり、先方は微弱な勢力ながらいつでもきてほしいと言ってきているので、とりあえずそこへゆく、と惟政はいった。

このことにつき、藤孝は官兵衛にひとことも報らせてよこさない。そういう人物であるようだった。

(どうせ、隠密《おんみつ》に脱けだすのにちがいない)

と、官兵衛はおもったが、しかし義秋一行を見送ろうとした。

時刻は、報らされていない。念のためにその夜の夜更けにゆき、十人の人数をもって少林寺の門を固めた。

(なにをしているのか)

と、われながらばかばかしくもあったが、しかし官兵衛はこの近江矢島に滞留中、天下というものがどういうものであるかという、雲行きの法則のようなものを、おぼろげながらつかんだ。その束脩であると思えば、警固も見送りも、滑稽なわざとは思わずに済む。

夜半になって、山門から義秋の一行が出てきた。官兵衛は善助以下に松明《たいまつ》をもたせ、先導させた。

義秋の供は、十人ばかりである。他の連中が寺に残ったのは、企図秘匿《ひとく》のためだった。

和田惟政が、官兵衛とならんだ。

「若狭などへ行きたくないのだが」

と、惟政はささやいた。

若狭武田氏は、甲斐武田氏と遠い縁つづきになる。代々の若狭の守護大名で、小浜《おばま》を首邑《しゅゆう》にしているが、他の守護大名家が振わぬように、武田氏も振わず、むしろ地元の被官たちのほうが実力をもっている。政情は不安で、あすにでも内乱がおこるかもしれず、おこれば家名だけで虚勢を張る武田氏など亡びてしまうであろう。そんな家に義秋を託すというのは不安なのだが、将軍側近には若狭に領地をもつ者が多く、それらがしきりに若狭武田を頼むことを勧めていたのである。

「兵部大輔《ひょうぶだゆう》（細川藤孝）どのも、そうか」

「いや、かの御人は、越前の朝倉を頼むほうがよいというお考えだ」

と、惟政がいった。

（おや、藤孝は織田氏を頼むのではなかったか）

官兵衛は肚《はら》の中で自分までが無視されたようにおもった。朝倉氏のことなど、藤孝は毛ほども言っていなかったではないか。

（なるほど京育ちの武士というのは、食えぬものだ）

官兵衛は、自分がいかに田舎者であるかを思い知らされる感じだった。

磯につくと、漁師小屋が一軒ある。一行のうちの一人が、その一軒をたたきおこして、対岸の海津《かいづ》まで船を出すようにたのんだ。

漁師の目にも、この一行の異様さがわかった。近江を脱けてゆくにちがいないと思い、後難をおそれて、しりごみした。

一行の一人が漁師をおどしたりすかしたりしていたが、らちがあかない。そこへ藤孝が顔を出し、銭をはずむことで解決してしまった。それが、官兵衛の目にはひどく達者にみえた。

いよいよ一行が船に乗るとき、藤孝ははじめて官兵衛のそばに寄り、

「官兵衛ノ尉どの。いま上様から、苦労であった、とのお声があった」

と、ささやいた。官兵衛は義秋のほうに、深く拝礼した。声など、なかったであろう。藤孝が創作したのにちがいない、と思った。

青い小袖

官兵衛は、その後、自分の姫路と主人の御着城を往来する日常にもどった。

べつに大言壮語もせず、人を押しのけて物事をするわけでもなく、また服装なども奇抜なものを好まなかったから、あまりめだたなかった。

御着の殿中で人の集まりがあるときなど、

「たしか、姫路の官兵衛がいたはずだが」

と、人が伸びあがってあたりを探さねばわからないようなことがしばしばだった。

そういうとき、よく居眠りをしていた。柱にもたれて居眠りをしているときもあり、別室へ人を避けて、ふすまのかげなどで横になっていたりした。

――たいした男ではない。

と、ひとびとは思った。

たしかに官兵衛は、機会主義者である面が、すこしあった。何事か、自分の好みに適《あ》う野望を目標として日常営々とそれへの条件を作ってゆく男ではなかった。元来、利欲の念が薄かったことも関係があるだろうが、要するに自分に適わぬ状態の中にいるとき、ひどく退屈なのである。官兵衛がもっともやりきれないのは、殿中で田舎の土豪たちがあつまって雑談をするときだった。

官兵衛にもし下剋上《げこくじょう》の野望があるとすれば、そういうとき、土豪たちの膝と膝の間に割って入って、かれらの心を攬《と》っておくことが必要だったはずだが、興味がなかった。要するにこの時期の官兵衛の印象は、聡明な、田舎ぶりながらも貴公子といった感じで、土豪劣紳の心を攬ってゆくという、戦国の中でのしあがってゆくために必要な資質に欠けていたとしかいえない。こういう面は、官兵衛の生涯のものであったかとも思える。

ただ、この時期の官兵衛の存在をわずかにめだたせていたのは、かれが桔梗《ききょう》色の小袖を好んでいたことであった。

姫路の城館の空地や、登り口などにかれは桔梗を植えていた。秋の桔梗の季節になると、ときにしゃがみこんで飽かずその花をながめた。花は、空の深い青を移しとったような色でひらいている。

姫路の村に漢詩と絵の上手な僧がいた。あるとき官兵衛はその僧に、

「桔梗の詩を作っていただけないでしょうか」

と、頼んでいた。

僧は、詩のかわりに桔梗の絵を描いて官兵衛のもとにとどけた。

官兵衛は失望した。絵などではとても桔梗の花の色や形があらわせず、官兵衛の心の中にある桔梗の印象がかえって濁るのである。このためさらに詩を頼み、

「桔梗の花は、空が地上に降りて野に咲いたものだ、という意味のことをうたってもらえまいか」

と、注文した。

それほど桔梗の色がすきであった。

そのせいか、かれは桔梗色の小袖を着るのである。官兵衛が姫路と御着とを往復するとき、いつのまにか沿道で遊ぶ子供たちが覚えてしまって、

「また青色小袖の侍がきた」

などといった。官兵衛がめだつという時は、小袖の色程度のものでしかなかったかもしれない。

その後、播州の情勢に大きな変化はない。

「束《つか》の間《ま》の安らぎにすぎない」

と、官兵衛はみていたが、かれの二十代の播州ほど、安穏な地域は他になかったかもしれない。

この地域は、ちょうど回廊をなしている。西方の中国毛利氏の勢力はわずかに政略として播州に手をのばしてきているが、軍事的に屈従させようという気配はない。他に忙殺されるところが多く、兵をむける余裕がないのである。

京都は、相変らず三好党と松永氏が支配していたが、それも播州にまで手をのばす力をもたなかった。

織田氏は、美濃をかためて勢いを得ている。しかし世間はその力を軽視し、まさか後年、播州まで織田軍が入って来ようということを想像する者はいなかった。

官兵衛だけが、織田勢の伸長をはるかに注目している。ところが、それがために、ひとはこの男を突飛な夢想家のように思っていた。

(播州などに生れたのが、不運だったかもしれない)

と、官兵衛はこの退屈さに倦《あ》き倦きすることがある。かといって、この退屈な環境をぶちやぶるつもりはなかった。ぶちやぶるには、播州統一をやる以外になかった。

それにはまず主家の御着小寺氏を乗っとって、播州第一の勢力である三木城の別所氏を攻めつぶす必要があったが、官兵衛にはそれができなかった。かれも、かれの父もそうだが、主家に弓を引くなどということはおよそ出来ないたちで、あくまでも主家のために良かれという思案しかできない。官兵衛を拘束しているのは、倫理というものであったであろう。

そのくせ、暮夜、私《ひそ》かに考えつづけていることは天下のことなのである。官兵衛を夢想家とひとがいうのはあたっていなくもなかった。

ときどき堺の南蛮寺へ行っては、上方の状勢を仕入れてくる。

足利義秋は、もう若狭にいない。

越前へ行き、朝倉氏を頼った。

官兵衛はこの風聞をきいたとき、

(朝倉などを頼っても仕方がないではないか)

と、おもった。元来、朝倉氏の当主義景《よしかげ》には天下への志が稀薄であった。

足利義秋は、朝倉領の西のはしの拠点である越前敦賀《つるが》にしばらく滞留していた。

この時期以後の義秋は、官兵衛が矢島で見たときよりもはるかに権謀政治家として成長しつつあったようでもある。

というより、流浪の身でありながら、自分こそ天下の主《ぬし》であるという自信が濃厚になってきた。現実の兵力を持たないから、多分に空想家といってよいかもしれない。この政治的空想家は、天下の英雄豪傑に命じてそのすべてを京にあつめようという夢想にとりつかれていた。

その上に、自分が乗っかるのである。それによってたやすく自分が征夷大将軍になりうるわけであり、このため、北陸の一角から四方八方に手紙を書いていた。そういう風聞を官兵衛はしきりに堺で仕入れていた。官兵衛もあるいは義秋と同類の夢想家だったかもしれない。

足利義秋はじつに多くの手紙を書いた。かれは手紙の上の政略家といってよく、

「上杉と武田は仲よくしてもらいたい。関東の北条氏とも和平するように」

というぐあいのものであった。

たとえば越後の上杉謙信が、義秋を奉じて京へのぼろうにも、隣国の武田信玄が足をひっぱってのぼらせない。その武田信玄に頼もうにも、上杉謙信と、小田原を根拠地とする関東の北条氏が、足をひっぱってしまう。

——これではどうにもならぬ。

と、紙の上で義秋は考えるのである。

だからぜんぶが手をつなぎあって京都へのぼろうじゃないか、と義秋はいうのである。こういう手紙を、中国の毛利元就にも出したことがある。そういう大勢力に対してだけでなく、それ以下の小勢力にも出した。

ただ、織田信長にだけは、出さなかった。信長の勢力に対する過小評価と、その人柄が危険だという印象が義秋のほうにあったのであろう。

永禄十年十一月、足利義秋はたまりかねた。いくら手紙を四方に出しても、現状はすこしもかれの思うようにならない。

――まず、足もとの朝倉義景を説得せねば。

とおもった。朝倉領の敦賀にいたのは交通の便がいいためなのだが、そこを捨て、越前一乗谷《いちじょうだに》に移ろうと決心した。越前一乗谷は、朝倉義景の根拠地である。

移ってから義秋は、朝倉義景に説いた。

義景は、さほどによろこばない。

「いずれ、よく思案仕《つかまつ》った上で」

と、体《てい》よく逃げた。

朝倉氏はかつて但馬から流れてきた者が家祖になっているが、一代ごとに勢力をのばしてやがて越前一国の主になったのは、義景の代からずいぶん前である。義景はうまれながらにして北陸における安定勢力の当主であった。

(なにを好んで京へのぼらねばならぬか)

という気持があり、要するに現状のままで居たかった。しかしながら義秋を粗略にはしない。朝倉家は元来、足利家に対する礼譲のあつい家なのである。

ついでながら、越前朝倉氏は新興の家ながらも、八代将軍義政の代に越前守護職であることを正式にみとめられているのである。しかも、足利家が朝倉家を厚遇して、大名としては最高の処遇である御相伴衆《おしょうばんしゅう》にも列せられていた。その家系をもつ朝倉義景が義秋を冷遇するはずがなかったが、しかし義秋にせきたてられて京へ出てゆくような自信はなかった。

「国を空けることは、むずかしゅうございます」

と、義景がいう理由の一つとして、東方の国境をたえず加賀の一向一揆衆がおびやかしている、ということをあげた。

「その程度のことか」

と、義秋はそれを自分の手で解決しようとした。げんに、それを義秋は解決してしまったのである。

北陸の一角にいる足利義秋は、すでに公方《くぼう》を称している。そのとき、名をあらためた。

「義昭」

と、称した。

その公方の使者として細川藤孝が大坂の本願寺へ行ったのである。藤孝は、

「加賀一揆が越前をおびやかしている。これをさしとめてもらいたい」

と談じこみ、ほとんど奇跡のようだが、本願寺側に承知させてしまった。公方の外交ははじめて成功したのである。

ともあれ、加賀一揆が越前の辺境を侵さなくなったことによって、朝倉義景は後顧の憂いがなくなった。かれは安心して義昭を奉じ、京へのぼれるはずであった。

ところが、それでも義景は腰をあげなかった。この時期、義景に家庭の不幸があった。かれが愛していた阿若丸《おわかまる》という息子が、急死したのである。これを理由に、義昭に対し、上洛をことわった。

足利義昭も、断念せざるをえなかった。このとき細川藤孝が、はじめて織田信長の名を出した。

「信長こそ、しかるべき者かと存じまする」

信長こそ公方が今後お恃《たの》みなされて然るべき者でございますと説いたのは、藤孝が慎重な男だけに、よほど検討した結果であろう。それに藤孝は大坂の本願寺を説いて成功したことで、自信をもちはじめていた。

義昭も、藤孝の能力を高く買いはじめている。細川藤孝という男が、単に義昭の側近という世界から大きく世間へ踏み出したのは、この時期からであった。

藤孝はかつて、明智光秀という美濃出身の流浪の人を知っていた。光秀が流浪していたころ京で知りあい、さらに越前で再会した。光秀は越前朝倉家に客分として仕えていた時期があったのである。その後、光秀は越前を出て、織田家に仕えた。

藤孝は織田家では光秀以外に知らない。このため、光秀と連絡をとって諸事打ちあわせした。

藤孝はこれだけの準備をしておいて、義昭に言上したのである。

義昭としては、朝倉氏に望みを失った以上、これ以上越前にいる気はない。

そこで、はじめて信長に対し、御内書を書き送ったのである。

信長は、大いによろこんだ。かれは流浪の人とはいえ将軍を称する人から御内書をもらうのははじめてであったし、いままで近国を斬りとって築きあげた自分の私的勢力が公的に認められたような気にもなった。同時に、義昭をかつぐことによって、京へ攻めのぼる口実を得たのである。ときに永禄十一年（一五六八）春のことであり、信長はすでに美濃岐阜城を根拠地としていた。かれは天下以外に望んだことがない男であり、御内書を貰わなくてもいずれは京をめざしたにちがいないが、その願望が御内書がくだることによって正義になった。

越前から美濃へという足利義昭の南下と、それを迎えた織田氏のエネルギーの昂揚という永禄十一年の事態が、やがては播州に住む官兵衛の環境へ小さな変化をもたらす。その小さな変化がやがては拡大されて、播州と官兵衛を歴史の舞台にひきずりあげることになるのである。

時代の主役は、信長に移った。

が、このときでさえ、信長が時代の主役、もしくは主役になるということは、この時代の誰がおもったであろう。同時代人というものは、それほどに未来を展望することに困難なものであった。

世間一般の印象と評価は、信長は単に岐阜城主であるというにすぎない。

「この城下を岐阜というのか」

と、越前から信長に頼るべくやってきた足利義昭でさえ、その聞きなれぬ地名に戸惑ったに相違なかった。

二年前の永禄九年三月に、信長がここを「岐阜」という耳馴れぬ漢音の地名に改称してしまったのである。

それまでは、岐阜城の山を稲葉山《いなばやま》とよばれ、城を稲葉山城と称され、城下の町を井ノ口とよばれていた。信長の舅《しゅうと》でかつてこの城のぬしであった斎藤道三のころは、そうであった。もっともそれまでに岐阜という地名があったという証拠がかすかながらあるが、広くは用いられていない。

「岐阜」

という地名を立てたのは、信長が美濃のこの山城を手に入れたとき、すでにかれが天下統一の志を濃厚に持っていた鮮明な証拠であるといっていい。

古代中国の地名からとった。周の先祖が、岐山《きざん》から出たという故事による。周の先祖の古公亶父《ここうたんぽ》が北方の騎馬民族に追われていまの陝西省《せんせいしょう》西部の岐山という山のふもとにきてこの南麓に小さな都市国家をつくった。周の天下はこの岐山からはじまったといっていい。

むろん信長にそういう知識はなかった。かれは尾張の織田家の菩提寺《ぼだいじ》の僧である沢《たく》彦《げん》に命名を依頼したのである。

「天下はこの地からはじまる、というような地名をつけてもらいたい」

と、頼んだのであろう。なぜなら、信長が「天下布武」という印鑑を用いるようになったのは沢彦の案だというからである。沢彦は、岐山、岐阜、岐陽という三つの案を信長に示した。信長はそのなかから岐阜をえらんだ。

これまで、自分の領国の首邑《しゅゆう》の地名を改称した例というのはきわめてすくない。まして、天下統一の志を露骨に示す地名をつけた例は信長以前になかった。

信長という男の志が、地方勢力の主《ぬし》であることに甘んずるところがすこしもなく、直截《ちょくせつ》に天下を志向していたことで、ほとんど珍奇であったとさえいえる。上杉謙信も武田信玄も毛利元就も、天下に志を持っていたとはいえ、現実の苛烈さにかまけ、地方勢力に甘んじざるをえないあきらめを多分に持っていたが、信長の精神にはそういう余分のものはなく、思考と行動のすべてを、天下統一にむかってするどく研ぎあげていた。

ともあれ、世間というのはよほど将来について疎《うと》いものであるらしい。

信長の存在などは、かれの活動が活発だった永禄十一年でも、

「なにやら騒がしい男が、美濃や尾張あたりにいるようだ」

という程度だったであろう。

永禄十一年といえば、信長は右の二ヵ国のぬしであった。そのほか、三河の徳川氏という軍事同盟を結んだ勢力をももっていた。この程度では決して大勢力とはいえず、またかれが卓抜した軍事的天才という評価もまだ得ていなかった。当時、武田信玄と上杉謙信が軍事的天才として天下に知られ、怖れられている。信長の存在などその盛名にかくれていたし、また戦時謀略の名人として中国の毛利元就がおり、さらには領国の広大さを誇る者としては、関東の北条氏がある。

その上、尾張の兵が戦闘員として弱いというのは定評があり、いずれをとりあげても世間が信長の評価を重くする要素にはならなかった。

信長がもし、この永禄十一年の段階で死んでいたとすれば、後世の評価も、単に荒っぽい大将がいたというにすぎず、すこしも惜しまれなかったであろう。かれはこのあと十四年後に死ぬことになるのだが、かれ自身がやりとげた結果から遡及《そきゅう》して、世間も後世も、かれに天才という評価をおくるのである。

そのように遡及していえば、信長は結局は謙信や信玄よりも、戦闘指揮官として劣っていたとはいえ、外交家としても、政略・戦略家としても、次元を異《こと》にするほどにすぐれていたといえる。

しかし、永禄十一年に信長を頼ってやってきた足利義昭はそうは思わなかった。かれは信長から、美濃西ノ荘《にしのしょう》の立政寺《りっせいじ》を宿館としてあたえられ、鄭重に遇された。織田家における接待の担当職には、従前からの因縁で明智光秀が命ぜられた。

義昭は信長の手厚い保護をうけつつも、全面的に織田氏に身を託しきるというところがない。義昭はこの期《ご》になっても、諸国のめぼしい連中にせっせと手紙を書き送っているのである。

たとえば越後の上杉謙信に書き送った手紙なども、

——信長があまりやかましく美濃へ来てくれとたのむから来てやった。

というふうな表現になっている。決して信長だけを頼っているのではないのだ、だからみなで自分をかついでほしい、という口吻《こうふん》をにおわせている。信長こそいい面《つら》の皮といっていい。というよりも、義昭が、信長の実力を高く評価していなかったということでもあるであろう。その義昭もまた、後年、信長が京をおさえ、天下最強の勢力をつくりあげたとき、あらためて信長の実力を見直し、

「わが父と思わせてほしい」

と、年齢にさほどの差のない信長に対し、人変りしたような態度を見せるのであ

る。

足利義昭をかついだ岐阜の織田氏の勢力が、やがて官兵衛の周辺に影響してゆくまでのことを、余談ふうに触れてゆきたい。

信長はこれより三年前に、甲斐の武田信玄に対し、きわめて下手《したで》に出た外交関係をむすんでいた。信玄を真正面から敵にしてはとうていかなわないという計算があった。

というより、信玄が上洛を思い立つことをすこしでも遅らせようという意図があり、そのあいだに自分の勢力を強大にしておきたかった。それがために、信玄から好意を持たれるようにし、というよりむしろ織田氏の存在を信玄が実際よりも卑《ひく》く評価するようにつとめていた。この外交姿勢は、越後の上杉謙信に対しても同様であった。

京にむかうには、近江を通過しなければならない。

近江には二つの勢力がある。

北近江は、小谷《おだに》城を根拠地とする浅井氏の勢力圏であった。この浅井氏に対しては、これより三年前に、信長は自分の妹の於市《おいち》を当主長政に嫁《とつ》がせている。この時期、信長は浅井氏との姻戚《いんせき》のよしみをいよいよあつくしているから、浅井氏の圏内の通過には問題がなかった。

南近江は、観音寺城を根拠地とする六角氏である。

六角氏は京都の三好党や松永久秀と結んでいるだけでなく、鎌倉以来の名家として、織田氏など眼中にないほどに気位が高い。

信長は、六角氏を外交をもって無害な存在にしてしまおうとした。

そのために、使者を送った。使者にいわせる口上というのは、

「自分は義昭公を奉じて京へのぼり、三好・松永の徒を誅滅《ちゅうめつ》するつもりである。義昭公に馳走するためよろしく協力を乞いたい」

というものであった。

このときの使いには、義昭の側近から、細川藤孝と和田惟政、信長のもとから夕庵《せきあん》という僧が立っている。

ところが、六角氏の隠居の六角承禎は、一笑に付してしりぞけているのである。

「信長なる者は、わが家の被官ではないか」

と、承禎はいった。

信長が家来であるなど、意外なことのように思われるが、道理のないことでもなか

った。この時期の信長は、信玄や謙信だけでなく、六角承禎のような勢力に対してさえ人質(庶子源左衛門)を送って、下目《したため》の姿勢をとりつづけていたのである。

さらに六角承禎が拒絶した理由のひとつは、かれは義昭を将軍とは認めなかったことである。このころ、三好・松永の徒は足利氏の傍流の義栄《よしひで》という者を立てて将軍にしていた。承禎は、

「将軍が二人も在《おわ》すはずがない」

といった。

藤孝らはこの外交交渉では失敗したが、辞を構えて人質の織田源左衛門をとりもどすことに成功し、岐阜へ帰った。

この年の九月、信長は大軍を催し、六角氏の諸城をまたたく間に陥し、承禎父子を遁走せしめている。

織田軍の近江進駐というのは、前代未聞といっていいほどに豪華な印象を世間にあたえた。

その軍勢は六万。

と、上方の南蛮寺では計算した。

信長の郷国である尾張の兵、その本拠地である美濃の兵、それにあらたに切りとった伊勢の兵が、主力である。

ほかに、同盟国である三河徳川氏の加勢《かせい》の兵が加わり、さらに信長の妹婿である北近江の浅井氏の兵も加わっている。

六万という兵数にやや誇張があるにせよ、この当時、どの大名もこれだけの規模の兵力をうごかすことができなかった。

さらにはこの時期、信長が京へむかうというのは、諸国の諸豪にとって寝耳に水といった印象が濃く、一様に、

――まさか。

と、思ったであろう。

諸国はたがいに隣国との抗争で足をとられ、それが一種の勢力均衡のかたちをなし、武田信玄や上杉謙信といえども、まさかこの力学関係をぶちやぶって京へ出てゆく者があろうとは思いもよらなかった。

信長が、足利義昭の来訪とともに、それをやってしまった。ある意味では真空地帯を突破したといえるであろう。さらにいえばこの信長の近江通過と上洛によって天下の情勢が一変し、非織田勢力を硬化させ、かれらをして、上方にすわった信長を大包

囲しようとする動きを触発させた。信長の永禄十一年の夏から秋にかけてのこの近江通過と上洛はじつに楽なものであったが、その後、信長が、天下の包囲環のなかで足《あ》掻《が》きくるう新事態が興ってくるのである。

ともあれ、近江通過は、天下に織田軍を誇示する馬揃《うまぞろ》えのようなものであった。岐阜を出た信長が、江州愛知川《えちがわ》に陣を張ったのは、永禄十一年九月十一日である。織田軍は、野陣である。

これに対する六角軍は、十八ヵ所の城にそれぞれ籠って防御戦の態勢をとった。が、ほとんど戦闘らしい戦闘がなく、その翌日には、鎌倉以来の近江の守護大名である六角承禎父子は、観音寺、箕作《みつくり》の主城をすてて逃げてしまっているのである。

——尾張の信長など、あれはわが家の被官ではないか。

と、六角承禎が、織田勢力に対する認識をそのように表現したのはわずか数ヵ月前であった。遁走した六角父子にすれば逃げつつも夢の中にいるような心境だったにちがいない。

この信長の魔術的な成功は、六角氏の傘下にある諸城主の裏切りにたねがある。織田氏はかれらに裏工作をした。その裏工作にあたったのが、新将軍義昭の幕僚たちで、

「公方に馳走せよ」
と、説いたことが、功を奏した。かれらにすればどうせ負ける、六角氏に忠誠をつくす気がないところへ「公方に馳走せよ」という声がかかったために、降伏の名分《めいぶん》が立ったのである。義昭の存在は信長にとって十分効果のあるものだった。

信長の南近江の攻略は、きわめて短時日におわった。この政戦両面の成功が、信長の声望をあげるためにどれほど役立ったかわからない。

信長はすらすらと観音寺城へ入り、一時、日野城まで逃亡していた六角承禎の降参をゆるし、いったん陥した観音寺城を承禎に返した。信長にしては、希有《けう》な寛大さといっていい。

この寛大さをみて、近江の諸城主は織田家に服従した。信長はそれによって多数の人材をもあわせ得た。日野の城主蒲生賢秀《がもうかたひで》・氏郷《うじさと》父子が、その代表的存在といっていい。

あとは、京へのぼるのみである。

信長は、美濃で吉報を待っていた足利義昭にこの旨、報らせた。義昭は幕僚をつれて九月二十七日に近江三井寺《みいでら》の光浄院に入った。義昭は信長から献上された大鎧《おおよろい》を着て大いに綺羅《きら》をかざっていた。

この時期もなお、義昭は書簡外交をやめない。かれは諸国へ陣触《じんぶ》れをうながす御教《みぎょう》書《しょ》を書き送っていた。

「このたび信長が自分に忠を尽して上洛のための馳走をしている。おのおのも、わがために馳走をせよ。いそぎ軍兵を京に差しのぼらせて、三好・松永の徒を討滅せよ」

というものであった。

これに対し、ほとんどの大名が反応を示さなかったが、播州の別所氏ばかりは、ほとんど奇妙といっていいほどに大いに反応を示した。

「なんと、別所家に御教書が降ったそうじゃ」

と、播州平野にうわさが駈けめぐった。このあたり、播州は田舎だったのであろう。中国や北陸、越後、東海、関東などはそれぞれの中心をなす強大な勢力が成立していたが、播州の代表的勢力というのは、三木城主別所氏しかない。その別所氏も、当主長治《ながはる》が幼少のためにながくその叔父たちが輔佐してきた。このため、その存在を上方まで知られるところが薄かったのである。

官兵衛が仕える御着城主小寺氏には、御教書はくだらなかった。

(無視されたか)

という口惜しさが、官兵衛を不機嫌にした。あれほど尽していたつもりであったのに、小寺氏のような小さな身上の大名を、義昭は無視したのであろう。官兵衛は細川藤孝や和田惟政の顔をおもいうかべた。

（彼等がいて、しかもいっこうに音沙汰ないとは。――）

おそらく、藤孝も惟政も一考してくれたであろう。しかし播州第一等の勢力は別所氏であるために、義昭とその幕僚らは別所氏を播州における触頭《ふれがしら》であると決めたに相違ない。別所氏にも小寺氏にも御教書が降るようでは、別所氏の機嫌を損ずるという配慮があったのであろう。官兵衛は、小大名の家老である悲しさを感じざるをえなかった。

この永禄十一年秋の信長の京都鎮圧は、あっけないほどのたやすさで成功した。敵である三好党と松永久秀のほうが、降伏したり、遁げ散ったりしたからである。

一方、播州別所氏は、当主の長治が弱年のために家老の別所孫右衛門が、兵三百をひきいて京にのぼり、洛中洛外を駈けまわって、義昭に馳走した。

――信長に馳走するのでなく、公方に馳走するのだ。

という肚が、別所氏にあった。わずか三百の人数で参加しながら織田氏と同格のつもりでいるというのは、播州人の世間知らずということもあったが、当時の大名たちの気持を代表しているといえなくもない。

この気分が、やがて別所氏を没落させるにいたる。後年、信長の家来の羽柴秀吉が中国筋の総司令官としてやってきたとき、

——氏《うじ》もなき人を大将にしては、諸人軽んずるものなり。(『別所長治記』)

と、不満に思い、織田氏を蹴って敵方の毛利氏についた。

御着城主の小寺氏の場合、城主の小寺藤兵衛はこの事態を当然無視するつもりだった。

「わが家には、御教書もくだっていない。なにを好んで京へ戦《いくさ》をしにゆくことがあろう」

と、藤兵衛はいっていた。

ただ若い家老の官兵衛が、言葉をつくして兵力を上洛させるように説いた。

「たとえ、三十、五十の人数でも」

と、官兵衛はいうのである。

官兵衛がいうのに、殿はいまのままで天下はつづくとおぼしめされている。それは間違いである。いずれは天下統一という想像を絶する事態がおこってくるのである、

そのときに無数の大小名が浮沈するであろうが、小寺家は沈む側にまわってはならない、という意味のことを、さまざまに表現を変えては説きに説いた。

「そういうこともあるかもしれない」

小寺藤兵衛はいう。

「しかしその天下統一をなすぬしが、織田ごとき成りあがりの小侍であろうとは思えぬ」

「では、たれが。――」

「毛利であろう」

当然ではないか、と藤兵衛はいう。遵《したが》う国の数からしてちがうのだ、というのである。

それに、藤兵衛は官兵衛に対し、つよい不満があった。あれほど官兵衛が上方へゆき、義昭の側近と親しくなっていながら御教書はついに小寺氏にくだらなかったではないか、というのである。この一点については、官兵衛は愧《はずか》しくもつらくもあった。

「どうだ」

と、いわれれば、どう抗弁することもできない。

官兵衛はついに、自分を御名代《ごみょうだい》として戦勝の祝賀にだけでも上《のぼ》らせていただきたい、とたのんだ。

藤兵衛はやっとそれだけを許した。


官兵衛は、陸路、京をめざした。

——祝賀使。

といえば体がよさそうだが、義昭の幕僚や織田家の将領たちにすれば、合戦でいそがしいときに平装の祝賀使がまぎれこんでたれがよろこぶであろう。

「小寺氏は気でも狂ったか」

と、ひとびとは言うにちがいない。

官兵衛は主君には内緒ながら、合戦に参加するつもりであった。侍三騎、足軽二十人、荷駄《にだ》の小者十人をひきいた。

織田方は、京都こそやすやすと手に入れたが、三好党の大部分はかねての根拠地である河内や摂津の諸城の線までひきさがって防戦の構えをみせている。織田勢は、それらの城々の攻めつぶしにとりかかっていた。そういういわば戦さわぎの京に入って平装でいるなど、とても武士としては薄みっともなく、素面《すめん》を曝《さら》して歩けるものではない。

（武士というのは、神主や僧侶ではない）

官兵衛は、憂鬱であった。ある地域で大きな合戦がおこなわれると、戦勝した側の本陣へ、土地の神主や僧侶が詰めかけて行って、戦勝の祝辞をのべあげるのである。いまの官兵衛が、それに似ているのがいやであった。

官兵衛の考えでは、武士には中間がなく、源平のいずれかに属して旗幟《きし》を鮮明にしなければならない。中間的存在というのはもしあり得ても双方から叩かれて結局はほろばざるをえない。

官兵衛がおもうに、武士の悲しみというのは合戦のつど妻子と死別を覚悟せねばならぬことではなく、つねに旗幟をあきらかにせねばならぬというところにある。旗幟をあきらかにするというのは、得体《えたい》の知れぬ未来にむかって自己と主家の運命を賭博に投ずることなのである。

（その点、わがあるじは武門の人というより、神主や僧侶に似ている）

と、おもった。小寺藤兵衛は老いるにつれて名家意識がつよくなり、現実の苛烈さから遠ざかろうとしている。小寺氏は赤松家の支流であり、かつて南北朝抗争時代の末期、南朝の末流の根拠地へ忍び入って神器をうばい、足利家と赤松家を救った功がある以上、足利義昭公も決してわが家を粗略にすまい、ということを呪文《じゅもん》のように繰りかえして、現実の世界に直面しようとはしないのである。

官兵衛は、まずい主家を持ってしまっていることで憂鬱ではあったが、しかし主家に謀反心《むほんしん》を抱こうとまでは思わない。

ただ、仕方がないことではあるが、主家を軽んじはじめてはいる。たとえば、祝賀使でありながら合戦の支度をして出かけることもそれであった。京都で合戦にまきこまれたとき、主君には勝手に他人の指揮を受けることになるのである。

(かまうものか)

と、この点では、この書生臭の抜けきらない若者はふてぶてしかった。

京への道中は、困難であった。

ときには逆方向にむかうほどに迂回せねばならなかった。

「なまなかでは京へ入れまい。丹波からまわって老ノ坂《おいのさか》へ出よう」

と、官兵衛は明石まできたとき突如道を変えて、北へむかった。本来ならこのまま海岸道路をたどって兵庫をすぎ、西宮《にしのみや》を経、西国街道《さいこくかいどう》から丘陵地帯を東北にすすんで山崎に入り、北上して京にいたるのである。が、京都南郊から摂津平野、河内平野といった広大な地帯が戦場になっているという情況を、山陽道くだりの旅人たちが口をそろえて語っていた。

織田軍が京へ入ると、前将軍義輝を殺した元兇の松永久秀の態度が意外であった。かれはいちはやく信長に降伏してしまった。

「弾正《だんじょう》どのの狡猾《こうかつ》さよ」

と、山陽道くだりの旅人たちが、松永久秀という男の食えなさにあきれてうわさしていた。

松永久秀は、信長の勢力を早くから評価していたといっていい。かれは京を三好党とともに支配しつつも、信長と連絡をとって、もし御上洛遊ばすときには道案内を仕ります、といったふうなことを申し送っていたのである。

松永久秀の仲間の三好義継も、ともに降伏した。義継はかつての三好長慶の養子で、久秀とともに前将軍義輝を殺した。そのあと、久秀ともどもに京からキリシタン宣教師を追放したことで、官兵衛は、つよい憎しみをもっていた。

(信長が、かれらの降伏を許したとは意外なこと)

官兵衛は道をゆきながら、信長の政略家としての冷酷な打算を思った。信長が義昭を奉じて上洛したのは、一つは義昭を正式に将軍の位につけるのが目的であったが、いまひとつの目的は、義昭のために前将軍の仇を討ち、天下に正義を打ち樹《た》てるためではなかったか。松永久秀と三好義継の首を刎《は》ねて、鴨《かも》河原に梟《さら》すことこそ、秩序回復の第一歩であるべきではないか。

(信長とは、よほど食えぬ男であるらしい)

官兵衛が得た情報はその程度であったが、事実はさらに奇怪であった。信長は松永久秀に大和一国の斬りとりを許し、三好義継に対しては河内半国をあたえたのである。信長としては、このたびは上洛の実《じつ》だけをとろうとした。この両人の勢力を砕こうとすれば戦闘が長期になる。世間の評判が、信長の手間取りをみて織田勢を過小にみるであろう。それよりも、この連中をゆるすことによって、短期に京都の秩序を回復したという鮮やかな印象を世間にあたえたかったにちがいない。が、三好党の内部はたがいに対立している。義継はその一部の勢力にすぎず、他は摂津や河内の諸城に散って、信長に抗戦していた。

このため、官兵衛は明石から丹波路を迂回し老ノ坂をくだるという経路をとったのである。

官兵衛の一行が老ノ坂をおりたとき、京の方角にあたって霞《かすみ》のように軍勢がうごくのがみえた。

南へくだっている。

桂川の土堤《どて》道をとる隊もあれば、野道を一列でくだる隊もある。その行装の華麗さからみて、織田軍に相違なかった。官兵衛は善助を走らせて先鋒の大将はだれか、ということをききにやらせた。

物集女《もずめ》の村の辻で待っていると、やがて善助がもどってきて、

「和田伊賀守（惟政）どのに候」

と、うれしげに叫んだ。善助にとってあるじの友人が先鋒大将をつとめていることは、あるじの幸運につながるように思えたのであろう。

官兵衛も、自分の前途に光明が射したようにおもった。

「物《もの》の具《ぐ》を着けよ」

と、命じた。みな路傍で具足をつけた。余分の荷物は、路傍の百姓家にあずけた。

官兵衛ら一行は、四頭の馬を曳いている。官兵衛がそのうち鹿毛《かげ》に乗り、善助ら三人の侍分が、それぞれ騎乗の人になった。足軽たちは菰《こも》を解いて鉄砲をとりだした。

（とりあえず、和田惟政に陣借りをしよう）

と、馬を進めはじめたとき、森の蔭から急に一団の武装兵が出てきた。侍分は五騎で、足軽を二十人ばかりひきいている。鉄砲を持っておらず、弓足軽に槍足軽であっ

た。

　――敵か。

　とおもったが、敵でも味方でもなく、先方が名乗ったところでは、丹波の杉生《すぎお》のあたりに住む地侍で、一族や作男《あらしこ》に武装させ、ぜひ勝つ側に味方したいと思ってきたという。

「杉生勝兵衛と申す」

と、古松の瘤《こぶ》のような顔をした四十年配の赤ら顔の男が、くりかえし名乗った。この機会に家名を興したく、このように参った、しかし織田どのの大将はどなたも存じあげぬ、お手前はご存じか、ご存じなら紹介《ひきあわ》せてもらえぬか、それともお手前を大将として我等は下知《げち》をうけてもよい、といった。

（なるほど、こういうものか）

　官兵衛は感に堪える思いでいた。大きな合戦がおこなわれる前には、山や野のあちこちからこの種の者がぞろぞろ出てくるという話はきいたことがあるが、目の前で見たのははじめてであった。男どもは平素は野仕事をしているらしく、身ごなしが百姓くさかった。

　ところが、官兵衛は、主持《しゅう》ちである。主人の小寺氏はいずれにつくとも旗幟をあきらかにしていない。官兵衛が牢人か地侍なら陣借りして敵の兜首《かぶとくび》の一つでもあげれば百貫か二百貫ぐらいの小身分にとりたてられるだろうが、すでに小寺氏の家老である以上、たとえここで手柄をたてても、恩賞はすてるつもりでいた。要するに和田惟政への友情としてその陣で働こうとおもっていたのである。

しかし、人数が多いに越したことはない。結局、この杉生勝兵衛をにわかながら家来としてつれてゆくことにした。

官兵衛が道をいそぐうちに、南下軍の雑踏のなかにまぎれこんでしまった。

「御先手《おんさきて》の和田伊賀《か》守どのに御用あり」

と、善助が声を嗄らして連呼するが、士卒たちは容易に道をゆずろうとしない。この当時、官道といえるほどの道でも、二列の縦隊を作って進むのがやっとの路幅だった。そこへ騎馬がゆき、荷駄がゆき、徒歩の士卒がひしめきながらゆくのである。

官兵衛たちは、ときに河原の土堤や田の中に足をすべらしつつ、前へ前へと進んだ。やがて馬上の和田惟政を見たとき、官兵衛は馬から降り、取次らしい騎士に自分の名を名乗った。軍陣ともなれば、身分の作法がやかましい。

和田伊賀守惟政は、将軍義昭の旗本で、私称でなく歴とした伊賀守の官位をもつ高い身分の男なのである。かつて京の南蛮寺で身分の上下なく語りあった間柄を、軍陣という身分秩序の中にもちこむわけにはいかなかった。このため官兵衛は、わざわざ下馬して取次を頼んだのである。

惟政は、そういう官兵衛を馬上から見おろしている。兜の目庇《まびさし》に濃い陽翳《ひかげ》ができて、表情は官兵衛からはわからない。

――官兵衛どの。これへ。

とは、惟政はいわなかった。惟政もまた一軍の将である以上、その儀容の中心的存在であらねばならない。

惟政は、取次から杉原紙《すぎはらがみ》を渡された。この紙は官兵衛の国である播州の杉原村の紙で、奉書紙よりは薄いが、この当時は貴重なものとされていた。

この紙に、

黒田官兵衛孝高《よしたか》
杉生《すぎお》勝兵衛興義《おきよし》
　侍　八騎
鉄砲　十二

槍　二十三
弓　十七

と、書かれている。官兵衛の名の上には播磨国《はりまのくに》姫路住人とあり、杉生勝兵衛の上には、丹波国杉生住人とある。これは、

「名簿《みょうぶ》」

といわれるものであった。これを差し出して許されれば軍陣に参加できるだけでなく、手柄の次第では然るべき身分の家来に取りたてられる。

ただし官兵衛の場合は主持《しゅもち》であるため、この戦陣にかぎり御下知に従う、という旨を口頭でのべている。

元来、感激性のつよい和田惟政は、官兵衛の来陣をみて内心喜悦をおさえかねているが、儀容上、

「くゎんひょうえどの」

と、馬上からよびかけ、

「ともに、神の御敵《でうすおんかたき》、公方の御敵を討ちほろぼそうではないか」

といっただけであった。

さらにいえば、和田惟政は先鋒大将とはいえ家来の数は多くはない。信長が、義昭

の幕僚たちに花をもたせたもので、家来を掻きあつめるのに難渋した。このさい、官兵衛と、官兵衛がひろってきた杉生勝兵衛がきてくれたことは、惟政にとってにわか雨に遭って蓑《みの》をもらったほどにうれしい。

和田惟政が、織田軍の後詰《ごづめ》のもとに攻めたのは、摂津《せっつ》高槻《たかつき》城と同じく芥川《あくたがわ》城であった。

攻城そのものは簡単に片づいたとはいえ、合戦に習熟していない和田惟政は織田軍の部将や、降将などの入りまじったこの混成軍のなかにあって諸将への会釈の仕方から、自軍の部署のきめ方、軍配のとり方、戦機をみて兵をどう進退させるかということにいたるまで、まったく自信がなかった。

その点、官兵衛は惟政にとって影の軍師だったといっていい。

(官兵衛にこれだけの器量があるとは)

と、惟政はおどろき、利かん気な男ながらひとたび善しと思いこむと惚れぬくたちであったために、事の大小となく官兵衛に相談するようになり、官兵衛の意見にひとつとしてさからうところがなかった。

「官兵衛どのを知りえたのは、神《でうす》のおかげである。私は神のおかげで、このように合戦を涼《すず》やかに進めることができる。ありがたいことだ」

と、まだ合戦が終っていないのに、帷幕《いばく》のなかで官兵衛の手をとって感謝した。

もっとも、官兵衛には妙なところがある。つねに帷幕の中にいて、戦闘の現場へは出てゆこうとしないのである。

むろんかれは作戦だけでなく、兵を叱咤《しった》する戦闘指揮にも長じていた。しかし馬上敵と取っ組んで武者としての功名をたてるということをせず、そういう場へ行こうともしなかった。

このことを和田惟政が官兵衛のために気に病んだ。戦場で名ある者の首をあげねば士としての手柄にならず、恩賞の対象にもならないのである。いわば、官兵衛は無駄骨を折っているようで、なんのためにこの戦場にきたのかわからない。

「それでいいのです」

むしろそのほうがいいのだ、ともいった。かれが主家に内緒で戦場に出て、他家のための戦功などをたてればそれこそ小寺家の家中《かちゅう》はだまっていないであろう。

もっとも、敵に馬を寄せての槍働きをしないということでは、官兵衛は終生そうであった。後年、あるひとが、

「あなたは天下第一等の戦《いくさ》の名人だということだが、槍働きの功名をついぞ承ったこ

とがない。どういうわけですか」

と、当時如水《じょすい》と称するようになっていた官兵衛に、半ばからかうようにしてきいた。官兵衛は、

「人に得手《えて》不得手《ふえて》がござる。わざわざ不得意をしなかったまでのこと」

と、おだやかに答えたが、かれは元来、膂力《りょりょく》にめぐまれず、運動神経においてもひどく危なっかしかった。このために敵の中にみずから突入し、槍を入れて奮迅《ふんじん》の働きをするという武将としてはもっとも本格的なものとされた行動をついにとらなかったのだが、しかし不得手だからといって平然とそれをやらなかったのは、官兵衛の人柄の基調になっている冷えた勇気のあらわれともいえる。


官兵衛はこの攻城戦が済むと、さっさと青い小袖に着かえて戦場を去った。

和田惟政が気の毒がり、

「せめて、上総介《かずさのすけ》（信長）にお目見得《めみえ》されてはどうか」

と、しつこくすすめた。惟政にすれば、自分を輔《たす》けてくれた官兵衛が恩賞の権利をすてて戦場を去ってゆくのを見捨てておくわけにいかない。せめて信長の謁《えつ》を受ければ信長もよろこぶのではないか、とすすめたのだが、官兵衛にすればそういうわけに

ゆかない。

かれの主家である小寺氏にだまって信長に拝謁するなどは、背徳であった。官兵衛はこういう点では、処世感覚以前の律儀さがある。

「たがいに、神と公方《でうすくぼう》の御敵をほろぼしたのです。そのことで、心が満ちています」

べつに満ちているわけでもなかったが、そのように言いのこして去った。

物集女村のあたりで拾った丹波の地侍杉生勝兵衛も、顔つきに似合わず官兵衛を慕い、ぜひ姫路へ連れて行って家来にしてくれと歎願したが、官兵衛は、

――私のような小身者の家来になったところでどう仕様もあるまい。

といって、和田惟政に仕えさせた。

杉生勝兵衛は、官兵衛を摂津茨木《せっついばらき》まで送ってきた。かれは正直に、

「自分はじつは地侍でも百姓でもない。じつは馬借《ばしゃく》でござる」

と、化けの皮を自分で剝いでみせて、官兵衛を大笑いさせた。木の瘤のような顔をしているが、気分のいい男だった。それに、馬借をしていたのに似合わず、学問があるようだった。さらには、これは馬借であったことと関係《かかわり》があるかもしれないが、情勢についての感覚が鋭敏で、織田家の内情についても、わりあい知っていた。

「ときどき便りをよこしてくれ。私は都の様子を知るのが好きな男だ」

と、官兵衛はいった。杉生勝兵衛は、それが恩返しになるなら、大小となくお報らせします、播州にもずいぶん仲間がいます、といった。

「馬借の、か？」

「左様で」

木の瘤は、点頭《うなず》いた。なるほど、馬借というのは荷運びの業者だから、仲間がいたるところにいて、荷を送り継ぐための協定をたがいにしているのにちがいない。勝兵衛は、そういう仲間に手紙をことづければ姫路まで簡単に着くのだ、という意味のことをいった。

官兵衛は摂津の兵庫へ出、播州路へ入った。

(何をしていることか)

と、自嘲《じちょう》する思いもある。小さな大名の家来にうまれた身の不運ということもあったが、元来、そのことは思わぬようにしていた。

官兵衛のみるところ、時勢は信長の上洛で大きく転換した。ひとびとはそのあたらしい潮流に乗って漕ぎすすんでいるが、官兵衛はひときわ新しいものに鋭敏なたちでありながらそれへ乗ることができず、旧い世界へもどってゆくのである。そういうように生れついてしまったのだ、と自分を言い聞かせるほかなかった。

潮の流れ

播州の田園は、古代から変ることなく農耕のくらしがつづいている。季節になれば田植えがあり、日が永くなれば草とりがあり、秋になれば穫り入れがあり、冬には山仕事がある。

姫路も御着も、治安はよかった。まれに穫り入れどきに、野盗が村を襲うことがあったが、寺々の半鐘が鳴りひびくと、姫路や御着から人数が出て、すぐさま追い払った。

「姫路どの（黒田氏）がご家老になってからというものは、戸をあけて寝られる」

と、ひとびとはよろこんだ。隠居の兵庫助職隆《ひょうごのすけもとたか》と官兵衛の心くばりがそうさせている。

しかし、官兵衛には、この暮らしが退屈でなくもない。

（とほうもない田舎だ）

と、播州の山河をながめてみるとき、溜息をつく思いで思わざるをえない。

信長の上洛《じょうらく》以来、上方《かみがた》では激変がつづいているのだが、依然として時勢の変化は播州までやって来なかった。

官兵衛のような一郷のあるじ程度の家の当主でも、その奉公人たちから、

「殿サン」

と、よばれている。土地柄で、さまという発音はしない。

姫路城といっても、わらぶきのちっぽけな城だが、そういう城でも、表と奥が区別されていた。表では、軍事と内政をやる家老《おとな》が詰めている。奥は、官兵衛の家庭であった。隠居の兵庫助の家族と、官兵衛の家族とが一つ棟の下に住んでいる。

官兵衛の若い妻は、播州志方《しかた》郷の土豪の櫛橋《くしはし》氏から嫁いできたことは、すでにのべた。

お悠《ゆう》といった。

彼女は官兵衛より背が高く、鴨居《かもい》で頭を打ちそうな自分の背をつねに苦にしていた。

お悠は、婚礼の夜、官兵衛が洩らした言葉をわすれない。

「たしかに、女だった」

床入りして明け方近くになったころ、官兵衛は闇のなかでそう呟《つぶ》やいたというので

ある。この時期の官兵衛は、人を傷つけるような言葉をあまりいわない。かれの記憶ではそんなことを言ったおぼえがないのだが、お悠はそれを覚えていて、一児をなしたいまでも、ときどきそれを怨《うら》めしく言うのである。

それほど、お悠は背が高かった。官兵衛は婚礼のときにはじめて彼女をみた。式は、夜おこなわれた。その式の夜、薄暗い灯火のかげで彼女をみたとき、その背の高さにおどろいてしまった。婚儀は、双方対《むか》いあっておこなわれる。官兵衛の敷物は、円座《えんざ》が三枚かさねてあった。それで辛うじてつりあいがとれた。

婚儀は三日つづくが、お悠の顔を見る機会がすくなく、床入りも夜中であるためによくわからず、しみじみ顔をみたのは、お悠が、庭の柿の木の下にいて、侍女に柿をとらせている姿を、たまたま縁側から見たときだった。

（わが嫁は、あのように美しかったのか）

陽が、お悠のうなじにあたっていたが、その白さは玄妙としか言いようのない印象だった。

お悠は子供を生んでから体つきに変化がおこり、ひどく肥りはじめた。もともと色白だったのが、皮膚が透けるような感じになっている。

官兵衛と廊下で行きちがいそうになるときなど、小柄な官兵衛は笑いながら、

「奥よ、奥よ、さがれ、さがれ」

と、唄うように退らせてしまう。行きちがうと、さめとすれちがう小魚のようでわしは当惑する、と官兵衛は冗談ながらからかうのである。

官兵衛は、お悠に対しては冗談ばかり言っているようであった。たとえば御着城の殿中でしかめっ面《つら》しているこの小男とは、別人のようだった。

「奥と新床《にいどこ》を共にしたとき、志方から嫁いできたというのはうそだと思った」

そんなことをいったことがある。

「では、どこから」

「明石の沖からあなごが嫁《き》たのかと思った」

それほど細く長かった、というのである。

「しかし奥よ、いまはどうだ」

「飾磨《しかま》の海のふかだとおっしゃるのでございましょう」

お悠は言われ馴れているから、上目をつかって笑う。官兵衛は、そういうお悠に満足している。お悠もそれを知っている上に、この時代は肉置《ししお》きの豊かさが美人であることの条件のようになっていたから、官兵衛がからかいつつもほめているのだという

こともよく知っていた。

ところが、そういう官兵衛がお悠にはいっさい用向きのことは言わず、世上のことも語らない。

語れば、実家の櫛橋氏に筒抜けになるのである。侍女を通してであった。侍女三人が、彼女について櫛橋氏からきているのである。

志方の櫛橋氏は御着の小寺氏の系列に属しつつも、三木の別所氏との好《よし》みも結んでいる。

いま、世の形勢が測《はか》りがたい。官兵衛がひどく織田びいきだという定評はあるにせよ、かれのもとに上方（主として和田惟政や、惟政の家来の杉生勝兵衛）から使いや手紙が来るということまで、お悠に洩らすことはできない。

お悠に悪気がないが、その侍女が、櫛橋氏に報告してしまうのである。

この時代、大名の家庭はもとよりそうだが、大小の土豪でさえ、正夫人の存在というのは多分にこういうものであった。むしろ当主は、側室に対して安心するところがある。しかし官兵衛はキリシタンであるということもあって、側室をもたなかった。

官兵衛が、お悠と居るあいだは別人のように剽《ひょう》げた男になってしまうというのは、ひとつにそういう理由もある。いまひとつは、官兵衛はお悠への愛情を剽げることでしか示せないたちなのかもしれなかった。あるいは官兵衛が剽げているときが、この男が素肌を露《あら》わにしているときだともいえるかもしれない。

一子は、松寿丸《しょうじゅまる》という。

乳離れしたときから、母子ともに御着城内の拝領屋敷に移った。主家の小寺氏に対する人質で、この当時の慣習である。


その後の上方についての情報を、官兵衛はあらゆる手段を講じてあつめた。

(織田どのには、大志がある)

ということを、いまはじめて地上に巨人を見たような思いで、感じた。

信長は京を中心に、畿内《きない》においてあれだけの掃蕩《そうとう》戦をやっておきながら、かち得た城や土地のほとんどを義昭とその幕僚にくれてしまったのである。

たとえば細川藤孝には京都南郊の長岡に勝竜寺《しょうりゅうじ》城という祖父以来相伝してきている城の小さな領地があった。その城が三好党の岩成主税介《いわなりちからのすけ》というのが奪って居城にしていたのを、信長は藤孝に寄騎《よりき》をあたえて陥し、城地をとりもどさせた。

和田伊賀守惟政も信長のおかげで摂津高槻城主にしてもらった。

当の足利義昭は、永禄十一年十月十八日をもって、正式に征夷大将軍に補せられた。流浪の身から、一兵をうごかすことなく征夷大将軍になれたという幸運は、織田信長が居なければもたらされなかったものであった。義昭は大いによろこび、

「なにか、信長に礼をしたい」

と、しきりに側近に洩らした。

義昭は元来、尊大倨傲《そんだいきよごう》な男で、天下の武門が自分を崇敬していると信じて疑わないところがあった。信長も崇敬のあまりここまで忠節をつくしたのであろうと思い、

「信長に、官位を昇らしめよう」

と、義昭は心をきめた。織田家は家格としては足利幕府の直参ではない。尾張における直参大名は斯波氏であったが、消えたも同然になっている。織田家はむかしその斯波氏の家来であったから、足利家からみれば陪臣になる。室町秩序でいえば細川藤孝よりも家格は下なのである。

織田家は、信長の父の信秀が、かつて将軍家と朝廷に献金して、従五位下弾正忠《じゅごいのげだんじょうさかん》という官位をもっていたから、信長もそれを相続していた。この官位は、たとえば和田伊賀守惟政と同格程度なのである。

「どれほどの官位をのぞむか」

と、義昭は、信長にきいた。将軍というのは武家の官位を昇らせる奏請権をもって

いるのである。信長はにべもなく、

「従五位下弾正忠でけっこうでござる」

公卿ではあるまいし、高い官位など貰《もら》って何になるかと信長は思ったであろう。

義昭はこまってしまい、思いきって、副将軍という地位の創設を考えてみた。これを信長にすすめるべく、側近を使者に出した。そのときの使者として、公家の大納言《だいなごん》久我晴通《こがはるみち》を正使とし、細川藤孝、和田惟政が副使に立った。

が、信長はこれについても頭からことわった。京都のひとびとは信長の欲得なさにおどろき、感心したが、しかし官兵衛はむしろ義昭のほうを憐《あわ》れんだ。

(信長は、義昭より上だと思っているのだ。義昭から官位をもらえばその下風《かふう》に立つことになる。かれの志が天下統一にあること、この一事でもあきらかである)

信長はわずか五十二日間で畿内を平定するという魔術的な成功をみせたが、しかしこの当時のほとんどの諸勢力は、

「信長は、決して成功しないだろう」

と、みていた。播州の小豪族の家来の官兵衛のように、あたらしい時代は信長から興ると考えていた人間はむしろまれであったといっていい。

たしかに、信長の成功はじつにきわどい。信長は失敗すると観察するほうに、材料は豊富だった。

なるほど、信長は京に簡単に入った。三好・松永の徒は、蠅のように散った。もともと、かれらは蠅のような存在で、散るべくして散ったにすぎない。しかし蠅の親玉の一人である松永久秀は降伏し、信長はそれをゆるしただけでなく、

「弾正どのに大和一国を参らすべし。斬りとり次第にされよ」

と、味方にひき入れただけでなく、松永の大和乱入に対し、信長は自分の手の者や細川藤孝、和田惟政らを加勢させているのである。

蠅のいまいっぴきの親玉である三好義継にも降伏をゆるし、河内半国をあたえた。信長の平定事業はこれらの頭をなでただけで、かれらがいつ反乱をおこすかわからない。かれらはもともと、一時の権変《けんぺん》として降伏したにすぎない。

むしろ信長の上洛は、各地方の大勢力に強烈な刺激をあたえ、

「信長を斃《たお》せば天下をとれる」

という目標を鮮明にさせた。信長は倒されるために京都に旗をたてたようなものであり、しかもその旗の竿は砂地に立っているようなものだった。

その証拠に、信長は上洛を終えて岐阜に帰ると、いったん散った三好党（義継や久

秀以外の勢力）が、蝿というより群れた蜂のようなするどさをもって京に乱入した。義昭の館は孤立し、一時は危うかった。

もっとも信長は稲妻のような迅《はや》さで岐阜から京へ出、これを追いはらっている。このときの信長の追撃戦には以前とちがった腰があり、三好党は海へ追いおとされ、いっせいにその本国である阿波へ帰ってしまった。

官兵衛のまわりでも、織田家が天下を制すとはほとんど思っていなかった。

「京に上《のぼ》っただけのこと」

と、ひとびとは軽くみていた。

たとえば信長は富士山に登ったようなものだという見方であろう。たれでも足腰さえ達者なら登れる。が、富士はその裾《すそ》野を三ヵ国にまたがらせている。三ヵ国を平定してから登らねば、降りるにも降りられず、結局は下から槍で突き殺されるのが落ちだという。

信長は、近畿で領地さえとらなかった。河内は三好義継にやり、大和は松永久秀にやり、摂津は将軍義昭にやって、幕府領にした。

信長が新たな自領としておさえたのは、商業都市だけである。海外の物資のあつまる堺、北陸米のあつまる近江大津、それに近江草津だけである。そこにかれは代官を置き、流通経済を支配しようとした。この斬新さは、官兵衛などが驚歎したところだった。

信長に対する痛烈な反動がやってくるのは、上洛の翌々年の元亀《げんき》元年からである。この間《かん》のことは、ほとんど物理的現象に似ている。信長が上洛したことによる作用が、つぎつぎに反作用を生みひろげた。そのなかでもっとも強烈な反作用は、摂津石山（のちの大坂・石山は上町台地の一角）に本山をもつ本願寺の力であった。

信長は、元亀元年正月、本願寺に対して、

「移転せよ」

と、命じた。

本願寺は、そののちの大坂城の位置にある。この大坂湾を見おろす台上に巨城を築き、天下統一の治府《ちふ》たらしめようとしたのは、のちの秀吉の創案ではなかった。信長であった。信長の宿願であったといっていい。

かれは近畿に入るや、まず堺をおさえ、まっさきに通行税をとる関所をとりはらい、商業地に対しては楽市楽座《らくいちらくざ》の制を布《し》いたように、国内商業と海外貿易をもって政権を維持しようとしていた形跡が濃い。

このために、はるかゴアや、呂宋《ルソン》、交趾《コーチン》などから貿易船が入ってくる瀬戸内海の奥に首都と港湾と商業城下を建設する必要があった。

当時、大坂という地名がまだ世に知られていないほどにその地は人煙がまばらで、ただ台上の石山という地に本願寺があるだけで人が集まってきている程度だった。信長の目からみれば、本願寺の機能からみて、かれらがこの大坂湾頭を絶対的に必要としているとは思えなかった。それよりも、信長の経済政治の構想が、そこを必要とした。

が、本願寺は承知しなかった。

だけでなく、強烈な敵意を信長に持った。すでに本願寺に対し、信長を討滅しようとする諸勢力から連絡もあったのであろう。さらには、本願寺としては信長の性格からみて、その命令をきかなければ討滅されるという危機感を持った。このため、進んで信長と戦おうとした。

この本願寺は、ほとんど全国人口の一割ほどを信徒にしていたであろう。各国に本《ほん》寺《じ》をもち、国々の郷村に多くの寺をもち、寺々がすぐさま砦になるような構造にできていた。ひとたび本願寺の戦闘指令が諸国に飛べば、地侍も百姓もたちまち動員されるという力をもち、その動員力の点では、十ヵ国程度の大名の力をもっていたかと思える。

この年の九月、信長はいまの大坂の低湿地において、三好氏の残党と泥沼のような戦いをつづけていた。戦場における信長方の野戦用の城は中之島にあり、この守将は細川藤孝だった。和田惟政も、戦場にいた。三好氏の残党は、野田城と福島城に籠っていた。信長みずからが戦場をかけまわって直接に戦闘指揮していたとき、突如、背後の石山本願寺から発砲をうけたのである。

このため信長はこの戦場をあきらめようとした。そのとき、北陸の朝倉勢と、すでに信長と断交している北近江の浅井勢が、織田方の叡山山麓の坂本城を襲い、上方の信長とその本拠地の岐阜の交通を断ちきったのである。

この元亀元年から翌年にかけ、信長に絶望的な期間が来る。

「信長は、亡ぶ」

というのが、播州あたりの土豪のあいだでは、一般的な観測であった。それ以上に、播州には播州門徒といわれるほどに強力な本願寺組織があった。

「信長は、仏敵である」

と、本山が規定し、寺々に下達し、さらに石山において籠城戦をおこなうことを命じた。

播州にあっては一郷一村に影響力をもつ地侍や大百姓の半数が本願寺門徒になっており、それらはすぐ戦闘組織をつくることができた。かれらは兵糧《ひょうろう》も自弁し、鉛《なまり》も自費で買い入れ、自分で打って弾にした。それらが五十人、百人という単位で郷村をすて、石山の本山へのぼってゆくのである。

御着の小寺氏の領地でも門徒百姓の離郷がめだち、官兵衛の領地である姫路付近でもそれが多かった。百姓ならまだしも、被官級が、主家に暇《いとま》を乞うて石山へゆく例も多かった。

このため、播州では信長の評判というのはきわめて悪くなった。悪鬼羅刹《あっきらせつ》のようにいわれはじめたのである。

――信長は亡びるだろう。

という見方が強かっただけでなく、信長を滅ぼすべきだという熱気が播州をおおった。

官兵衛の妻のお悠は、日ごろ政治むきを話題にしない女性だったが、ある日、官兵衛が部屋に入ってきたとき、かつて乳母《うば》だった八寸女《やすめ》という老女と、互いに顔を擦りつけるようにして低声で話していた。

「なにかね」

入ってきた官兵衛が不意に声をかけると、二人はおどろいて離れ、老女が表情をいよいよ固くし、どこか、官兵衛への敵意をおさえかねているような感じで沈黙した。この老女は元来、官兵衛の家への忠誠心よりも、お悠の実家《さと》の櫛橋家を主家であると心得ている女である。

「八寸女は、門徒だったな」

官兵衛は優しくいったつもりだが、顔つきは石のように固かったらしい。お悠はとりもつべきであった。しかしその方法が見つからず、不意に幼女のように声帯を開けっぱなしにしたように泣きだした。いつもはころころと笑っているお悠がこういう泣き方をしたのははじめてだった。

事情をきくと、八寸女の倅がお悠の実家の櫛橋家で馬廻りをつとめている。その若者が、石山一揆に参加すべく主家を脱《ぬ》けたというのである。八寸女はそのことで困惑しているのではなく、官兵衛のことであった。官兵衛が播州の土豪仲間であるいは唯一人かもしれぬ織田びいきであるということは、彼女にとって仏敵の家に奉公していることになる。自分はどうしてよいかわからない、というのである。

官兵衛は、ぼう然とした。

(信長と石山本願寺の確執《かくしつ》が、このちっぽけなおれの家の中まで入ってきたか)

という皮肉な思いが、頭の一隅を占めた。信長の上洛とそのやや強引な畿内平定行動という、官兵衛の見るところ時勢の主潮ともいうべき大変動が、なおも播州に波及して来ないことに、かれは年来失望しつづけていた。

しかしこういう形でそれが来ようとは思わなかった。

「倅が、櫛橋の家を脱けたのか」

官兵衛は、老女の八寸女に念を押した。主家を勝手に脱けるのは武家奉公人にとって許されぬ不始末なのだが、櫛橋の家ではそういう者が多数出て、処罰することもできない状態だという。そのために、罪にはせぬ、石山で弥陀《みだ》如来《にょらい》のために戦え、合戦が済めばもどって来よ、という処置がとられたという。いわば櫛橋家としては望まぬ事態ながら、かれらの行動を追認して半ば正当化してやったということであった。

「そういう例は、三木の別所様のほうでも多いとうかがっております」

と、八寸女はいった。八寸女は熱心な門徒だけにそういう情報を、官兵衛よりも早く耳にしていた。官兵衛は驚かざるをえなかった。

「別所どののほうでも?」

このことは、官兵衛がかねて考えていた構想を根底からゆるがしそうだった。別所氏は東部播州の雄で、官兵衛としてはゆくゆく主家の小寺氏を説いて織田方に味方させるだけでなく、別所氏をも説き、播州における織田方の旗頭にしたいと思っていた。しかし家中の門徒の多くが石山本願寺に籠るとなれば、別所氏もつい本願寺方にひき入れられ、官兵衛の構想とは逆に反織田の旗頭になってしまわぬともかぎらない。別所氏が反織田になれば、小勢力の小寺氏は別所と行動をともにする以外、生存の道はない。

（……こういう形で、播州に影響がくるとは）

官兵衛の不安がひろがったが、とりあえず眼前の小事件を処理せねばならなかった。

「八寸女としては、わしにどうしてほしいのだ」

と、きいてみた。

八寸女は、まず織田びいきをやめてほしい、でなければ私をお手打ちにしてもらいたい、それも哀れとおぼしめすなら、私を放逐してほしい、私も石山へ籠ります、と言い、最後は突っ伏して泣き声になった。

「安心せよ」

官兵衛は、うそを言わざるを得なかった。自分は織田びいきではない、主家である小寺家の成り立つようにするのが自分の仕事だ、成り立つために織田と戦ったほうがよいとなれば戦う、いずれにせよ、私の眼中には主家しかない、といった。おそらくこの言葉は、櫛橋家に筒抜けになるだろうと思い、その配慮も籠めてある。

この時期（元亀元年）の信長の状況は、悲惨というほかない。かれもまた時勢の潮として出現したが、その潮もこのあたりで消えはてるかとも思われた。

元亀元年八月における大坂の戦いは、泥田の中で信長自身が這いまわって指揮せざるをえないような難戦だった。敵の三好党は野田と福島にこもっている。

その二つの城のまわりは水田で、堀も深かった。信長の指揮所は最初は四天王寺だったが、ここは前線から遠い。前線の苛烈さにたまりかねて、かれは天満の森に本陣をすすめた。次いでえび江という在所にまで前進させた。

敵の三好党は、阿波から出てきている連中である。大将分の名は、細川六郎、三好日向守、三好山城守、安宅《あたか》、十河《そごう》、篠原、岩成、松山、香西《かさい》、三好為三《いさん》、三好竜興、永井隼といった連中で、かれらの人数はざっと八千ほどであった。

信長の人数はときに増減しているが、常時一万五千ほどが動いているとみていい。合戦の分類からいえば残敵掃蕩のようなものだが、信長軍の中核をなす尾張兵はかならずしも強くなく、もてあまし気味であった。

信長は、この残敵掃蕩戦を政治的にもよほど重視したらしく、かれ自身が総指揮（ときには前線へ駈けて行って小部隊までも叱咤）するというぐあいだったが、それ以上に、新将軍の義昭までをひきだした。

義昭を、細川藤孝のまもる中之島城に入れ、そこに将軍家の旗を林立させた。そのことによって、信長は自分の合戦を私戦でなく公戦であるというふうに、天下に誇示しようとした。敵方の三好為三や香西党などはすでに裏切りを内約しているのだが、かれらが裏切れるというのも、「将軍に弓を引いては悪い」という言いわけが用意できたからである。信長は、義昭という存在を十分に利用した。

この合戦には、見物衆が多かった。神官、仏僧、富商などで、石山の門前からも、堺からも、尼崎の城下からも、西宮の港町からも、遠くは兵庫からもきていた。地元の百姓衆を入れると、見物は二万、三万を越えたであろう。かれらは、情報の伝播者《でんぱしゃ》でもあった。信長としては、華やかに勝たねばならぬ一戦であったことはいうまでもない。

この合戦は、敵味方とも主として射撃戦だったという点で、前時代とひどく趣きを異にしている。

信長側の前線は、夜に土俵を積みあげて急造の土手をつくった。土手でわが身を遮《しゃ》蔽《へい》して、敵弾をふせぎ、鉄砲のみを出して城を射つのである。前線の主な地名をいうと、川口、渡辺、神崎、上難波《かみなんば》、下難波、浜の平といったところで、どの攻城陣も射手が前面に出ていた。

合戦は黒鍬《くろくわ》と称する工兵の戦いでもあった。織田方の得意のやり方で、土手をつぎつぎに城際まで寄せてゆき、そこに城を見おろすだけの城楼を組みあげ、城楼の上から城内を見おろしつつ射撃した。このときの火器は、大鉄砲といわれる大砲に類するものだった。

そこへ、本願寺方の紀州雑賀《さいか》党、同根来《ねごろ》衆、同湯川党など二万ほどが、遠里《おり》小野《おの》から住吉にかけて出現し、鉄砲三千挺をもって織田方の後方をおびやかしたのである。

信長は、かれを取りまく政治的環境から、巨大な搾木《しめぎ》でもって拷問《ごうもん》にかけられているようであった。

摂津の泥田の戦場で、三好の残党と本願寺勢に包囲されている時期、叡山山麓のかれの坂本城が襲撃され、守将が戦死し、城がうばわれた、ということはさきにふれた。この襲撃で、信長の一族の織田九郎と森三左衛門可成《よしなり》という二人の守将が戦死している。

森可成は美濃の地侍で、代々金山という土地の城主で、早くから斎藤氏の系列を脱し、信長につかえた。信長の若いころからの家臣である上に、智勇にすぐれ、人柄もよかったために、信長は格別にかれを愛していた。ついでながらこの森三左衛門の次男が、本能寺で信長に殉《じゅん》ずる森蘭丸である。守将が二人とも死ぬというのは、敵の力がよほど強いことを示していた。

敵は、越前の朝倉氏と北近江の浅井氏の連合軍だった。

信長は、この二ヵ月前、この連合軍と近くの姉川《あねがわ》をはさんで野外決戦をし、激戦のすえ、辛くも勝った。勝ったのは信長側に同盟軍の徳川家康が付属してからで、この三河の強兵が迂回軍になって敵の横腹を衝いたためであった。朝倉・浅井は姉川では敗けた。

しかしさほどの打撃をうけていない証拠に、大坂にいる信長の背後を衝くべく、叡山山麓に出現していることでもわかる。

かれらの軍勢は、三万とされた。信長がこの方面に割《さ》くことができる兵力は、一万余しかない。それでも信長は上方と岐阜の通路の打通《だつう》のために突進せざるをえなかった。かれは大坂平野の戦場を放棄し、背進した。京都へ出、逢坂山を越え、琵琶湖畔に降り、坂本を直撃した。

朝倉・浅井勢は、陥したばかりの小さな坂本城で織田軍をふせぐという策をとらず、叡山そのものを山城《やまじろ》にすべく山頂へあがった。

「かれらは戦いを避け、叡山へ逃げのぼった」

と、織田方は宣伝したが、しかし叡山と通じあっている朝倉・浅井氏にとっては、既定の作戦であった。叡山に登ってしまえば、つねに京をおびやかすこともでき、また信長の岐阜・上方間の道路を遮断することもできる。

信長は弱りきったであろう。

かれは力攻めが不可能なことを知っていた。このため広大な山麓を包囲して、山にのぼった大軍に対し兵糧《ひょうろう》攻めの方法をとったが、しかし朝倉・浅井軍にとって、食糧を補給する通路など、いくらでもあった。それよりも包囲する信長のほうがつらかった。これほどの大軍を比叡山という山に釘付けせねばならぬというのは、全般の戦況からみて、それだけでも敗北の条件を構成した。たとえばこの包囲中、伊勢の戦線で敵の長島の本願寺（一向）一揆が大いに気勢をあげ、織田軍の敗況が深刻になっていたが、この伊勢の敗況のなかで、信長の弟の信興《のぶおき》は戦死した。それでも信長は、叡山にのぼってしまっている朝倉・浅井軍のために、伊勢の戦線に増援軍を出すことができなかった。

しかもこの信長の弱り目をみて、将軍義昭は、

「信長はいずれ亡ぶだろう」

と、見、諸方の大名に対し、信長をほろぼせ、という意味の手紙を書きはじめた。義昭とは、そういう政治家であった。

信長は政略のためには、どういう外交姿勢でもとれる男だった。

――信長は、叡山にのぼっている朝倉・浅井に降伏的な和睦《わぼく》をした。

と、当時、風聞で諸国につたえられた。『三河物語』によると同盟国である徳川家においてもその風聞を信じていたようだから、ひょっとすると事実だったかもしれない。

信長は山上で餓えつつある朝倉・浅井に対し、

「天下は朝倉殿持ち候え。われは二度と望まじ」

という文面の起請文《きしょうもん》を書いて送ったというのである。

むろん、仲介者はいた。将軍義昭であった。義昭は積極的に、好んで、この両者を仲介したのではなかった。義昭にすれば情《じょう》として朝倉氏のほうが愛《いとお》しくもある。それに信長が自分の下風《かふう》に立って自分の指揮で動くということをしないため、義昭は信長をすてる気でいた。義昭としては信長にこの窮状をつづけさせたかったのだが、しかし信長から仲介を要請されればことわるわけにいかなかった。

義昭はこののちも陰に陽に天下工作をしてゆくのだが、かれが信長を亡ぼそうとすればこの機会が絶好だったであろう。

山上の朝倉・浅井氏も餓えていたが、山麓を包囲している織田軍も遠征軍であり、補給が十分でなく、餓えはじめていた。それに包囲軍の通弊であるところの倦怠《けんたい》が全軍をおおい、士気が低下していた。さらには信長軍は尾張を譜代とし美濃衆を準譜代とするが、大多数が諸国からあつまった雑軍である。士気が低下すれば急速な自壊作用がおこったかもしれない。

義昭が信長をきらう以上、この時期にこそ兵を挙げるべきであったであろう。かれが信長から回復してもらった摂津領をあげて行動すれば、信長の運命は変ったかもしれない。幸い、摂津には伊丹城主荒木村重、その配下の高山右近、高槻城主和田惟政、池田城主池田勝正といったように、戦闘力に富んだ将領がいる。かれらはいまでこそ、信長の下知に従っているが、あくまでも足利義昭の直参であるという誇りをもっていた。義昭がもしこの連中を集結して包囲中の織田軍を撃ち、さらに本願寺軍に後詰《ごづめ》させれば、結果はどうなっていたであろう。

やがてそれに似た状況が現実に出来あがるのだが、この時期こそはそうあるべきだった。しかし、それでもなお信長は、その強靭《きょうじん》な外交の腰の強さと、ときには弱者（朝倉・浅井）に対して降伏という放れ業《わざ》までしかねない変幻きわまりない虚実の手段で、義昭を恐怖させたり、甘くみさせたり、よろこばせたりして、結局は手玉にとってしまったかもしれない。

いずれにせよ、この和議によって朝倉・浅井軍はそれぞれ本国へ帰り、信長も囲みを解いて岐阜に帰ることができた。

元亀元年八月から十二月までのことである。

翌元亀二年も、信長の危機がつづいた。

「信長も、もう終《しま》いか」

と、この情勢を観察している播州あたりではしきりにそういう報告が入っていた。当然なことであった。

この元亀二年五月に、大和国主松永久秀が、信貴山《しぎさん》の多聞《たもん》城においてひそかに謀反《むほん》を決意した。というのは甲斐の武田信玄から近く上洛するという密書を受けたのである。松永はよろこび、信玄に密使を送り、味方することを誓った。

——あの男ほど反復常ならぬ男はない。なぜあのような男を生かされているのか。

と、かねがね織田家の家中でささやく者が多かった。

そういう松永が信長を見限ったというのは、かれが織田家のゆくすえに衰運を見たからであった。いわば時代の気象観測者であるような松永が信長を裏切ることにきめたのは、当時の織田家が世間でどのように見られていたかという証拠のひとつになるであろう。

さらには伊勢の長島での本願寺一揆がいよいよ勢いがさかんで、この五月、信長みずからが指揮をとったところ、奇計に遭い、大敗してしまい、命からがらというかっこうで岐阜へもどった。この戦闘で、信長の本陣近くにいた部将氏家卜全《うじいえぼくぜん》は戦死し、おなじく柴田勝家は負傷した。

信長がこの窮状のなかで決意したのは、叡山という中世的権威の亡霊のようなこの一大宗教勢力を襲い、寺を焼き、僧俗をみなごろしにすることであった。

叡山は、反織田の一つの中心点であった。北陸の朝倉・北近江の浅井を後援し、その上方における要塞《ようさい》としてこの山を使わせていた。

叡山の僧の腐敗というのはこの時代には極に達していたといわれるが、信長の元来的ともいうべき中世的な旧秩序への生理的憎悪と、さらに生理的といえばかれの独特な倫理感覚が、平然と腐敗的状況のなかではびこっているこの一山の僧侶たちの存在を生かしがたく思った。

信長は去年、朝倉・浅井の兵三万がこの叡山に籠ったために、死地に入る思いをさせられた。叡山は、朝倉・浅井とほとんど同盟国になっていた。信長は叡山山麓で死地にいたとき、叡山の代表をよび、

「朝倉・浅井と手を切れ。もしそのようにするなら、諸国に散在している叡山領を返してやろう。しかしそれをしなければ根本中堂《こんぽんちゅうどう》、山王《さんのう》二十一社、ことごとく焼きはらう」

といったが、叡山側はきき入れなかった。それが、元亀元年の九月である。言葉どおり信長が焼きはらったのは、それから丸一年後の元亀二年九月十二日であった。

信長は不意を襲った。

殺された僧俗は数千である。山上の根本中堂、山王二十一社、霊仏、霊社、僧坊、

経蔵、一つの建物ものこさずに焼いた。学僧も僧兵まがいの無頼僧も、稚児も、行者も、学生《がくしょう》も、堂衆も、ことごとく殺された。信長の特徴はその革命的気分にあり、かれは中世的権威の代表である叡山を、火と血をもって葬ったのである。

信長が叡山を焼いて僧俗をことごとく殺したといううわさは、数日で山陽道を走っていた。

たまたま御着から姫路城へ帰っていた官兵衛は、たったこれだけのことで、御着城によびかえされた。

――急ぎの用がある。

と、いうことだったが、主人藤兵衛に謁してみると、老いてたるんできた下頰の肉が、煮凍《にこご》りのようにふるえていた。

「織田の所業、天魔に魅入《みい》られたか。神仏も人もゆるすまい」

と、叡山の大虐殺の一件を話したのである。これが急用か、と官兵衛は藤兵衛のちかごろの老いのいらだちには、さまざまな被害をうけていた。しかし藤兵衛にとっては、人としてこの世に生れてきて、老いればもう天下《あめのした》新しきことはない。そのように思っていたところ、信ずべからざる異変に出遭ってしまったという感じで、官兵衛でもよんで意見をきかねば居ても立ってもいられないというおびえと不安、それに名状しがたい不快感の中にいた。

官兵衛にも、その点は同情できた。この世間にどのように突飛《とっぴ》な予言者がいても、叡山をまるごと焼いて僧数千を皆殺しにするという事態を予言できるかどうか。狂人の想像の中にも、これぱかりは入り込まぬのではないか。

官兵衛も、そうおもっている。官兵衛はべつに神経はほそくないが、うまれつき残虐なことがにが手で、生涯、自分の権力をつかって残虐なことをするという所業をしたことがない。

しかし、道理の上では信長のやったことは理解できるのである。官兵衛は叡山の腐敗がどういうものであるかを熟知していた。かれらは魚肉を食い、平然と女色を近づけているという点で、信長がやる以前に仏天から大鉄槌《だいてっつい》を食うべき存在であった。その上、まるで大名気どりで地上の政治に関心をもち、一方を援助し、一方を不利にするという露骨な所業をやっている。

——あれでも仏罰があたらないのか。

という気分が、この時代のひとびとに神仏への怖れや信仰をうしなわせる一因になった。破戒、堕俗の僧にして仏罰が当らぬとなれば、神仏が存在するはずがないではないか。

そういう気分が、多くのひとびとを、キリシタンにおもむかしめたのである。むしろ、仏僧の堕落と破戒がキリシタン信仰を盛んならしめ、さらには信長のような、頭から神仏を信じない壮烈な無神論者が、神仏以上の力をもってこれに大鉄槌を加えざるをえないのである。山門は山門によってほろびた。だれを怨《うら》むこともない、と官兵衛は一面ではそう思っていた。

しかし、

(それにしても、信長の心の苛烈さよ。——)

と、この伝聞をきいたとき、気が遠霞みに霞んでゆくような感じがした。

この事態を、官兵衛はその主人にどう言うべきか、さすがに沈黙を長くした。

この返答が、官兵衛の保身にもつながるであろう。

官兵衛の織田びいきというのは、官兵衛がキリシタンである以上に、小寺家の家中では偏奇《へんき》な印象をあたえていた。

「まさか、官兵衛が織田のまわし者であるはずがない。とすれば、かれは狂人である」

というほどに、かれの織田への肩入れは孤独な支持であった。さらに滑稽なことには、そういう官兵衛の存在を、信長はおろか、織田家のおもだつ者も知っていなかったのである。

それでなお官兵衛が、この叡山の大虐殺という悪評のなかで信長を公然弁護すべきかどうか。すれば、官兵衛は正真正銘の狂人といわれても仕方がなかった。

「播州には、書写山《しょしゃざん》があるのだ」

と、小寺藤兵衛はいった。

書写山円教寺《えんきょうじ》は、この地元ではふるくから、

「そさ」

とよばれていた。

西の叡山とよばれるほどの規模をもった別格本山の寺で、いうまでもないが叡山と同様、天台宗である。書写山は、叡山に酷似している。山上に、多くの堂塔伽藍や僧坊があり、多数の僧が住み、山上ながらも一個の宗教都市をなしていた。

叡山の京都政界に対する影響がつよいように、播州における書写山の影響のつよさは、他国の者には想像がつかない。その書写山の僧たちが、信長の叡山焼打におどろき、わが山もそのようにされるかと恐怖して、播州の大小の土豪に対し、

「よろしく外護をされよ」

と、触れまわろうとしているのである。この時期、まだ御着城には書写山の使僧はきていなかったが、小寺藤兵衛にすれば使僧が来ようが来まいが、かれとしては書写山を守るためにもゆくゆく織田方に加担するようなことはゆめすまいと思いはじめていた。

このため官兵衛をいそぎよんだのは、

「官兵衛、目が醒めたか」

と、ひとこと念を押してみたかったのである。御着城主である藤兵衛にすれば、筆頭家老が、理も非なく織田びいきだというのは、今後、家の舵《かじ》をとってゆく上にひどく不便で、さらには不安でもあった。

官兵衛は、そういう藤兵衛の心がよくわかった。藤兵衛は自分に、この強烈な事件を契機に織田びいきを止めよ、といっているのである。遵《したが》うのが、保身の道というものである。

が、官兵衛という男は、一見処世の才や感覚もあり、そういう感覚で身を処するような物柔かさがありながら、自分が思いこんだ主義と自分のとるべき大主題については譲らぬところがあった。

官兵衛の返事は、藤兵衛の耳を疑わしめた。

「叡山の一件は神《でうす》の罰でござって、地上の者がうんぬんすべき事でござりませぬ。事は宇宙に存す。小さな播州の小さき御家にあって、御家の方角をきめる上での参考にはなりませず、御論議も無用でござりまする」


凶事はかさなるというが、その後、播州に相次いできこえてきたのは、甲州の武田信玄が、上洛という大目標にむかって腰をあげたということである。

「もはや、信長の命脈尽きたり」

と、小寺の家中の者も、うわさした。これらの情報は、甲州・東海を駈けてやってくる速度がじつに迅かった。

ひとつは、書写山の仏僧が、反信長の材料をできるだけ多く集めては、播州の別所氏や小寺氏などに通報していたのである。

書写山に所属する山伏、遊行《ゆぎょう》の聖《ひじり》といった旅歩きの連中がそれをもたらしたり、叡山そのものからきたりした。叡山はすでに宗教施設としては存在しないが、あの大虐殺から奇跡的にまぬがれた僧や、京の町中《まちなか》にある叡山管下の妙法院などの寺々が、諸国の強豪に信長をほろぼすべきことを訴え、そのなかに、武田信玄のもとに泣きついた者があった。

信玄はすでに、上洛の用意をしていた。

「いずれ、御山を安堵させることになりましょう」

と、信玄はそれをほのめかした。叡山の僧はこれをよろこび、大僧正の僧官を信玄に贈った。異例のことであった。信玄はすでに頭をまるめて法体《ほったい》になっていたが、中世の習慣として在家《ざいけ》のまま姿だけをそうしたわけで、こういう在家入道《ざいけにゅうどう》の存在には、僧官を贈るということがなかった。叡山は、それを信玄に対しておこなった。それほど叡山が、信玄が上洛することを、渇く者が水をほしがるように足摺《あしず》りして待っていたということになるであろう。ところが信玄はこの僧官の贈与をひどくよろこんだのである。

信玄という人物は、軍事にも外交にも内政にも、古今に卓越していたことはたしかであったが、この一事でもわかるように、かれは中世的旧権威を欲し、その旧権威を維持しようとする以外に、時代のあたらしい意味を理解しようとはしなかった。かれは上洛して信長を追ったあと、どういう世の中を作ろうとするのか、腹案がたとえあっても、古色蒼然としたものであったにちがいない。

信玄は、その本国から足を揚げて出かけてゆくについての外交を周到にやった。

かれが三万の兵をひきいてその根拠地の甲府を出発するのは、元亀三年十月三日である。

途中、織田家の同盟国である徳川家の領地を通るのだが、浜松北方の三方《みかた》ケ原《はら》において徳川・織田軍が信玄を待ちうけていた。信玄はこれと決戦し、ほとんど一蹴といった感じでこれを追いはらっている。

信長は、将軍義昭をせきたてて、信玄と和親協定を結ぶ仲介をさせようとした。義昭はやむなく使いを信玄の陣中に送ったが、信玄はその申し出を拒絶した。

その上で、義昭の使者に対し信長の五つの罪をあげて弾劾《だんがい》したのは、満天下に信長との断交を公示したことになるであろう。この報は、数日して播州にとどいている。

信長が叡山を焼いた元亀二年から同三年にかけて、時勢にするどい折り目ができている。戦国は後半期に入ろうとしていた。この折り目を、同時代人はどの程度に気づいていたであろう。

戦国期における天才的独裁者が、相次いで死んでいるのである。

関東一円を保って小田原を居城とする北条氏康《ほうじょううじやす》が死んだ。

この北条氏の祖は有名な北条早雲《そううん》で、若いころ伊勢新九郎といい、牢人の境涯から身をおこし、関東一円を切りとった。氏康は、その三代目である。北条氏の版図は氏康によって定まり、その死とともに衰えた。

氏康は、元来が自分が臆病な性格であることを知っており、むしろその臆病をたねにして敵の心を量《はか》り、味方に対する寛容を持し、領民を格別にいつくしんだというところがある。

かれは十六歳で家を嗣《つ》いだ。当時、関東に古くから勢力を占めていたのは管領上杉家で、北条氏とつねに対峙していた。氏康は天文《てんもん》年間の末期にこれと武蔵河越《かわごえ》(川越)において決戦し、勝った。管領上杉氏(当時は憲政《のりまさ》)の兵は公称八万で、氏康の野戦軍は八千にすぎない。とうてい敵しがたかった。

氏康は、敵を驕《おご》らせるという弱者の戦法に長じていた。かれは管領上杉氏に和を乞うたが、はねつけられた。そのあと管領上杉軍と遭遇したが、氏康とその軍は戦わずに遁走した。そのあと氏康は敵中に入れてある諜者《ちょうじゃ》をよび、

——敵はどううわさしている。

ときくと、諜者は「小田原の小僧の腰抜けぶりよ、とあざけっております」と答えた。

その後、ふたたび遭遇し、ふたたび奔《はし》った。氏康はさらに敵中に入れてある諜者に

様子をきくと、みな大笑しているという。

そのあと、氏康は痛烈な夜襲をして敵八万のうち二万を殺傷するという大勝を得るのである。このときから関八州が、北条氏に属した。

後年、氏康は越後の上杉謙信とも、甲州の武田信玄とも戦った。勝たなかったが、敗れなかった。敗れまいという戦法をあくまで堅持した。

たとえば越後の上杉謙信の場合は、永禄三年正月兵十三万をもって小田原を包囲したのである。氏康は城門をとざして戦わなかった。

氏康には方針があった。かれは謙信の天才を知りぬいているが、同時に謙信の性格のはげしさを知っていて、長期の攻囲中に、上杉軍のなかで謙信への不平が出るとみていた。そのとおりになった。武蔵の忍《おし》城主成田長康は、謙信のため横っ面を叩かれ、その無礼を憤《いきどお》り、勝手に兵をひきあげてしまった。こういう現象がぞくぞく出て、謙信は越後に帰らざるをえなくなった。

氏康の戦法は、そういうものであった。そういう周到な配慮でもって内外を維持していたが、元亀二年十月、五十六歳で死んだ。このため北条勢力にそういう配慮が消滅し、氏康がもっていた守勢主義の形骸《けいがい》だけが残った。武田信玄が安んじて西上できたのは、そのことにもよる。

元亀二年が折り目であることは、中国の覇者である毛利元就が、この六月に七十五歳で死んだことにもよる。

元就もまた、その個性から勢力を養い、ひろげた。その戦略も戦術も、軍事というより多分に陰謀であった。陰謀でありながらも、元就の人格に暗さを感じさせない配慮をかれはきめこまかくやっていた。そういうことが、その死で消滅した。

その家督は、嫡孫《ちゃくそん》の輝元が嗣いだ。輝元は凡庸であったが、元就の子、輝元にとっては叔父にあたる吉川元春《きっかわもとはる》と小早川隆景《こばやかわたかかげ》がよく補佐をした。元春も隆景も性格が純良で、輝元に対して私心がなく、その器量もすぐれていたが、外交と軍事に独裁を必要とするこの時期に、単によき補佐役がついているというだけでは元就がのこした規模を維持するのが精一杯にならざるをえず、上洛して天下の権を競《きそ》うということには至りにくくなった。

この時期に武田信玄は西をめざすのである。

他に残された者に、越後の上杉謙信がいた。謙信はまだ四十代前半の壮齢にある。かれの軍事的才能は信玄を越える印象があったが、その性格がときに爽快な行動を好みすぎることと関係があるのか、信玄や元就のような複雑な謀略と外交を好まなかった。かれは戦いを芸術のように心得、それに偏するきらいがあった。たとえばかつて信玄と対決した川中島合戦においても、結局はひきわけにおわったものの、この戦いで、十七合の接戦のうち、十一合まで自分が勝ちを得たということに謙信は自負し、一方、信玄はそういうことはどうでもよいという性質《たち》であった。

謙信には、地理的弱点があった。

かれにとって越後は不利であった。上洛しようにも雪ぶかい北陸道を踏んでゆかねばならず、行動は雪のない半年間にかぎられていた。かれの上洛は半年で北陸の一城一城を陥とさねばならず、それでもってようやく琵琶湖北岸に出たとしても、そのころには晩秋になり、補給路は雪にとざされてしまうという不利がある。信玄の場合は、五十をすぎてようやく陽光のあふれる太平洋岸に出ることができ、西上が可能になった。謙信の不利は地理的なものであるだけに、どう仕様もなかった。

信長は、信玄を怖れていた。

が、信玄の西上によって断交してしまった以上、謙信との和親を厚くせざるをえない。この時期、信長は謙信に対し、まるで家父に仕えるような手厚さで外交関係を濃厚にしている。謙信は越後の侍たちからその天才性を神のごとく尊敬されていたが、信長の態度も不純ながら、それに似ていた。かれは神を怒《いか》らせまいとし、怒らせなければ謙信は出て来ないとみていた。事実、そのとおりであった。

この西上中の武田信玄が、その陣中で歿《ぼっ》するのである。

ときに、元亀三年の翌年（天正元年）四月であった。

かれはその道中、三河の諸城を押しつぶし、三方ケ原で徳川・織田軍を大敗させ、全軍ほとんど無傷のまま進み、三河の刑部《おさかべ》にいたって停止し、兵馬を休め、年を越した。

年が明けると、三河設楽郡《しだらごおり》野田郷の野田城を攻めた。徳川家側の『三河物語』では、信玄ははじめ攻める予定を持たなかったように書かれている。行軍してやってきて、はじめて野田村に小城を見つけて、踏みつぶして通れ、と命じたのだという。

『三河物語』の表現を借りれば、
信玄、三方ケ原より伊《い》の谷《や》に入りて長篠《ながしの》へ出、それより奥郡へ働かんとて出《いで》させ給ふところに、やぶの内に小城ありける。野田は是《これ》にてあるか、通りがけに踏み散らせと仰《おほ》せありて押し寄せ、竹束《たけたば》を付け、もつたて、亀の甲にて（のようになって）寄せ掛くる。

と、ある。信玄がやぶの中に小城を見つけて、野田は是にてあるか、という表現はこの時代の言語的気分が横溢《おういつ》していておかしみがあるが、しかし信玄はそういう不用意な男ではなかったであろう。かれは甲府を出発するにあたって、西上する沿道の兵要地誌は研究しぬいていた。野田城の位置ぐらいは、知った上であったにちがいない。

もっとも、これを攻めたことについては、すこし考えてみなければならない。かれは西上のための速度を増すために、無視できる城は出来るだけ無視した。徳川家康の居城である浜松城さえ無視した。ただ、家康が挑戦したため、やむなく三方ケ原で応じただけで、目的は西上にあり、途中の合戦で兵力を消耗することをできるだけ避けたかった。事実そのようにした。

野田の小城を攻めたのは、おそらく兵糧や馬糧を得たかったのであろう。かれは大規模な荷駄隊をひきつれていたが、それでも三万の兵を毎日食べさせてゆくだけの量をひきずってゆくのは大変だった。むろん国許からつぎつぎに補給がとどくわけではない。徳川領・織田領を通らねばならないために、補給部隊は殲滅《せんめつ》されるのである。

信玄は野田城をつぶすのに、三十日前後を要している。

信玄の甲府出発の日からかぞえると、この三河野田城陥落で、百二十余日である。とほうもなく日数がかかった。京までなお遠く、しかも野田城より以西は織田領になる。尾張でも諸城にひっかかって五十日以上はかかるであろう。尾張より美濃を経るのは、以前の経路以上に大小の城々が多く、熱田《あつた》あたりから海路伊勢海を突っきって伊勢に出るにしても、伊勢は織田領であり、踏みつぶすべき小城が多い。いままでの日数から計算すれば、京までなお三百日はかかりそうであった。

信玄は、後悔したかもしれない。

（甲府を出るべきでなかった）

と思いもしたろうし、元来慎重なかれは、このあたりからひっかえそうとも思ったかもしれない。この野田の陣中で、かれは病むのである。

信玄もまた、時勢のあたらしい潮流にはなりえなかった。

かれは甲府を発った年が、五十二歳であった。当時としてはよくぞこれまで生きた、という実感がおこる年齢である。同時に、若年のころから苦心経営してなお天下に旗を樹《た》てることができないかという焦慮《あせり》が、信玄のような男にも多少は出はじめたのであろう。

信玄は、西上すべきでなかった。

甲府から京まで数えようによっては三十箇以上の城を攻めざるをえない。たとえその大部分を無視して通過しても、城兵から荷駄を潰乱させられるなどで、結局は手間ひまがかかる。京まで二百日はかかるはずであった。

そのうち、三万の軍隊の餓えるときがくる。そういう計算は英気溌剌としていたころの信玄なら、水のような冷静さで計算し、結局は西上しなかったに相違ない。西上したのは、右のような理由もあった。しかし、いまひとつ、信玄はすでに病んでいたのかもしれない。

高野山にある有名な信玄の画像はよく肥満し、頰ひげたくましく、血肉のいきいきとした感じをあたえるが、この西上のときの信玄はこのようであったかどうか疑わしい。信玄には結核の気《け》があったような形跡がある。

要するに、野田の陣中で病んだ。鉄砲で狙撃されて傷を負ったという説もある。この説は、奇談臭がありすぎる。病いが重くなり、かれは信州の下伊那郡波合《なみあい》に移り、そこで死去した。

死は、極秘にされた。遺されたかれの軍隊はこれより粛々として甲府へ帰ってゆくのである。

が、その死はすぐには世に伝わらなかった。伝わればどれほどの騒ぎになったであろう。

織田勢力をのぞくすべてが、信玄の上洛が一日でも早いことを待ちのぞんでいた。

松永久秀などはこれをあてにして信長に対する反旗をあからさまにひるがえしたし、信長に無理に退隠させられた伊勢の前《さき》の国司《こくし》北畠具教《とものり》も、三河湾の吉田のあたりまで船をまわす、とまで言ってきた。越前の朝倉義景も、西上しつつあった信玄に使いをよこしたし、信玄とは姻戚関係にある本願寺も、その大戦略の重要な要素に信玄の上洛を入れていた。

「信長の滅びは、眼前にある」

というのが、世間の印象であった。

信玄の上洛をもっとも頼りにしたのは足利義昭で、かれは、

——信玄をたすけて信長を討て。

という御教書《みぎょうしょ》を乱発した。信長の同盟軍である家康のもとにまできた。信長は、そういう男をかつぎながら、信玄の西上を迎えざるをえなかった。

信玄が三河野田城を攻囲しているときに、信長はこの将軍に対し、十七箇条の諫書《かんしょ》を上呈し、苦情をのべた。義昭はきかなかった。かれは信玄の西上で強気になっており、諫書の返事のかわりに、近江の堅田《かただ》と石山に城塞《じょうさい》をきずき、岐阜の信長が京に入ることをふせごうとした。

義昭は、公然と信長に対して旗をあげた。

ときに天正元年（元亀四年）二月で、信長はこの当時、岐阜にあって、もう三河の野田までできている信玄にそなえるため、戦備の指図にいそがしかった。

三月末になって信長は義昭に対する行動をおこした。四月、義昭の二条の館をかこんだが、本気で合戦をするつもりはなかった。

義昭は怖れ、信長にあやまった。信長は義昭を害することが政略上不利であることを知っていた。かれは囲みを解き、岐阜へ帰った。この前後に武田信玄は信州下伊那郡波合で病歿しているのだが、信長はまだその事実を知らない。

ほどなく義昭は京都南郊の宇治の槙島《まきしま》城に拠り、諸国に対し、

——信長をほろぼすべし。

と、御教書を発した。

この御教書は、官兵衛がつかえる播州御着の小寺氏のもとにもきた。

「御教書ぞ」

と、小寺藤兵衛は討つ討たぬよりも、御教書が舞いこんだことにややおどろき、やや感激し、しかし何もしなかった。する必要もなかった。信長が岐阜から疾風のようなはやさでやってきて宇治槙島城を包囲して義昭を追放してしまったからである。義

昭はその後転々とし、ついに毛利氏をたよった。毛利氏はべつに義昭を利用しようとはせず、鞆《とも》の津に屋敷をつくって住まわせただけであった。

この義昭が追放されたという事態は、織田家からも諸方に弁明の手紙が発せられ、義昭からも信長への怨みをのべた手紙が行ったこともあって、播州にいても十分様子や事情を知ることができた。

これより前、幕臣細川藤孝は信長に寄りすぎていたために、義昭から疎《うと》んぜられ、ついに信長方についた。荒木村重も同様だった。この両人は槇島城の攻撃にこそ参加しなかったが、この時期から名実ともに織田家の大名になった。

(村重はともかく、藤孝のような人が。……)

と、官兵衛は藤孝が義昭を奈良一乗院から連れ出して擁立した人物だけに、義昭のために殉ずるのかと思ったが、そうでなかったことに、詳細は不明にせよ、時勢を感じた。時勢が織田氏を主役にのしあげつつあるという証拠であろうと思った。

義昭の旧幕僚のうち、能ある連中では、和田惟政の行動が例外的であった。かれはその小っぽけな高槻城を補修し、それに拠り、狂気ともいうべき抵抗を信長に示したのである。援軍はなく、他とも同盟せず、まったく孤城でもって戦ったのは、一片の義気によるものであろう。籠城して果敢に戦い、やがてやぶれた。惟政は城外でとらえられたが、その宗義によって自殺はせず、首を刎《は》ねられた。官兵衛はこの伝聞をきいたとき、御着にあって神に祈《でうす》り、祈りおわったあと、一つの時代が去ったと思った。

白南風《しらはえ》

天正三年になった。

春が過ぎ、野に雨が降りつづいた。

播州では相変らず戦ともいえぬ小競合《こぜりあい》がくりかえされている。

東播州の別所氏が、年若い当主(長治)の時代に入っているとはいえ、その家勢はすこしも衰えていない。

播州におけるいまひとつの勢力は、竜野《たつの》を根拠地とする赤松氏だった。赤松という播州における室町期の名門も、いまでは一郡足らずを支配する程度にすぎなくなっているが、その活動はかならずしも不活発でなかった。当主に政秀という男がいた。この政秀の在世中は、別所氏と連合してしきりに小寺領を圧迫していたが、政秀が数年前(元亀元年)に病死してから、その勢いはやや衰えている。

しかし小寺氏にとって油断はできなかった。去年（天正二年）、若い当主の赤松広秀が大挙小寺領に来襲した。このとき官兵衛がみずから小寺勢の総指揮をとって撃退している。

このように播州でらちもない小戦《こいくさ》がつづいているとき、岐阜と京都を根拠地とする織田氏の勢力は急速に伸張した。

——織田氏を見直すべきではないか。

という声が、およそ中央の形勢に無関心な小寺氏の御着城でもささやかれるようになった。

信長は天正元年に将軍義昭を逐《お》い、幕政を廃絶せしめた。つづいて近江の浅井氏をほろぼし、また長年てこずった伊勢長島の一向一揆を全滅させたものの、翌二年には諸方の諸勢力に包囲され、とくに大坂の本願寺に手を焼き、状況はかならずしも有利でなかった。

この天正二年における織田氏の分《ぶ》のわるさは、播州あたりの評判をひどいものにした。

「信長は今年のうちに潰《つぶ》れるのではないか」

と、いわれた。

この天正元年に武田信玄は死んでいるのだが、武田勢はその後も衰えをみせず、後継者の勝頼に率いられて織田圏を圧迫していた。

「とても信長は武田の敵ではない」

と、御着の老城主小寺藤兵衛などもそうみていた。

そのうち天正三年の晩春に、武田勝頼の大軍が三河長篠《ながしの》城を包囲しはじめたのである。

御着の小寺氏も、この勝敗の速報を得るべく東海方面に人を出していた。

ところが五月二十一日、織田・徳川の連合軍がこの長篠で武田勢と決戦したところ、信長は得意の火力を前面に出して天地が白《しら》むほどに射たしめ、決定的な勝利をおさめてしまったのである。織田方の勝利の風聞は四方に走った。

この結果、御着の小寺氏でも、

「織田は必ずしも衰えぬ」

と、見直す空気が出てきたのである。

この時期に、黒田家の諸伝で有名な評定《ひょうじょう》がひらかれる。

――御着の小寺氏としては、今後、どの勢力に属すべきか。

ということであった。

その見透しを誤まれば、今後小寺氏などの地方勢力は亡んでしまうにちがいない。たとえば播州最大の勢力は三木城主別所氏だが、別所氏が、今後最も有力な大勢力と結んだ場合、その大勢力と連合して小寺氏を討ち、他の小勢力を討ち、またたくまに播州も平定してその旗頭になるであろう。もし小寺氏の選択がよくていちはやくその勢力と直結すれば、逆に別所氏その他をほろぼして播州の旗頭になることができる。

評定が御着城内でひらかれたときは、城主小寺藤兵衛の相貌《そうぼう》はよほど老いていたが、目だけはひどく光っていた。藤兵衛は若年のころこの播州の名家を継いで以来、膨脹《ぼうちょう》を志したことはないが、しかし寸土といえども敵に奪られたことはなかった。

――自分は器量人ではない。やれることといえば精一杯それだけだ。

と、つねづね言っていた。自分をそのように認識してきたことが小寺の家をこんにちまで保たせてきた最大の理由といっていいが、そのあたりは藤兵衛の美徳であるにせよ、ただ決断のつきにくい性格をもっていた。このことが、小寺氏の帰趨《きすう》をこんにちまでさだめずに置きすててきたということになるかもしれない。

「阿波の三好氏がよいか」

と、藤兵衛はいうのである。

三好氏は信長のために京や摂津から追われたにせよ、なお十分の勢力を四国で保持し、いつでも海を越えて畿内へ入るべくつまさきを立てているといっていい。ただ三好氏は三好党といわれるようにこの勢力を指揮する絶対的な権力をもたず、そのため現在内部から崩れつつあった。

しかし藤兵衛にすれば、新興の織田氏よりも、長く京を支配していた三好氏のほうに、なにか頼もしさを覚えるところがあった。

それに、三好党とは逆に織田氏が信長個人の絶対権力でうごいているというのが、外部の存在である小寺氏の立場からみれば不安であった。大勢力に寄りかかる場合、三好党なら内部が分立しているために呼吸がしやすいのだが、織田氏は信長の機嫌ひとつで人事が左右されるという点で、外部の存在としてはせっかく懸命に与力《よりき》していてもいつ潰されるかわからない。

中国の毛利氏は、その版図《はんと》が山陽山陰十一ヵ国におよぶという大勢力である。毛利元就は病死したとはいえ、幼主輝元に対する補佐者たちの結束がつよく、それに、

「中国者の律義」

といわれるほどに約束について固く、これに協力すれば裏切られるということはま

ずない。

小寺藤兵衛もその重臣団も、毛利氏に付属したい気持がもっとも強かったであろう。

この御着城内での評定で、ほとんどの重臣が、

「そりゃ、毛利じゃろかい」

と、口々に胴間声《どうまごえ》をあげた。土くさい播州者にすれば、物を大小で測らざるをえない。はるかな岐阜にいる信長よりも、近くの毛利氏のほうが強大にみえるのである。

「一議にも及ばぬことだ、公方が毛利氏におられるということを思えば。――」

という者もいた。

足利義昭は、天正元年七月に信長のために逐われてしまっている。すでに将軍ではないのだが、播州あたりではなおも公方と言いならわしていた。

公方である義昭は信長に逐われたあと、河内若江城の三好義継を頼った。が、義継には義昭を庇護するほどの力はなくなっていた。このため義昭は河内若江を去り、流浪して紀州へゆき、反織田勢力のひとつである雑賀党をたよった。

雑賀党は富強でもあり、鉄砲を多く持ち、火力装備では天下にきこえていたが、し

かし所詮《しょせん》は一地方の勢力で、前将軍を盛りたてるほどの力はない。

義昭はそのあと備前へゆき、宇喜多直家を頼った。直家は酷薄な打算家で、義昭に利用価値をみとめず、露骨な冷淡さであつかった。

ついに義昭は安芸へゆき、毛利氏を頼ったのである。

毛利氏は迷惑がった。

というのは、毛利氏の版図は天下第一等であったが、家の思想として天下願望はなかったのである。家祖の元就は小さな村落の領主から身をおこして中国十一ヵ国のぬしになったが、自《みずか》らいましめてそれを限界とした。かれは天下をねらおうとはせず、遺言して子や孫に対しても、

——いまの版図を保全せよ。天下を願うべからず。

と言い、それを家憲にした。

そういう毛利氏が、かつての天下人《てんかびと》である足利義昭のころがりこみをよろこぶはずがなかった。仮りに毛利氏が天下を願望する家なら、義昭がころがりこんだのを幸い、かれを復権させるということを大義名分として天下に檄《げき》をとばし、同盟勢力をはげまして信長を討とうとするであろう。信長を討ち、毛利氏の幕府をひらこうとするはずであった。しかしその意志がないため、義昭を迷惑がった。

それでもなお毛利氏は鞆ノ浦に館をつくって義昭を住まわせたのは、毛利氏の家風ともいうべき情の厚さであろう。

——毛利氏こそ。

と、御着城の重臣の多くがそう思ったのは、毛利氏の富強、前将軍が頼ってきたという威武の重さ、それと情義の厚さという充実した印象があったからに相違ない。

ほぼ意見が出つくしたあと、官兵衛がすすみ出た。

——今後は織田氏をこそ。

と官兵衛がいうであろうことはたれにもわかっていたし、一座はややうんざりしたような、倦怠の色をみせた。

官兵衛はすでに数えて三十になる。十年、と官兵衛はつねに、そして繰りかえし、悔恨の思いで考えている。十年とは、二十代の十ヵ年のことである。その期間を為すことなくすごした。

口に出してこそ言わなかったが、

(自分はついに、播州くんだりの土豪の家老として果てるのか)

ということが、体のなかの血液をつねに苦いものにしている。

かといって官兵衛は栄達欲のつよい男ではなく、どちらかといえばその点、うまれつき欠けて此の世に出てきたような気配が、かれの欠陥であるといえばそのようでもある。かれは体を裂かれても半身で生きている山椒魚《さんしょううお》のように欲望や生命力が強くなかった。たとえば備前で自立している宇喜多直家などが、その山椒魚であろう。

——ああはゆかない。

と、かれ自身も、直家というような悪党出身の大名を、まぶしいような憎いような気持でながめていた。

備前の宇喜多直家のうわさは、むかしから黒田家にはよく入る縁になっている。地縁があったからである。黒田氏は官兵衛の曾祖父が備前福岡という商工業の殷賑《いんしん》な土地に流れて行って、そこで牢浪の生活をした。そのころ宇喜多家も没落していて、直家の父の興家《おきいえ》も、福岡村の富商阿部定禅《じょうぜん》のもとで牛飼いとして養われていたのである。

直家はそういう境涯から身をおこし、土地の大名に男色で取り入ったり、陰謀で人を毒殺したり、ときには食にこまって家来に強盗を働かせたりしてしだいに身代を大きくしてゆき、いまでは備前と美作という二つの国の国持ちの分限《ぶげん》にまでのしあがっている。

官兵衛には、およそそういうところがない。

かれはただ自分の中でうずいている才能をもてあましているだけであった。その才能をなんとかこの世で表現してみたいだけが欲望といえば欲望であり、そのいわば表現欲が、奇妙なことに自己の利を拡大してみようという我欲とは無縁のままで存在しているのである。そういう意味からいえば、彼は一種の奇人であった。

その実利性に乏しい自分の表現欲を満足させるには、大勢力を必要とした。小寺氏ぐるみその大勢力に入りこみ、大勢力をうごかして自分の天下構想を表現してみたいと考えている。

それには、織田氏がよかった。信長という男は家来の門閥を評価せず、実力のみを評価する。官兵衛はそのことをよく知っていて、かれにとってそれのみが織田家に対する魅力になっていた。

官兵衛としては、小寺氏を天下の潮流に乗り入れさせるのはこの機会をのぞいてない。かれの声に、鬼気が帯びた。

「ひとつ間違えば御当家の滅亡になりましょう」と、いう。

「三好氏などは論外でござる」

三好氏には芯《しん》になってそれを動かしている人物がいないうえに、天下に対してまったく人気をうしなっている。かつて将軍を二人まで弑《しい》したということもあり、また京都を支配していたころも、その政治はきわめて保守的で、室町体制そのものにあぐらを掻き、あたらしい時代に適応する姿勢を示さなかった。

「毛利氏の良からぬことは、天下に欲がないことでございます」

その版図の辺境を外敵からまもるだけの意識しかない。たまたま播州はその辺境のそとにある。もし御当家が毛利氏につけばその辺境の番人をさせられるだけで、やがて中国路に手をのばすであろう織田方を、その場合第一線で防がねばならぬことになる。

官兵衛はそのほか毛利に従う場合の不利な点をあげ、結局は織田氏を恃むほかない、と力をこめて説いた。

官兵衛は織田氏についてこまかく分析した。

小寺藤兵衛は、老熟している。

「官兵衛、もっともだ」

と、最後にうなずきつつも、肚《はら》の中ではなお織田方につくことをためらっていた。

そのためらいの理由は、信長のもつ苛烈な性格にある。信長は叡山を焼き討ちして僧俗をみな殺しにしたということで、世間の印象を悪くしていた。藤兵衛としても信長についたところで、いつ気分が変り、不意にほろぼされてしまうかもしれぬという疑惧《ぎぐ》がある。

が、織田氏を無視するつもりはなかった。

(うわべだけでも織田方に付いてみよう)

と思い、ひくい声で、織田殿に名簿《みょうぶ》を出してみるか、といった。

名簿を出すというのは、鎌倉以来の武家の慣用語のひとつである。自分がひきいる人数を書き出して、それを帰属すべき相手に捧呈することをいう。臣従することを誓うというほどの意味であった。

官兵衛は大いによろこび、さっそく小寺家の公式の使者として岐阜へゆくことにした。岐阜へゆき、信長に対面して帰属を申し入れるのである。

官兵衛は、出発した。

そのあと御着城内では、

——あれでよかったか。

と、まるで官兵衛の梯子《はしご》を外すような異見がささやかれた。小寺家が織田方についたとなれば毛利はだまっていまい。すこし早まったのではないか、という異見であり、こまったことに藤兵衛自身がその異見にとらわれた。

（まあよい、なるようにしかならぬ）

とも藤兵衛は考えた。切羽《せっぱ》詰まれば官兵衛を切りすてればよいではないか、と思ったりした。

官兵衛は東へ旅立った。

播州の野はひろく、草が遠く、一里や二里過ぎたところで、風景に変化がない。御着城下を出た朝は夜明け前で、闇は細雨で濡れ、やがて陽がのぼっても、野はさほどあかるくもならなかった。

「岐阜につくころには、梅雨もあがるだろう」

と、官兵衛は供の者にいっていたのだが、岐阜どころか、播州の明石の海辺を過ぎるあたりで梅雨あけのしるしとされている南風《はえ》が吹きはじめた。

雨は、あがっている。もっとも青空がみえるほどではないが、沖までおおっている雲が白っぽくなりはじめていた。

目の前の淡路島の緑が、わずかながらもやににじんでいる。潮の奔るその島との瀬戸に、漁舟《いさりぶね》の帆がおびただしく出ているのが、梅雨のおわりを告げているようでもあり、心の明るむ思いがした。

　明石までが、播磨国《はりまのくに》である。

　そのあと、道の右手の浜に磯馴松《そなれまつ》の林がつづくのが歌の名所の舞子《まいこ》の浜であり、この浜のあたりから摂津の国に入る。摂津は、いまの神戸市と阪神間、大阪市、それに能勢《のせ》、有馬、宝塚、伊丹、茨木、高槻などがふくまれる分国で、かつては室町将軍家の直轄領になっていた。

　いまは、織田氏の勢力圏である。

　信長はほとんどあっけなく摂津を手に入れた。この国がその勢力圏に入ったのは奇術的なほどの政治的からくりによるもので、そのたねは足利義昭にあった。義昭が信長に擁されたのは官兵衛がいま摂津舞子の浜を歩いている時期から六年前で、この六年間に天下の形勢はひどく変った。

　ともかく、流浪の義昭が岐阜へきて信長の保護をうけたとき、義昭には領地がない。

　が、義昭自身の認識では、そうではなかった。かれの意識では戦国というのが新時代のはじまりであるという認識がなく、戦国はあくまでも仮りの姿で、自分が依然として天下の統治者であり、自分の天領（直轄領）も、いまは一時的に荒れているだけのことだ、と思っていた。

「摂津も、自分の天領である」

と、義昭は信長にしきりにいった。だから摂津を早く解放して自分に戻してほしい、というのである。

摂津にも、戦国は存在した。

さまざまの諸豪が出て、たがいに近隣を攻伐しあっていたが、この時期には荒木村重という、その父は牢人の分際だったらしい者が、摂津池田の城主に仕えたところから出頭し、茨木城や尼崎城など幾つかの城主を兼ね、義昭が岐阜へきたころには三好党に属していた。

この村重が、義昭の岐阜入りとともに、

「摂津は本来、天領でござれば」

という名目をたてて、義昭に属したのである。事実上、信長に属したことになる。

以後、信長は村重を応援し、その摂津平定を応援し、やがて村重は、伊丹城、池田城、高槻城、茨木城、尼崎城、花隈《はなくま》城などの城をまたたくまにおさえ、かんじんの義昭が追放されたあとも、べつだん痛痒《つうよう》を感じることなく信長に付属した。

要するに、荒木村重という男のために、播州の諸勢力の側からいえば、あっというまに明石の境まで織田勢力が伸びてしまったことになる。

それまでは、

「岐阜の信長が、播州まで槍をとどかせるのは、竿で星をとるようなものではないか」

といったふうな、のんきな見方が播州あたりでは通用していた。

それが、村重によって一変した。

官兵衛は岐阜へゆくにあたり、織田勢力圏のなかで播州にもっともちかい所にいるこの荒木村重にも会い、よしみを通じておくつもりだった。

すでに手紙を出し、返事をもらってある。村重の返事では、

「まず花隈《はなくま》城を訪ねられよ」

と、なっていた。花隈城はいまの神戸市内にあり、この当時は海浜に面し、山陽道への人馬のおさえになっていた。

村重の出城の一つである。

信長が、村重に命じてこの城を築かせた。

その理由は、信長の当面の敵である大坂本願寺に対する戦略的布石で、本願寺と同

盟して大坂に兵糧などを運んでいる毛利氏に対し、その交通路を花隈で断ち切ってしまうためであった。さらには将来、播州に兵を入れるときの攻撃準備地にするつもりもあったのであろう。

このあたりは北に山を背負い、渚《なぎさ》はほそく長い。街道は磯くさい波打ぎわを通っており、花隈城はやや小高い所にある。城門は街道に面して立ち、さらには旅人を検問するための番所もつくられている。番所には侍二人を頭《かしら》にして、二組の足軽衆がそれをかためていた。

花隈に近づくあたりから、人家が多くなる。街道の両側に板ぶきの家が密集し、女どもが出入りしていた。

(ひどく様子が変った)

と、官兵衛はおどろかざるをえない。

官兵衛が以前、このあたりを通ったときは、花隈城もなく、こういう家々もなかった。家々は宿屋《ふせや》もあるが、ほとんどが娼家《しょうか》で、この城の番衆のために色をひさぐ家がふえたのであろう。

「花隈に堺のべにをつけた女がいるとは。——」

官兵衛は、それらの軒さきを過ぎつつ、口に出して呟いたほどに驚かされた。以前は花熊村などといって、二、三十軒の半農半漁のまずしげな人煙が立っていたあたりである。

官兵衛は当然ながら、番所で尋問された。

「播州御着の小寺官兵衛でござる」

というと、番所は色めき立った。官兵衛の家は黒田を本姓としながらも主家の小寺姓を名乗ることになっているから、播州御着の小寺某というだけで、小大名ながらもこのあたりでは響いた姓である。

やがて番所のほうでは官兵衛の用件がわかり、番所のむこうの武家屋敷の表に案内した。

路上に、板張りの床几《しょうぎ》が二つ出されている。そのひとつに、官兵衛はすわった。ほどなく花隈の城代がやってきて、いま一つの床几に腰をおろした。この当時には、こういう形式の会見もわりあいおこなわれていたらしい。

官兵衛は花隈から伊丹に向かった。

荒木摂津守《せっつのかみ》村重が、その居城である伊丹城に在城していることをきいたのである。

官兵衛が訪ねてゆくことについては、花隈城から使いを出してもらった。

伊丹へは、西宮から入る。花隈から西宮までは、浜ぞいの道をゆくのである。途中、川が多く、難渋した。湊川、生田川、住吉川、芦屋川などがそれで、山からの距離がみじかいため、平素は水がなく、従って橋もかけられていない。しかしいまは梅雨明け早々で、多少の水があった。官兵衛らは手荷物をたかくかかげ、すねで水をかきわけつつ渉《わた》らねばならなかった。

「伊丹は、摂津の要害でございますか」

と、栗山善助がきいた。

「でもあるまい」

官兵衛はいった。大坂湾にのぞむ野とその背後の多少の山地で構成される摂津にはさほどの要害はない。荒木村重が伊丹を本拠地に置いたのは、伊丹盆地が摂津の奥座敷ともいえる地点であるだけでなく、四方の城々への交通の便がいい。海岸の花隈城と尼崎城、それに京の南方の高槻城と茨木城という城々からみると、伊丹城は扇の要《かなめ》の位置にあたっていて、指揮をするのに便利なのである。

「荒木摂津守さまと申されるのは、どういう出自《しゅつじ》の御方でございますか」

栗山善助は、きいた。

「室町のお側衆（幕臣）でございましたか」

「ではないらしい」

風説がいろいろあってよくわからないらしいが根っからの摂津の住人でなく、父の代までは丹波国天田郡《あまだごおり》にいたという説がある、と官兵衛はいった。

そのあと摂津に流れてきて、伊丹城のある河辺郡《かわべ》のあたりに住み、牢浪のくらしをしているうちに、池田城主に召し出されたという。父の名は、荒木義村といった。牢人のころも、

――自分は丹波の波多野氏の一族である。

と、真偽はべつとして家門を誇り、大蔵大輔《おおくらだゆう》という官名を私称していたというから、官兵衛の家系とどこか似ている。

村重になって、池田城主に仕え、たちまちその力量を買われ、重臣になった。そのあたりも、官兵衛の黒田家に似ているようであった。

村重が世間に名をあらわしたのは、僅々《きんきん》六年前のことである。足利義昭が岐阜の信長を頼って身をよせた永禄十一年に、村重は茨木城を襲ってこれを抜き、はじめて城主になった。このあとすぐ義昭・信長に通じ、この後援をえてまたたくまに摂津一国を平定するのだが、このあたりは、官兵衛がいま主家の小寺氏のために構成していることと偶然似たことになる。

（村重というのは、将来《さき》を見る目の利いたすばしこい男であるに相違ない）

官兵衛もそういう目があるつもりだが、ただかれは天性自分の欲得のために物事を考えたりしたりすることが不得手で、その点で、村重とちがっているようにもおもえる。

官兵衛は、摂津の伊丹に入った。

このあたりは広潤な水田がひろがり、森が多く、人家が豊かそうであった。

「播州に似ておりますな」

栗山善助がいったが、官兵衛はそれはちがうだろうとつぶやいた。なるほど水田の広いことは似ているが、伊丹は海からよほど内陸に入っているために、播州のように海辺の腥《なまぐさ》い風が吹かず、伊丹がまた京という人口の大密集地にちかいためか、農家が富裕そうであり、家の造りなどもどこか雅《みや》びていた。

（荒木村重は、地の利を占めたものだ）

官兵衛はうらやましく思った。この経済力を背景にすれば、よほど多くの軍勢を養えるのではないか。

城は城下の東方の小さな丘にある。丘の名を有岡《ありおか》といったから、有岡城ともよばれた。この時代のたいていの城は板ぶきやわらぶきであることが普通だったが、伊丹城は瓦《かわら》ぶきで、しかも贅沢なことに壁は荒壁ではなく、白堊《はくあ》で化粧されていた。

（みごとな城だ）

とおもう半面、官兵衛は上方者の無用のぜいたくに反感を覚えた。戦闘用の城廓《じょうかく》を白堊で化粧する必要などあるだろうか。

城外まで、荒木村重の家臣がむかえにきてくれていた。官兵衛はそのひとに、

「城は、いざ合戦のときには火にしても戦うべきもの。わざわざ壁を上塗りする必要はありますまい」

というと、迎えの者はその質問には直接答えず、

「火になるとき、紅蓮《ぐれん》が白をつつんで、美しさがひときわ増すように思いますが、それは余計なことでしょうか」

と、笑っている。

「では、負けいくさのために白くなさるのか」

官兵衛はいってから、自分がひどく田舎者のように思えて、内心みずから愧《は》じた。相手はべつにそういう次元で応答しているわけではないのである。

が、相手は、実用的な次元でも返答を用意していた。白壁を上塗りすれば、荒壁よ

り も火につよいという。

「炎が、すべるのでしょうか」

相手は、つつしみ深く微笑した。

官兵衛は、白壁の作り方をきいてみた。おどろいたことに、菜種油《なたねあぶら》をふんだんに混ぜてこねるのだという。そうすれば固さが増す上に、白の発色が輝くほどになるのだというのである。

官兵衛はふと、相手の名前について、記憶がよみがえった。相手はさきほど高山右近大夫《うこんだゆう》だと名乗った。すると、かつて京や堺の南蛮寺に出入りしていたころ、しきりにその名をきいた篤信《とくしん》の人物と同一人物ではあるまいかと思い、

「もしや、貴殿は、ドン・ジュストどのでは？」

ときくと、右近は微笑して、そうです、とうなずき、自分はきょう、ドン・シメオン（官兵衛）どのにお会いできるのを楽しみにしておりました、といった。

官兵衛は、ドン・ジュスト高山右近という若者に、こういう場所で会えるとは思いもよらなかった。

「あなたが、摂津守（荒木村重）どののご家来であったとは、うかつにも存じよりま

せなんだ」

と、官兵衛は正直にいった。正直は官兵衛の身上《しんしょう》のようなもので、かれがのちに稀《き》代《だい》の謀略家として印象されることと、べつに矛盾はしていない。

高山右近の家は、代々摂津の小豪族であった。もともと摂津島《しまの》下郡《しもごおり》（いまの大阪府茨木市）に領地をもち、時代によって変る中央勢力にそのつど服していた。摂津でにわかに荒木村重が興り、織田氏に通じてそれを後楯としてまたたくうちに一国を征服したとき、高山氏はそれに属した。

荒木氏との関係は、厳密には主従ではなくその配下というべきであろう。荒木村重が摂津を征服したとき、織田家の側からいえば村重は、

「摂津の触頭《ふれがしら》」

ということになる。織田氏の命令を受け、それを高山右近のような摂津の小さな大名に伝達する（触れる）頭、いわば伝達責任者という意味である。戦場へは、村重が摂津武士の大将になって出てゆき、高山右近らをひきいる。しかし右近もまた織田氏の家来という身分になっており、信長に直属しているという意味では身分上の上下はないのである。

こういうあいまいな関係にあるため、官兵衛は高山右近がたれに所属しているかを

いままで知らなかった。

「でござるによって、村重どのの下知《げち》（命令）はうけますものの、村重どのの家来・郎党ではございませぬ」

右近は自立心のつよい男なのであろう。村重の家来ではないことを、不必要なまでに強調するふうであった。

「では、あなたの主《しゅ》は？」

「神《でうす》でござる」

右近は、即座にいった。

（こういう男を、はじめてみた）

と、官兵衛は、おどろきを覚えた。右近は神と自分のあいだに介在する者はいない、と思いつめているようであり、さらにいえば、神を信ずるがゆえに自分が存在する、自分の重さはそれゆえに何者にもまして重い、とおもっているのであろう。

（時代は変った。あたらしい人間が出てきたのだ）

官兵衛は生れて三十年、播州の田舎にくすぶりつづけていたことをこのときほど後悔したことはない。個人というものがどういうものであるかを、右近は知ってしまっているようなのである。

官兵衛は、かさねてきいた。

「地上の主は？」

「織田どのでござる」

右近は、いった。村重とはいわず、織田どのが主だといったのは、あるいは織田どのがキリシタンの外護者《げごしゃ》であるからなのか。官兵衛はそこまで踏みこんで問いかさねるのは遠慮したが、ともかくも、右近によってあたらしい人間の出現を知ったし、さらに信長が時代のひとびとの心を把《と》らえている別の面をみた思いもした。

荒木村重というのは、ひとを応接するのにじつにゆきとどいたことをする男らしい。

城門までくると、番小屋のそばに身分ありげな武将が、家来数人を跼《かが》ませて立っていた。官兵衛を城内に案内するために待っていたのである。

「中川瀬兵衛でござる」

と、その男がわずかに頭をさげた。

（この男が、中川瀬兵衛か）

と、官兵衛は顔色にこそ出さなかったが、胸中、異様のおもいが渦巻いた。官兵衛の親友だった和田惟政を討ち取った男である。

ついでながら瀬兵衛の名は清秀《きよひで》、かれの家系は織田、豊臣、徳川とつづき、徳川初期から明治維新まで、豊後国《ぶんごのくに》の岡（竹田）で七万四百四十石の大名だった。さらに余談だが、中川氏の藩は小藩ながら幕末、九州における尊攘《そんじょう》運動のひとつの中心になったほか、その城は明治の音楽家滝廉太郎《たきれんたろう》によって「荒城の月」の曲になった。

瀬兵衛は、やがて賤《しず》ケ岳《たけ》合戦で戦死するのだが、かれの家系の中川氏においては太祖と称せられる。

かれは荒木村重とは義兄弟で、村重が織田氏に属するとともに、瀬兵衛も織田氏に属した。

かれの家系は、かつては高山氏と称した。祖父重利《しげとし》の代まで常陸《ひたち》（茨城県）の国にいたのだが、室町期のみだれで流浪し、はるばる摂津の国に流れてきたというあたり、流浪の家である点で官兵衛や荒木村重などの家系に似ている。官兵衛の世代より数代前というのは、よほど家ぐるみ流浪する現象が多かったのかと思われる。

瀬兵衛の祖父高山重利は常陸から流浪して摂津島下郡に住むうち、同郡の中河原の豪家中川氏と懇意になり、その次男の重清を養子にやった。

——このとき、高山氏の一族、みな中川氏と称す。

と中川氏の家系伝承ではいう。一人が養子に行ったのを幸い、一族がその養家へなだれこんだような形になる。姓を変えたのは、流れ者の高山姓を名乗るより、摂津で聞こえた中川姓を名乗るほうが、きこえがよかったのであろう。官兵衛の家が、黒田姓でありながら、主君の小寺氏から小寺姓をもらってそれを名乗っているのも、似たような理由による。こういう一見奇妙なことも、この当時、よくおこなわれたらしい。

ただし一族のうち、一軒だけ高山姓をのこした。それが高山右近の家である。自然、中川・高山は一族になる。この時代、一族を縁組などで殖やし、動員力を大きくして軍事的単位を強いものにするというのも、乱世にあってはしきりにおこなわれていたのにちがいない。

一族の増殖ということでは、中川瀬兵衛の父重清の長女が、まだうだつのあがらなかったころの荒木村重に嫁した。荒木氏が丹波から流れてきたことはすでにのべた。ここで中川・高山・荒木の一族連合ができるのだが、このうち荒木村重が傑出し、いちはやく織田氏に結んだために、村重が一族代表になった。瀬兵衛はそのことを必ずしも快く思っていないが、しかし剽悍《ひょうかん》な男だけに、戦場ではつねに目立つ働きをし、いまは摂津茨木城の城主になっている。

中川瀬兵衛は、この時期、三十を三つ四つ過ぎている。顔が元来赤い上に、右目の下からあごにかけて火傷のあとがあり、それが面構《つらがまえ》を凄《すさ》まじいものにしていた。戦場での火傷である。

かれに、淵《ふち》兵衛という弟があった。戦場でのいでたちは兄弟つねに揃えの具足であったために、見分けがつかなかったが、淵兵衛も剽悍であったため、印象としては一人が二人の働きをしているようで、かえって有利だったという。ただ、旗指物がちがった。瀬兵衛のは白地に赤の日の丸で、淵兵衛のは赤地に白の日の丸だった。

このため、瀬兵衛の若いころに、唄がはやった。

戦《たたかい》の真先かける日の丸は
　赤は瀬兵衛、白は淵兵衛

ちょうど三年前、いまも継続している本願寺攻めに参加したとき、かれはいまの大阪市の中之島にあった中之島城を攻撃した。そのとき、石火矢《いしびや》（大筒《おおづつ》）を兄弟が操作していたところ暴発し、両人とも顔に火を浴びて大火傷をした。

この火傷のために淵兵衛が落命し、瀬兵衛は頬にひきつりをのこすにいたる。

二年前の元亀三年に、瀬兵衛は和田惟政を攻めた。

この一件については、すでに触れた。織田信長と足利義昭とが不仲になったとき、和田惟政は節を曲げずに義昭方についた。

荒木村重は信長方につき、高槻城に拠る和田を攻め、和田の兵のつよさに大いに難渋するのだが、このとき、村重は摂津衆を励ますため、辻に高札《こうさつ》をたて、

「もし和田が首を取る者あらば、摂津の内、呉羽台《くれはだい》（いまの池田市呉服）五百貫を賞すべし」

と書き、公示した。

こういう公示をせねばならなかったのは、荒木村重がにわかな出頭人で、かれに属している摂津の地侍たちも心から忠誠を誓っているわけではなかったからであろう。和田惟政の兵の多くはかれの出身地の近江甲賀の者で、摂津のような上方ぶりの濃い土地の兵よりもつよい。惟政もかねがね、

——荒木の勢は、多くは新附《しんぷ》の者だ。いずれ割れるだろう。

と見ていたというから、村重の足もとというのはかなり弱かった。

瀬兵衛はこの立札をみて、すぐさま矢立《やたて》の筆をぬき、みずからの名前を書いた。自分が獲ると公示したのである。

瀬兵衛は、和田惟政が夜陰淀川べりに単騎偵察にきたところを討ちとったともいわ

れ、他の伝聞では、合戦中、和田の陣に横槍（側面攻撃）を入れて討ちとったともいわれる。

いずれにしても官兵衛にとっては親友を討った男でもあり、武門のならいからいえば懐しくもあり、一個の感情としてはおぞましくもある。

しかしいずれにしても、高山右近といい、中川瀬兵衛といい、荒木村重はよほどの侍持ちであることはたしかだった。

城内の玄関に近づくと、官兵衛は式台に立っている男をみた。男は、児小姓《こごしょう》一人をそばにひかえさせている。

（あれが荒木摂津守村重か。……）

官兵衛は、意外な思いがした。たかが播州の小大名の家老が来訪するというのに、途中まで高山右近を出迎えさせ、城門からは中川瀬兵衛に案内させ、村重自身は玄関まで出むいて待っていてくれたのである。

官兵衛の先入主では、荒木村重というのは利害については情容赦もなく自己の利益になること以外やらないし、考えもしない男だと思っていたし、いまもそう思っている。さらには戦場で勇猛であることは定評どおりだが、その猛気にゆとりや雅《みや》びがないというように思っていた。

が、この心づかいの厚さはどうであろう。高山も中川も、官兵衛より身上の大きな城持ちで、しかも荒木家の一族の者たちであった。それを出むかえに立たせるだけでなく、一国の国持ちである村重が玄関まで出ているのである。

(村重は、茶が得意ときいているが)

官兵衛は、村重の鑑定のために予備知識は十分用意していた。

この時代の武士のあいだで流行しているものは、茶の湯とキリシタンである。茶の湯は唐や朝鮮、あるいは南蛮といった海外の書画や道具を鑑賞する美術的なサロンを作法化したもので、海外へのあこがれという意味ではキリシタンへの傾斜とやや共通しているであろう。それに茶の湯は主客だけしか立場がなく、この世の階級を超越した場をつくるということに妙味があるうえに、客をもてなすことの心づかいの高下《こうげ》を表現するという点で、接待を芸術化したものといっていい。

村重が茶の心得で官兵衛を応接しているというのは、存外、彼が殺風景な男ではないという証拠になるかもしれない。

書院で簡単な応接があり、そのあと庭に面した小座敷で茶菓のもてなしをうけた。

村重は、想像していたような大男ではなく、ひどく小男である。しかしすわると左右の中川瀬兵衛や高山右近を圧して見えた。摂津の総帥である貫禄によるだろうが、ひとつには顔のあごが張り、笑うたびに吸いこまれそうなほどに大きな口が開《あ》く。この異様に大きな大口のせいかとおもわれた。瀬兵衛や右近の口もとはそれなりにつつましく、小さいのである。

「播州小寺氏は足利以来の名家だ。それがこのたび織田家に付かれるというのは、なによりもめでたい」

と荒木村重はいった。

「官兵衛どの」

村重はしばらくだまってから、織田家はよい家風だ、門閥を問わぬ、といった。

——織田家はよい家風だ。門閥を問わぬ。

と、荒木村重が官兵衛にそのように推奨するのは、当然のようでもある。村重は、織田家にはとびきりの新参者であった。かれが織田家に属したのは永禄十一年であることを思うと、わずか五年前にすぎない。それまで織田信長は摂津の事情にあかるくもないため、村重などという名前もおそらく知らなかったであろう。

——摂津の荒木村重というのはなかなかの男です。

というのを、たれかから聞き、信長としてはなっとくゆくまで調べたに相違ない。やがて、「摂津一国をとるなら、摂津の国主にしてやろう」と信長が言い、後援もした。いまはそのとおりになった。

もっともこの間《かん》、和田惟政という者がいたことが村重に幸いした。信長は足利義昭を奉じた手前、足利氏の直轄領だった摂津を平定するにあたって、幕臣和田惟政を総帥にし、高槻城主にしたのである。信長と義昭の仲は、五年しかつづかなかった。義昭が追われたとき、和田惟政のみが敢然と高槻城に拠って天下の信長に抵抗したのは、戦国のならいのなかでは稀有《けう》の倫理的行動であったし、そのことは惟政が、唯一《でうす》神を奉ずるキリシタンであったということと、無縁でないかもしれない。

和田惟政が摂津の総帥であったころ、荒木村重はその指揮下にあった。惟政が信長の敵になると、村重は信長の命を奉じて和田攻めの総帥になり、惟政のほろびとともに、名実ともに摂津の国主になったのである。

織田家での処遇も、織田家子飼いの将領とすこしも差別はない。

織田家では、この時期、六人の司令官で軍事がきりまわされていたといえるであろう。

柴田勝家、丹羽長秀、滝川一益、明智光秀、木下藤吉郎、それに荒木村重である。

柴田と丹羽は、織田家の譜代だが、他の四人は信長が地下《じげ》からひろいあげて数千、数万を進退させる司令官にした。滝川は近江甲賀の人で流浪して尾張にゆき拾われたというし、明智光秀も牢人の境涯から拾われ、村重と同様、僅々六、七年で出頭し、こんにちの顕職についた。木下藤吉郎にいたっては武士の子でさえなく、草履《ぞうり》取りから這いのぼってきた男なのである。

「織田家はいい家風だ」

と、村重がいうのはこのあたりだし、官兵衛が魅力を感じているのもそこであった。天下の人材に対してこれほど開放的な家がどこにあるであろう。

もっとも人間関係は力学に似ている。力学を無視した急速な出世というのはやがて歪《ひず》みを生み、こわれることが多いが、村重が肚の中でその点をどう思っているかは、官兵衛の側からは察しにくい。村重が五年後に信長の敵に寝返る運命になろうとは、このとき、官兵衛も、むろん当人でさえ、想像を越えた未来に属していた。

|著者| 司馬遼太郎　1923年大阪市生まれ。大阪外国語学校蒙古語部卒。産経新聞社記者時代から歴史小説の執筆を始め、'56年「ペルシャの幻術師」で講談社倶楽部賞を受賞する。その後、直木賞、菊池寛賞、吉川英治文学賞、読売文学賞、大佛次郎賞などに輝く。'93年文化勲章を受章。著書に『竜馬がゆく』『坂の上の雲』『翔ぶが如く』『街道をゆく』『国盗り物語』など多数。'96年72歳で他界した。

新装版《しんそうばん》 播磨灘物語《はりまなだものがたり》 (一)

司馬遼太郎《しばりようたろう》

2004年1月15日第1刷発行
2025年3月4日第49刷発行

発行者――篠木和久
発行所――株式会社　講談社
東京都文京区音羽2-12-21　〒112-8001
電話　出版（03）5395-3510
　　　販売（03）5395-5817
　　　業務（03）5395-3615

Printed in Japan

講談社文庫
定価はカバーに
表示してあります

KODANSHA

デザイン―菊地信義
製版――株式会社KPSプロダクツ
印刷――株式会社KPSプロダクツ
製本――株式会社KPSプロダクツ

ISBN4-06-273932-1

講談社文庫刊行の辞

二十一世紀の到来を目睫に望みながら、われわれはいま、人類史上かつて例を見ない巨大な転換期をむかえようとしている。

世界も、日本も、激動の予兆に対する期待とおののきを内に蔵して、未知の時代に歩み入ろうとしている。このときにあたり、創業の人野間清治の「ナショナル・エデュケイター」への志を現代に甦らせようと意図して、われわれはここに古今の文芸作品はいうまでもなく、ひろく人文・社会・自然の諸科学から東西の名著を網羅する、新しい綜合文庫の発刊を決意した。

激動の転換期はまた断絶の時代である。われわれは戦後二十五年間の出版文化のありかたへの深い反省をこめて、この断絶の時代にあえて人間的な持続を求めようとする。いたずらに浮薄な商業主義のあだ花を追い求めることなく、長期にわたって良書に生命をあたえようとつとめるところにしか、今後の出版文化の真の繁栄はあり得ないと信じるからである。

同時にわれわれはこの綜合文庫の刊行を通じて、人文・社会・自然の諸科学が、結局人間の学にほかならないことを立証しようと願っている。かつて知識とは、「汝自身を知る」ことにつきていた。現代社会の瑣末な情報の氾濫のなかから、力強い知識の源泉を掘り起し、技術文明のただなかに、生きた人間の姿を復活させること。それこそわれわれの切なる希求である。

われわれは権威に盲従せず、俗流に媚びることなく、渾然一体となって日本の「草の根」をかたちづくる若く新しい世代の人々に、心をこめてこの新しい綜合文庫をおくり届けたい。それは知識の泉であるとともに感受性のふるさとであり、もっとも有機的に組織され、社会に開かれた万人のための大学をめざしている。大方の支援と協力を衷心より切望してやまない。

一九七一年七月

野間省一

講談社文庫 目録

佐野 晶 / 三田紀房・原作　小説アルキメデスの大戦
澤村伊智　恐怖小説キリカ
さいとう・たかを / 戸川猪佐武 原作　歴史劇画 大宰相〈第一巻 吉田茂の闘争〉
さいとう・たかを / 戸川猪佐武 原作　歴史劇画 大宰相〈第二巻 鳩山一郎の悲運〉
さいとう・たかを / 戸川猪佐武 原作　歴史劇画 大宰相〈第三巻 岸信介の強腕〉
さいとう・たかを / 戸川猪佐武 原作　歴史劇画 大宰相〈第四巻 池田勇人と佐藤栄作の激突〉
さいとう・たかを / 戸川猪佐武 原作　歴史劇画 大宰相〈第五巻 田中角栄の革命〉
さいとう・たかを / 戸川猪佐武 原作　歴史劇画 大宰相〈第六巻 三木武夫の挑戦〉
さいとう・たかを / 戸川猪佐武 原作　歴史劇画 大宰相〈第七巻 福田赳夫の復讐〉
さいとう・たかを / 戸川猪佐武 原作　歴史劇画 大宰相〈第八巻 大平正芳の決断〉
さいとう・たかを / 戸川猪佐武 原作　歴史劇画 大宰相〈第九巻 鈴木善幸の苦悩〉
さいとう・たかを / 戸川猪佐武 原作　歴史劇画 大宰相〈第十巻 中曽根康弘の野望〉
佐藤 優　人生の役に立つ聖書の名言
佐藤 優　戦時下の外交官〈ナチス・ドイツの崩壊を目撃した吉野文六〉
佐藤 優　人生のサバイバル力
斉藤詠一　到達不能極
斉藤詠一　クメールの瞳
斉藤詠一　レーテーの大河
佐々木 実　竹中平蔵 市場と権力 「改革」に憑かれた経済学者の肖像

斎藤千輪　神楽坂つきみ茶屋〈禁断の"盃"と絶品江戸レシピ〉
斎藤千輪　神楽坂つきみ茶屋2〈突然のピンチと喜寿の祝い膳〉
斎藤千輪　神楽坂つきみ茶屋3〈想い人に捧げる鍋料理〉
斎藤千輪　神楽坂つきみ茶屋4〈頂上決戦の七夕料理〉
斎藤千輪　神楽坂つきみ茶屋5〈奄美の殿様料理〉
作画：蔡志忠 / 監訳：和田武司 / 監修：野末陳平　マンガ 孔子の思想
作画：蔡志忠 / 監訳：和田武司 / 監修：野末陳平　マンガ 老荘の思想
作画：蔡志忠 / 監訳：和田武司 / 監修：野末陳平　マンガ 孫子・韓非子の思想
佐野広実　わたしが消える
佐野広実　誰かがこの町で
紗倉まな　春、死なん
桜木紫乃　凍原
桜木紫乃　氷の轍
桜木紫乃　起終点駅《ターミナル》
桜木紫乃　霧
司馬遼太郎　新装版 播磨灘物語 全四冊
司馬遼太郎　新装版 箱根の坂(上)(中)(下)
司馬遼太郎　新装版 アームストロング砲
司馬遼太郎　新装版 歳月(上)(下)

司馬遼太郎　新装版 おれは権現
司馬遼太郎　新装版 大坂侍
司馬遼太郎　新装版 北斗の人(上)(下)
司馬遼太郎　新装版 軍師二人
司馬遼太郎　新装版 真説宮本武蔵
司馬遼太郎　新装版 最後の伊賀者
司馬遼太郎　新装版 俄(上)(下)
司馬遼太郎　新装版 尻啖え孫市(上)(下)
司馬遼太郎　新装版 王城の護衛者
司馬遼太郎　新装版 妖怪(上)(下)
司馬遼太郎　新装版 風の武士(上)(下)
司馬遼太郎　戦雲の夢〈レジェンド歴史時代小説〉
司馬遼太郎 / 海音寺潮五郎　新装版 日本歴史を点検する
司馬遼太郎 / 井上ひさし　新装版 国家・宗教・日本人
司馬遼太郎 / 陳舜臣 / 金達寿　新装版 歴史の交差路にて〈日本・中国・朝鮮〉
柴田錬三郎　お江戸日本橋(上)(下)
柴田錬三郎　貧乏同心御用帳
柴田錬三郎　新装版 岡っ引どぶ〈柴錬捕物帖〉
柴田錬三郎　新装版 顔十郎罷り通る(上)(下)

講談社文庫　目録

砂川文次　ブラックボックス
瀬戸内寂聴　新寂庵説法　愛なくば
瀬戸内寂聴　人が好き［私の履歴書］
瀬戸内寂聴　白　道
瀬戸内寂聴　寂聴相談室　人生道しるべ
瀬戸内寂聴　瀬戸内寂聴の源氏物語
瀬戸内寂聴　愛する能力
瀬戸内寂聴　藤　壺
瀬戸内寂聴　生きることは愛すること
瀬戸内寂聴　寂聴と読む源氏物語
瀬戸内寂聴　月の輪草子
瀬戸内寂聴　新装版　寂庵説法
瀬戸内寂聴　死に支度
瀬戸内寂聴　新装版　蜜と毒
瀬戸内寂聴　新装版　花《か》怨《えん》
瀬戸内寂聴　新装版　祇園女御《ぎおんにょうご》(上)(下)
瀬戸内寂聴　新装版　かの子撩乱
瀬戸内寂聴　新装版　京まんだら(上)(下)
瀬戸内寂聴　いのち

瀬戸内寂聴　花のいのち
瀬戸内寂聴　ブルーダイヤモンド〈新装版〉
瀬戸内寂聴　97歳の悩み相談
瀬戸内寂聴　その日まで
瀬戸内寂聴　すらすら読める源氏物語(上)(中)(下)
瀬戸内寂聴・訳　源氏物語　巻一《まきいち》
瀬戸内寂聴・訳　源氏物語　巻二《まきに》
瀬戸内寂聴・訳　源氏物語　巻三《まきさん》
瀬戸内寂聴・訳　源氏物語　巻四《まきし》
瀬戸内寂聴・訳　源氏物語　巻五《まきご》
瀬戸内寂聴・訳　源氏物語　巻六《まきろく》
瀬戸内寂聴・訳　源氏物語　巻七《まきしち》
瀬戸内寂聴・訳　源氏物語　巻八《まきはち》
瀬戸内寂聴・訳　源氏物語　巻九《まきく》
瀬戸内寂聴・訳　源氏物語　巻十《まきじゅう》
瀬尾まなほ　寂聴さんに教わったこと
先崎　学　先崎 学の実況！盤外戦
妹尾河童　少年H(上)(下)
瀬尾まいこ　幸福な食卓

関原健夫　がん六回　人生全快
瀬川晶司　泣き虫しょったんの奇跡　完全版〈サラリーマンから将棋のプロへ〉
瀬名秀明　魔法を召し上がれ
仙川　環《たまき》　幸福の劇薬〈医者探偵・宇賀神晃〉
仙川　環　偽装診療〈医者探偵・宇賀神晃〉
瀬木比呂志　黒い巨塔〈最高裁判所〉
瀬那和章　今日も君は、約束の旅に出る
瀬那和章　パンダより恋が苦手な私たち
瀬那和章　パンダより恋が苦手な私たち2
蘇部健一　六枚のとんかつ
蘇部健一　六とん2
蘇部健一　届かぬ想い
曽根圭介　沈底魚
曽根圭介　藁《わら》にもすがる獣たち
染井為人　滅茶苦茶
園部晃三　賭博常習者
田辺聖子　ひねくれ一茶
田辺聖子　愛の幻滅(上)(下)
田辺聖子　うたかた

田辺聖子　春情蛸の足
田辺聖子　蝶花嬉遊図
田辺聖子　言い寄る
田辺聖子　私的生活
田辺聖子　苺をつぶしながら
田辺聖子　不機嫌な恋人
田辺聖子　女の日時計
谷川俊太郎訳　和田誠絵　マザー・グース　全四冊
立花隆　中核VS革マル(上)(下)
立花隆　日本共産党の研究　全三冊
立花隆　青春漂流
高杉良　労働貴族
高杉良　広報室沈黙す(上)(下)
高杉良　炎の経営者(上)(下)
高杉良　小説日本興業銀行　全五冊
高杉良　社長の器
高杉良　その人事に異議あり〈女性広報主任のジレンマ〉
高杉良　人事権！
高杉良　小説消費者金融〈クレジット社会の罠〉

高杉良　小説新巨大証券(上)(下)
高杉良　局長罷免―小説通産省
高杉良　首魁《しゅかい》の宴《うたげ》〈政官財腐敗の構図〉
高杉良　指名解雇
高杉良　燃ゆるとき
高杉良　銀行大合併〈短編小説全集(上)〉
高杉良　エリートの反乱〈短編小説全集(中)〉
高杉良　金融腐蝕列島(上)(下)
高杉良　勇気凜々
高杉良　混沌《こんとん》　新・金融腐蝕列島(上)(下)
高杉良　乱気流(上)(下)
高杉良　小説会社再建
高杉良　新装版懲戒解雇
高杉良　新装版大逆転！〈小説　三菱・第一銀行合併事件〉
高杉良　新装版バンダルの塔
高杉良　第四権力〈巨大メディアの罪〉
高杉良　巨大外資銀行
高杉良　最強の経営者〈アサヒビールを再生させた男〉
高杉良　リベンジ〈巨大外資銀行〉

高杉良　新装版会社蘇生
竹本健治　新装版匣《はこ》の中の失楽
竹本健治　囲碁殺人事件
竹本健治　将棋殺人事件
竹本健治　トランプ殺人事件
竹本健治　狂い壁　狂い窓
竹本健治　涙《るい》香《こう》迷《めい》宮《きゅう》
竹本健治　新装版ウロボロスの偽書(上)(下)
竹本健治　ウロボロスの基礎論(上)(下)
竹本健治　ウロボロスの純正音律(上)(下)
高橋源一郎　日本文学盛衰史
高橋源一郎　5と3/4時間目の授業
高橋克彦　写楽殺人事件
高橋克彦　総門谷
高橋克彦　炎《ほむら》立つ　壱　北の埋み火
高橋克彦　炎立つ　弐　燃える北天
高橋克彦　炎立つ　参　空への炎
高橋克彦　炎立つ　四　冥き稲妻
高橋克彦　炎立つ　伍　光彩楽土〈全五巻〉

講談社文庫　目録

高橋克彦　火　怨　〈北の燿星アテルイ〉(上)(下)
高橋克彦　水　壁　〈アテルイを継ぐ男〉
高橋克彦　天を衝く(1)〜(3)
高橋克彦　風の陣　一　立志篇
高橋克彦　風の陣　二　大望篇
高橋克彦　風の陣　三　天命篇
高橋克彦　風の陣　四　風雲篇
高橋克彦　風の陣　五　裂心篇
髙樹のぶ子　オライオン飛行
田中芳樹　創竜伝1〈超能力四兄弟《ドラゴン》〉
田中芳樹　創竜伝2〈摩天楼の四兄弟《ドラゴン》〉
田中芳樹　創竜伝3〈逆襲の四兄弟《ドラゴン》〉
田中芳樹　創竜伝4〈四兄弟《ドラゴン》脱出行〉
田中芳樹　創竜伝5〈蜃気楼都市《ミラージュ・シティ》〉
田中芳樹　創竜伝6〈染血の夢《ブラッディ・ドリーム》〉
田中芳樹　創竜伝7〈黄土のドラゴン〉
田中芳樹　創竜伝8〈仙境のドラゴン〉
田中芳樹　創竜伝9〈妖世紀のドラゴン〉
田中芳樹　創竜伝10〈大英帝国最後の日〉

田中芳樹　創竜伝11〈銀月王伝奇〉
田中芳樹　創竜伝12〈竜王風雲録〉
田中芳樹　創竜伝13〈噴火列島〉
田中芳樹　創竜伝14〈月への門〉
田中芳樹　創竜伝15〈旅立つ日まで〉
田中芳樹　魔　天　楼〈薬師寺涼子の怪奇事件簿〉
田中芳樹　東京ナイトメア〈薬師寺涼子の怪奇事件簿〉
田中芳樹　巴里《パ　リ》・妖都変〈薬師寺涼子の怪奇事件簿〉
田中芳樹　クレオパトラの葬送〈薬師寺涼子の怪奇事件簿〉
田中芳樹　黒蜘蛛島《ブラック・スパイダー・アイランド》〈薬師寺涼子の怪奇事件簿〉
田中芳樹　夜　光　曲〈薬師寺涼子の怪奇事件簿〉
田中芳樹　魔境の女王陛下〈薬師寺涼子の怪奇事件簿〉
田中芳樹　海から何かがやってくる〈薬師寺涼子の怪奇事件簿〉
田中芳樹　白魔《びゃくま》のクリスマス〈薬師寺涼子の怪奇事件簿〉
田中芳樹　タイタニア1〈疾風篇〉
田中芳樹　タイタニア2〈暴風篇〉
田中芳樹　タイタニア3〈旋風篇〉
田中芳樹　タイタニア4〈烈風篇〉
田中芳樹　タイタニア5〈凄風篇〉

田中芳樹　ラインの虜囚
田中芳樹　新・水滸後伝(上)(下)
田中芳樹／幸田露伴 原作　運　命〈二人の皇帝〉
田中芳樹／土屋守　「イギリス病」のすすめ
田中芳樹 文／皇名月 画・文　中国帝王図
田中芳樹／赤城毅　中欧怪奇紀行
田中芳樹 編訳　岳　飛　伝(一)〈青雲篇〉
田中芳樹 編訳　岳　飛　伝(二)〈烽火篇〉
田中芳樹 編訳　岳　飛　伝(三)〈風塵篇〉
田中芳樹 編訳　岳　飛　伝(四)〈悲曲篇〉
田中芳樹 編訳　岳　飛　伝(五)〈凱歌篇〉
高田文夫　TOKYO芸能帖〈1981年のビートたけし〉
髙村薫　李　歐《りおう》
髙村薫　マークスの山(上)(下)
髙村薫　照　柿(上)(下)
多和田葉子　犬　婿　入　り
多和田葉子　尼僧とキューピッドの弓
多和田葉子　献　灯　使
多和田葉子　地球にちりばめられて

高田崇史ほか　読んで旅する鎌倉時代
団　鬼六　悦　楽　王〈鬼プロ繁盛記〉
高野和明　13　階　段
高野和明　グレイヴディッガー
高野和明　6時間後に君は死ぬ
大道珠貴　ショッキングピンク
高木　徹　ドキュメント 戦争広告代理店〈情報操作とボスニア紛争〉
田中啓文　件《くだん》〈もの言う牛〉
田中啓文　誰が千姫を殺したか〈蛇身探偵豊臣秀頼〉
高嶋哲夫　メルトダウン
高嶋哲夫　命　の　遺　伝　子
高嶋哲夫　首　都　感　染
高野秀行　西南シルクロードは密林に消える
高野秀行　アジア未知動物紀行　ベトナム・奄美・アフガニスタン
高野秀行　イスラム飲酒紀行
高野秀行　移　民　の　宴〈日本に移り住んだ外国人の不思議な食生活〉
高野秀行・角幡唯介　地図のない場所で眠りたい
田牧大和　花　合　せ〈濱次お役者双六〉
田牧大和　質　草　破　り〈濱次お役者双六　二ます目〉

田牧大和　翔　ぶ　梅〈濱次お役者双六　三ます目〉
田牧大和　半　可　心　中〈濱次お役者双六〉
田牧大和　長　屋　狂　言〈濱次お役者双六〉
田牧大和　錠前破り、銀太
田牧大和　錠前破り、銀太　紅蜆《べにしじみ》
田牧大和　錠前破り、銀太　首魁《しゅかい》
田牧大和　大　福　三　つ　巴〈宝来堂うまいもん番付〉
田中慎弥　完　全　犯　罪　の　恋
高野史緒　カラマーゾフの妹
高野史緒　翼竜館の宝石商人
高野史緒　大天使はミモザの香り
瀧本哲史　僕は君たちに武器を配りたい〈エッセンシャル版〉
竹吉優輔　襲　　名　　犯
高田大介　図書館の魔女　第一巻
高田大介　図書館の魔女　第二巻
高田大介　図書館の魔女　第三巻
高田大介　図書館の魔女　第四巻
高田大介　図書館の魔女　烏《からす》の伝言《つてこと》(上)(下)
大門剛明　完　全　無　罪
大門剛明　死　刑　評　決〈「完全無罪」シリーズ〉
橘もも 原作 沖田×華 著 安達奈緒子 脚本　小説 透明なゆりかご(上)(下)

橘もも 原作 ヤマシタトモコ 著 相沢友子 脚本　さんかく窓の外側は夜〈映画版ノベライズ〉
橘　も　も 著 脚本 三木　聡　大怪獣のあとしまつ〈映画ノベライズ〉
滝口悠生　高　架　線
髙山文彦　ふ　た　り〈皇后美智子と石牟礼道子〉
高橋弘希　日曜日の人々
武田綾乃　青い春を数えて
武田綾乃　愛されなくても別に
谷口雅美　殿、恐れながらブラックでござる
谷口雅美　殿、恐れながらリモートでござる
武川佑虎　の　牙
武内　涼　謀聖　尼子経久伝〈青雲の章〉
武内　涼　謀聖　尼子経久伝〈風雲の章〉
武内　涼　謀聖　尼子経久伝〈瑞雲の章〉
武内　涼　謀聖　尼子経久伝〈雷雲の章〉
立松和平　すらすら読める奥の細道
高梨ゆき子　大学病院の奈落
珠川こおり　檸　檬　先　生
高原英理　不機嫌な姫とブルックナー団
竹田ダニエル　世界と私の A to Z

堂場瞬一 邪心〈警視庁犯罪被害者支援課2〉
堂場瞬一 二度泣いた少女〈警視庁犯罪被害者支援課3〉
堂場瞬一 身代わりの空(上)(下)〈警視庁犯罪被害者支援課4〉
堂場瞬一 影の守護者〈警視庁犯罪被害者支援課5〉
堂場瞬一 不信の鎖〈警視庁犯罪被害者支援課6〉
堂場瞬一 空白の家族〈警視庁犯罪被害者支援課7〉
堂場瞬一 チェンジ〈警視庁犯罪被害者支援課8〉
堂場瞬一 聖刻〈警視庁総合支援課0〉
堂場瞬一 誤《あやま》ちの絆〈警視庁総合支援課〉
堂場瞬一 最後の光〈警視庁総合支援課2〉
堂場瞬一 昨日への誓い〈警視庁総合支援課3〉
堂場瞬一 傷
堂場瞬一 埋れた牙
堂場瞬一 Killers(上)(下)
堂場瞬一 虹のふもと
堂場瞬一 ネタ元
堂場瞬一 ピットフォール
堂場瞬一 ラットトラップ
堂場瞬一 ブラッドマーク

堂場瞬一 焦土の刑事
堂場瞬一 動乱の刑事
堂場瞬一 沃野の刑事
堂場瞬一 ダブル・トライ
土橋章宏 超高速！参勤交代
土橋章宏 超高速！参勤交代 リターンズ
戸谷洋志 Jポップで考える哲学〈自分を問い直すための15曲〉
富樫倫太郎 信長の二十四時間
富樫倫太郎 スカーフェイス〈警視庁特別捜査第三係・淵神律子〉
富樫倫太郎 スカーフェイスII デッドリミット〈警視庁特別捜査第三係・淵神律子〉
富樫倫太郎 スカーフェイスIII ブラッドライン〈警視庁特別捜査第三係・淵神律子〉
富樫倫太郎 スカーフェイスIV デストラップ〈警視庁特別捜査第三係・淵神律子〉
豊田巧 警視庁鉄道捜査班〈鉄血の警視〉
豊田巧 警視庁鉄道捜査班〈鉄路の牢獄〉
砥《と》上《がみ》裕《ひろ》将《まさ》 線は、僕を描《えが》く
砥上裕将 7.5グラムの奇跡
遠田潤子 人でなしの櫻
夏樹静子 新装版 二人の夫をもつ女
中井英夫 新装版 虚無への供物(上)(下)

中村敦夫 狙われた羊
中島らも 僕にはわからない
中島らも 今夜、すべてのバーで〈新装版〉
鳴海章 フェイスブレイカー
鳴海章 謀略航路
鳴海章 全能兵器AiCO《アイコ》
中嶋博行 新装版 検察捜査
中村天風 運命を拓く〈天風瞑想録〉
中村天風 叡智のひびき〈天風哲人 箴言註釈《しんげんちゅうしゃく》〉
中村天風 真理のひびき〈天風哲人 新箴言註釈《しんげんちゅうしゃく》〉
中山康樹 ジョン・レノンから始まるロック名盤
梨屋アリエ でりばりぃAge
梨屋アリエ ピアニッシシモ
中島京子 妻が椎茸だったころ
中島京子 オリーブの実るころ
中島京子ほか 黒い結婚 白い結婚
奈須きのこ 空の境界(上)(中)(下)
中村彰彦 乱世の名将 治世の名臣
長野まゆみ 簞笥のなか

長野まゆみ レモンタルト
長野まゆみ チマチマ記
長野まゆみ 冥途あり
長野まゆみ 45°〈ここだけの話〉
長嶋 有 夕子ちゃんの近道
長嶋 有 佐渡の三人
長嶋 有 もう生まれたくない
長嶋 有 ルーティーンズ
永嶋恵美 擬態
永井 均 内田かずひろ 絵 子どものための哲学対話
なかにし礼 戦場のニーナ
なかにし礼 生きる力〈心でがんに克《か》つ〉
なかにし礼 夜の歌 (上)(下)
中村文則 最後の命
中村文則 悪と仮面のルール
中田整一 編/解説 真珠湾攻撃総隊長の回想〈淵田美津雄自叙伝〉
中田整一 四月七日の桜〈戦艦「大和」と伊藤整一の最期〉
中村江里子 女四世代、ひとつ屋根の下
中野美代子 カスティリオーネの庭

中野孝次 すらすら読める方丈記
中野孝次 すらすら読める徒然草
中山七里 贖罪の奏鳴曲《ソナタ》
中山七里 追憶の夜想曲《ノクターン》
中山七里 恩讐の鎮魂曲《レクイエム》
中山七里 悪徳の輪舞曲《ロンド》
中山七里 復讐の協奏曲《コンチェルト》
長島有里枝 背中の記憶
長浦 京 赤《セキ》刃《ジン》
長浦 京 リボルバー・リリー
長浦 京 マーダーズ
中脇初枝 世界の果てのこどもたち
中脇初枝 神の島のこどもたち
中村ふみ 天空の翼 地上の星
中村ふみ 砂の城 風の姫
中村ふみ 月の都 海の果て
中村ふみ 雪の王 光の剣
中村ふみ 永遠《とわ》の旅人 天地の理《ことわり》
中村ふみ 大地の宝玉 黒翼《こくよく》の夢

中村ふみ 異邦の使者 南天の神々
夏原エヰジ C o c o o n〈修羅の目覚め〉
夏原エヰジ C o c o o n 2〈蠱惑の焰〉
夏原エヰジ C o c o o n 3〈幽世の祈り〉
夏原エヰジ C o c o o n 4〈宿縁の大樹〉
夏原エヰジ C o c o o n 5〈瑠璃の浄土〉
夏原エヰジ 連理の宝〈Cocoon外伝〉
夏原エヰジ C o c o o n〈京都・不死篇—蠢《しゅん》—〉
夏原エヰジ C o c o o n〈京都・不死篇2—疼《とう》—〉
夏原エヰジ C o c o o n〈京都・不死篇3—愁《しゅう》—〉
夏原エヰジ C o c o o n〈京都・不死篇4—嗄《か》—〉
夏原エヰジ C o c o o n〈京都・不死篇5—巡《めぐる》—〉
長岡弘樹 夏の終わりの時間割
ナガノ ちいかわノート
西村京太郎 華麗なる誘拐
西村京太郎 寝台特急《メモリー・トレイン》「日本海」殺人事件
西村京太郎 十津川警部 帰郷・会津若松
西村京太郎 特急「あずさ」《アリバイ・トレイン》殺人事件
西村京太郎 十津川警部の怒り

講談社文庫　目録

西村京太郎　宗谷本線殺人事件
西村京太郎　奥能登に吹く殺意の風
西村京太郎　特急「北斗1号」《スーサイド・トレイン》殺人事件
西村京太郎　十津川警部　湖北の幻想
西村京太郎　九州特急「ソニックにちりん」殺人事件
西村京太郎　東京・松島殺人ルート
西村京太郎　新装版　殺しの双曲線
西村京太郎　新装版　名探偵に乾杯
西村京太郎　南伊豆殺人事件
西村京太郎　十津川警部　青い国から来た殺人者
西村京太郎　新装版　天使の傷痕
西村京太郎　新装版　D機関情報
西村京太郎　十津川警部　猫と死体はタンゴ鉄道に乗って
西村京太郎　韓国新幹線を追え
西村京太郎　北リアス線の天使
西村京太郎　十津川警部　長野新幹線の奇妙な犯罪
西村京太郎　上野駅殺人事件
西村京太郎　京都駅殺人事件
西村京太郎　沖縄から愛をこめて

西村京太郎　十津川警部「幻覚」
西村京太郎　函館駅殺人事件
西村京太郎　内房線の猫たち〈異説里見八犬伝〉
西村京太郎　東京駅殺人事件
西村京太郎　長崎駅《ナガサキ・レディ》殺人事件
西村京太郎　十津川警部　愛と絶望の台湾新幹線
西村京太郎　西鹿児島駅殺人事件
西村京太郎　札幌駅殺人事件
西村京太郎　十津川警部　山手線の恋人
西村京太郎　仙台駅殺人事件
西村京太郎　七人の証人〈新装版〉
西村京太郎　十津川警部　両国駅3番ホームの怪談
西村京太郎　午後の脅迫者〈新装版〉
西村京太郎　びわ湖環状線に死す
西村京太郎　ゼロ計画《プラン》を阻止せよ〈左文字進探偵事務所〉
西村京太郎　つばさ111号の殺人
西村京太郎　SL銀河よ飛べ!!
仁木悦子　猫は知っていた〈新装版〉
新田次郎　新装版　聖職の碑《いしぶみ》

日本文芸家協会編　愛染夢灯籠〈時代小説傑作選〉
日本推理作家協会編　犯人たちの部屋〈ミステリー傑作選〉
日本推理作家協会編　隠された鍵〈ミステリー傑作選〉
日本推理作家協会編　Play《プレイ》推理遊戯〈ミステリー傑作選〉
日本推理作家協会編　Doubt《ダウト》きりのない疑惑〈ミステリー傑作選〉
日本推理作家協会編　Bluff《ブラフ》騙し合いの夜〈ミステリー傑作選〉
日本推理作家協会編　ベスト8ミステリーズ2015
日本推理作家協会編　ベスト6ミステリーズ2016
日本推理作家協会編　ベスト8ミステリーズ2017
日本推理作家協会編　2019ザ・ベストミステリーズ
日本推理作家協会編　2020ザ・ベストミステリーズ
日本推理作家協会編　2021ザ・ベストミステリーズ
二階堂黎人　ラン迷宮〈二階堂蘭子探偵集〉
二階堂黎人　増加博士の事件簿
二階堂黎人　巨大幽霊マンモス事件
新美敬子　猫のハローワーク
新美敬子　猫のハローワーク2
新美敬子　世界のまどねこ
西澤保彦　新装版　七回死んだ男

2024年12月13日現在

「司馬遼太郎記念館」への招待

司馬遼太郎記念館は自宅と、隣接地に建てられた安藤忠雄氏設計の建物で構成されています。広さは、約3180平方メートル。2001年11月1日に開館しました。数々の作品が生まれた書斎、四季の変化を見せる雑木林風の庭、高さ11メートル、地下1階から地上2階までの3層吹き抜けの壁面に、資料など2万余冊が収蔵されている大書架……などから一人の作家の精神を感じ取ってもらえれば、と考えました。展示中心の見る記念館というより、感じる記念館ということを意図しました。この空間で、わずかでもいい、ゆとりの時間をもって、来館者ご自身が自由に考える、読書の大切さを改めて考える、そんな場になれば、という願いを込めています。（館長　上村洋行）

利用案内

所 在 地　大阪府東大阪市下小阪3丁目11番18号　〒577-0803
T E L　06-6726-3860
H P　https://www.shibazaidan.or.jp
開館時間　10:00～17:00（入館受付は16:30まで）
休 館 日　毎週月曜日（祝日・振替休日の場合は翌日が休館）
特別資料整理期間（9/1～10）、年末年始（12/28～1/4）
※その他臨時に休館、開館することがあります。

入館料

	一般	団体
大人	800円	640円
高・中学生	400円	320円
小学生	300円	240円

※団体は20名以上
※障害者手帳を持参の方は無料

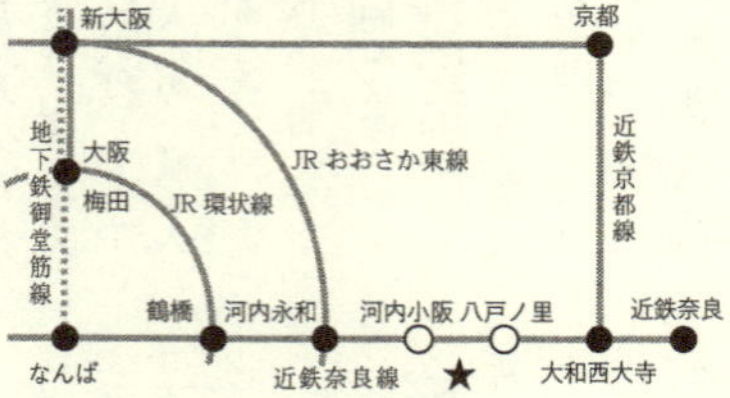

アクセス　近鉄奈良線「河内小阪駅」下車、徒歩12分。「八戸ノ里駅」下車、徒歩8分。
Ⓟ5台　大型バスは近くに無料一時駐車場あり。必ず事前にご連絡ください。

記念館友の会　ご案内

友の会は司馬作品を愛し、記念館を支えてくださる会員の皆さんとのコミュニケーションの場です。会員になると、会誌「遼」（年4回発行）をお届けします。また、講演会、交流会、ツアーなどの行事に会員価格で参加できるなどの特典があります。

年会費　一般会員3500円　サポート会員1万円　企業サポート会員5万円
お申し込み、お問い合わせは友の会事務局（TEL 06-6726-3860）まで